——深情典藏紀念版 II——

宋澤萊

前衛出版
AVANGUARD

目錄

宋澤萊深情典藏紀念版出版記

前衛出版社社長 林文欽

一九七八年初，我有著可能是人生最奇妙的一段際遇，本來我已調整好心情，準備要認份地去做一個身不由己的野戰排長，不明所以然，我竟在未被告知的情況下，忽然間成為師司令部的一名小小參謀官，駐紮在高雄旗山。大約每兩週一次，我休假返回中部崙背故鄉或北部寓地，路經高雄火車站前書店及書報攤，我總要駐足許久，激越地尋覓最新出版的文學書刊或前黨外政論雜誌。某天，就在書架角落邊，我翻到了一本不起眼的長篇小說《廢園》。作者噫！竟然是寫著我極其熟稔的故鄉農園景象，和若我一般曾經也有過的慘綠少年歲月。作者廖偉竣，是誰呢？莫非是那個我在夢中曾經照面的鄰鄉田庄兄哥！

這是我和廖偉竣結緣的開始。緊接著的一年，廖偉竣就以宋澤萊之名，英姿煥發地成為其時台灣文壇的耀眼新星，他的生身故鄉「打牛湳村」也大大地轟動了。「打牛湳」！一個離我家僅五、六里遠的傳統農村聚落，我小時即常聽聞，那裡也曾有著我父祖輩的西螺七崁的親戚友伴呢！

也因著這層魂牽夢縈的關係，我開始渴嗜地搜讀宋澤萊新作。而宋澤萊也以驚人的爆發力，密集不斷地有震撼性的小說發表。他用文學語言對台灣這塊悲苦大地的深邃描寫，直叫我驚呼：他該是我們這一代不世出的寫作天才了。

退伍後，我有幸進入文化出版界，在台北三民書局練功三年十個月之後，我開辦「前衛出版社」，頗想著可以為我們被踐踏的台灣作家發聲。理所當然，宋澤萊另一波攪動文壇的《禪與文學體驗》就成了我的創業書之一。往後，我們好似有著根本不必言說的默契，宋澤萊是前衛緣定要刻意經營的一個作家；或者也可以說，前衛其實就是宋澤萊緣定要救贖營造的一個出版社。所以，前衛前前後後總共出版了宋澤萊二十餘本的著作。假若說前衛有什麼可資歷史留名的業績，宋澤萊絕對是前衛的最大支柱。他的文學和評論所帶起的風潮，也是前衛最足於向外人誇示的血淚戰績。

我想，只要是稍微有意觀照本土文化動向的人，任誰都可以看得出來吧，我和宋澤萊是有著極為濃厚的革命情感的。我們盡一切心力，總試圖要翻轉某種加諸台灣的有形、無形精神枷鎖，期待台灣新社會出現。我們盡力了，至於成效如何，那就要看我們台灣眾生是如何看待我們苟活著的這個「殖民地台灣」了。

◇

忝做為一個出版人，說刻意要經營一個台柱作家，我恐怕是非常不夠格的生意人，我心裡總有著太多的「隨緣」「隨喜」傾向。但是我一貫也有偏執鍾愛的脾性，那就是：只要有讀者需要，我要讓我心意所屬的重要著作持續流通。台灣的圖書流通機制太現實可怕了，但我就是不信邪！這也就是為什麼宋澤萊作品在前衛會有數種不同版本出現的原因。而事實上，宋澤萊讓我把他的版稅永遠記在壁頂的情份，我真的是對他十分虧歉，不知如何可以報答。

閑愁之時，我常再翻讀我曾經出版過的宋澤萊作品。好奇怪，每次總有不同程度的靈魂悸動。除了佩服他的文字魅力之外，不禁也要讚嘆：我們台灣人作家竟有人可以如此玄妙地掌握、駕馭中國文字，天才畢竟就是天才！我私自惕勵自己，我可不能讓這顆天生的慧星在我手裡泯滅。所以心底總有「我要再好好整理宋澤萊」的一股衝動念頭，成不成，就看天意因緣造化了。

這次，趁著宋澤萊得到國家文藝獎的契機，我把本來就常想著的宋澤萊四本代表性小說，用「宋澤萊深情典藏紀念版」的名義重新包裝出版。我並無意要宣示什麼，只想告訴讀者，這宋澤萊經典級的舊作，讀來卻有歷久彌新的味道；而且是更含帶著宋澤萊和前衛的赤誠深情的，這應是我們給打牛湳世代讀者群的一份最佳獻禮了。

底下，就讓我來說說我為什麼特別鍾情宋澤萊這幾本小說的初衷原委吧。

《打牛湳村系列》

這是宋澤萊突然間闖進文壇的成名代表作，對他應有彌足珍貴的特殊意義。相較於他第一次由遠景所出版的《打牛湳村》，這本《打牛湳村系列》的新版本，應可看出一些我的編輯鑿痕。對我個人來說，打牛湳的笙仔、貴仔、花鼠仔、大頭崁仔，〈糶穀日記〉中登場的眾多庄裡人，就是我所理解的台灣農鄉人物的原型了；但宋澤萊賦給了他們深層的文化意涵。整個「打牛湳村」，是活生生地進入歷史了。

《蓬萊誌異》

這是宋澤萊創作高峰期的自然主義代表作，是宋澤萊有意經營的計畫寫作。光看宋澤萊表明這是要寫給台灣兄弟姊妹的人世間小書，就可感覺他下筆時內心所懷帶的悲憫之情。的確，我們殖民地台灣的父老確實有太多隱忍的痛苦、憤懣、悲傷要訴說的，宋澤萊替他們申冤了。《蓬萊誌異》是我最常介紹給人讀的一本小說，實際上我也要測試一下台灣知識人的感情，我常想：讀者們應是有感情而有感覺和知覺的，不然文學何用？讀過這本小說，若再是「無感」，那真是鐵石心腸了。

《廢墟台灣》

宋澤萊又出其不意地丟出一顆炸彈了！在戒嚴時代出版的這本「社會預警小說」，只能說是令人震慄地「驚動萬教」了。這本小說，他之前曾試圖投稿給幾個報刊，據說有一位副刊主編讀著讀著時，竟胃痙攣起來了。當然他們不敢發表。宋澤萊只好把小說原稿丟給我，就直接出版了。老實說，當時要出版這樣的一本「危言聳聽」的書，我可是抱著豁出去的心理打算的。讀者當知，當時的恐怖政治，統治者要揉死一隻螞蟻是易如反掌的。結果，書沒查禁，還因緣際會地被選為當年度最具影響力的書之一。我人也沒事，但我開始明顯感覺，我出版社巷口好似有人不定時站崗的鬼影了。

有文學評論家說這本小說是「以古諷今的黑色幽默寓言」，也是啦，宋澤萊就曾在書內毫不留情的自我消遣了一番；但最後當核電廠爆炸，台灣成為一片廢墟時，那個「TNN村的小宋的作家」也不知葬身何處了。宋澤萊顯然是要嚴肅提出廢墟警訊的，他由一九八四年美國三浬島核能事故所獲得的啟示，台灣有朝一日也可能會有萬劫不復的核電災殃，證諸蘇聯車諾比、日本三一一福島核災的應驗，台灣是隨時危在旦夕的，台灣人，你還要麻痺、毫無警覺嗎？

《血色蝙蝠降臨的城市》

這是宋澤萊停筆小說寫作七年後再出江湖的應然之作，他終究是要寫小說的。而且如同以往的他的文學試煉，他又用新藝綜合體的手法再一次推進他的小說實驗風格。故事寓意在血色蝙蝠盤旋的異象貓羅城，我倒是覺得他更要表達的是如假包換的台灣現實黑暗社會現狀：黑白兩道、黑金政治、黑心商品、黑色廟堂、商戰爾虞我詐，甚至女性的復仇……都出現了。林林總總的混亂，像極了當今的台灣。

◇

下一步，我還想要再重新整理宋澤萊另一本《抗暴的打貓市》，這本寫「一個台灣半山家族故事」的小說，意義太重大了，原因是它居然是用我們的台語文字寫成的。天可憐見，我們如今走在「雲端」的台灣知識份子，其實有百分之九十九點九根本就是台語文字的文盲；但宋澤萊率先起義，他用作品證明，他成功了。

我始終認為，宋澤萊就是宋澤萊，本無需任何其它外在名份來加持，他擎舉的台灣新文化的大旗已說明了一切。即使是在我們台灣一向浮華幻彩炫麗的創作界和讀書界，宋澤萊也一直就是一個如實的存在。是以，我現在以著奉為寶典的素心，重新再推出宋澤萊的作品，於我和宋澤萊多年來的戰友情誼，恰是頗富紀念價值的。但我也衷心期盼，我親愛的台灣兄弟姊妹和新起的世代，若你心內有台灣，可要好好讀一讀宋澤萊，再來感受一下你我或許都還保有的台灣赤子心懷。

我頂禮膜拜。感恩。

附：宋澤萊著作一覽表

1983《禪與文學體驗》（前衛初版）（絕版）
1983《福爾摩莎頌歌》（前衛初版）（絕版）
1985《隨喜》（前衛初版）（絕版）
1985《廢墟台灣》（前衛初版）（絕版）
1986《誰怕宋澤萊》
1986《白話禪經典》
1987《弱小民族》
1988《打牛湳村》
1988《等待燈籠花開時》
1988《蓬萊誌異》
1989《台灣人的自我追尋》
1992《宋澤萊集》（前衛初版）精裝
1995《廢墟台灣》（草根新版）平裝／精裝

1996《禪與文學體驗》（草根新版）

1996《血色蝙蝠降臨的城市》（草根初版）平裝／精裝

2000《打牛湳村》（草根新版）軟精裝

2000《蓬萊誌異》（草根新版）軟精裝

2001《熱帶魔界》（草根初版）軟精裝

2002《福爾摩莎頌歌》（草根新版）軟精裝手掌書

2002《隨喜》（草根新版）軟精裝手掌書

2002《變成鹽柱的作家》（草根新版）軟精裝手掌書

2003《被背叛的佛陀》（前衛初版）軟精裝

2004《被背叛的佛陀》（續集）（前衛初版）軟精裝

2004《誰能當選總統》（共四冊）（前衛初版）軟精裝

2006《宋澤萊談文學》（前衛初版）平裝

國家文藝獎得獎感言：人心的剛硬與難寫的預言

宋澤萊

我要談談文學家和預言的故事。

文學家是一個廣義的預言家，他們的作品實際上是一種廣意的預言，因為我們都知道：文學作品一直宣說事情的可能性。所謂的可能性就是說它能夠讓未來的眾多事情對號入座。譬如說自從《羅密歐與茱麗葉》或《少年維特的煩惱》這些故事被創造後，世界不知道發生了多少雷同的悲劇愛情故事。

提到文學作品與正式預言扯上關係並不只是近代文學才有，它的起源可能和文學的娛樂功能同樣古老，也即是說自古就存在。

《聖經》這本完成於上古時代的書籍其實就是一本記載著大量預言的書籍。在〈使徒行傳〉第一節到第十一節，記載著耶穌經過被釘十字架、埋葬、復活後，整整有四十天的時間，他又和他的門徒們相聚的若干故事。當時，門徒們大概認為棲身在猶太教勢力龐大的耶路撒冷是一件對生命充滿威脅的事，或者至少會使得傳播基督教變得一籌莫展，門徒們告訴復活後的耶穌說，他們想離開耶路撒冷。為此，在耶穌即將飛昇天堂離開他們的那一天，當著門徒的面，說了一些簡短的預言，大概的意思是這樣的：「不必急於離開耶路撒冷，聖靈就即將要降臨了！當聖靈降在你們身上時，你們會忽然具備巨大的神能，能摧垮猶太人和一切外邦人的阻擋，最終就會把基督教傳到耶路撒冷、猶太全地、撒瑪利亞，直到地球盡頭。」耶穌說完，就冉冉升天，直到一朵雲把他接走為止。當耶穌說這些話時，事情還沒有發生；不過兩千年之後的今天，基督教果然已經廣傳世界，就是地球的南北極，都存在著信仰它的人。這卷〈使徒行傳〉記載著更多的預言，作者是當時的希臘人醫生路加，不過所記載的預言都是別人所宣說的預言。

《聖經》裡還有一些文學家比路加更大膽，直接書寫自己從神那裏體會到的、聽到的預言，約翰所寫的〈啟示錄〉就是一個典範。

《聖經》只是部分的例子。我認為在上古和中古的大半地球上，文學與來自神的預言密不可分，並不限於某個地域的某個民族，因為那時是個神權時代，大半的文學就是神的言語和行誼的記載。我也認為，這個漫長的時期是文學預言家的黃金時代。因為記載預言的文學家，只要出於忠實，不管預言是否成真，他都不必負責任，因為預言來自於神，與他無關。同時，在那個時代，神的話語深受人類的信任，人們的心非常柔軟，能無條件相信那些文學家所記載的故事和教條，甚至熱烈的奉行它們，終至於形成蘇美、埃及、猶太、希臘、基督教、回教……等等的倫理文化。對於文學家而言，可算是最大的光榮和貢獻。

可是，中古時代過後，寫預言的文學家就沒有這麼幸運了。

◇

我們先談現代。

艾略特（Thomas Stearns Eliot，1888-1965）是一九四九年諾貝爾文學獎的得主，他可算是時代的先知。一九二二年，他寫了詩作《荒原》。在那首詩裡，當他寫著：「我說不出話，眼睛看不見，我既不是活的，也未曾死，我什麼都不知道，望著光亮的中心看時，是一片寂靜。荒涼而空虛的是那大海。」時，已經暗示未來人類的精神狀態將是一片荒蕪。詩人筆下的「荒原」土地龜裂、石頭燒紅，草木凋萎，人類精神恍惚渙散，上帝與人、人與人之間不再有聯繫。艾略特所描述的狀況，就是一九二二年迄今，接近一世紀的人類生活狀況。沒有人可以否認他寫了一齣了不起的預言。

接著是赫胥黎（Aldous Leonard Huxley，1894-1963）於一九三二年發表的反烏托邦小說《美麗新世界》。赫胥黎假設將來有一個人類社會，被科技所控制，人類被劃分成五個階級，每個階級都有一定的任務，尤其是第五階級被強制以人工的方式導致腦性缺氧，把人變成痴呆，好使這批人終身只能以勞力工作。權力最大的管理人員用試管培植、條件制約、催眠療法、巴甫洛夫條件反射等科學方法，嚴格控制各階層人們的生活。這本小說預言了如今的科技社會，所有的人都在科技人員的管理底下，過著被制約的生活，毫無主動性可言。

另一位是歐威爾（George Orwell，1903-1950），他在一九四九年出版了《一九八四》這本描寫極權監控統治下的新社會小說。一九八四年，世界有一個「大洋國」，由一個從未露面的「老大哥」統治一切。社會裡到處都是標語和一張大人像，標語寫著「老大哥正在監視著你」。老大哥的統治技術之一是監視器。在「大洋國」裡，電屏佈滿在人行道、樓梯口、走廊、街道，它們竊視人們的一舉一動。這本小說預言了如今現代化政府的社會控制手段和人們的無奈。

以上三位都是英國作家，卻可以代表同時代全球的預言作家，他們預言的犀利和神權時代的預言家可說不相上下。但是我說，他們已經沒有那麼幸運了。首先是：他們已經不能用神的名義說預言，他們必須表明，這是他個人所做的預言。因此，作家就必須背負心頭重擔，擔心他們的預言是否只是一場胡說八道。由於缺乏信心，這些寫預言的文學家所預言的災難要不是發生在整個歐洲，就是全球，企圖讓更多人對號入座，以保住他的預言不虛。同時，沒有信仰的現代人的人心已經剛硬了，他們對任何預言毫不在乎，痞子一般的現代人似乎說：「我們不在乎你們的預言，不管世界變得如何，習慣了就好！」因此，自從眾多的作家做了預言以後，如今這個世界看起來仍然一樣虛無，科技控制越來越囂張，獨裁專制日甚一日。

對於寫預言的文學家而言，現代人的這種態度簡直能夠叫他們憤而折筆、永遠罷寫。

時間來到了後現代的今天，預言更難寫。

由於人心的剛硬更甚，對於所有的預言已經發展出更痞的說詞，他們說：「也許預言是對的，但是我們不怕，因為災難會在別的國家身上發生，可就是不會發生在我們的國家裡。」美國人不願意簽訂「京都協議書」，就是這個態度的典型代表。這種自私的看法，叫人憤怒。由於洞視到人心已經變成鐵石，於是，作家只好改變預言的寫法。除了把預言說得更恐怖（乾脆預言人類將在災難中大量滅絕）以外，就是直接指出災難將會降在某個國家或某個地區。企圖用這種更直接的恫嚇，引起人們多在乎預言一秒鐘。我們看到，在一九七三年，日本作家小松左京出版了一本叫做《日本沉沒》的預言小說，內容宣稱有一位地理物理學家發現日本在一年內將會發生地殼變動，大半列島將會沉入海中。日本政府知道這是無法逃避的事實之後，啟動一個計畫，將日本人陸續移出日本之外，資產也轉移到國外。跟著地震果然加速發生，最後日本列島終於被撕裂成碎塊，沉入海中，日本人終於流落四方，成為無土而寄人籬下之人。這本小說立即轟動日本，成為日本人的噩夢，隔年立即拍成電影，後續更拍成電視劇。

《日本沉沒》是一個樣板，告訴想寫預言的文學家，未來如果要寫災難，必先指定某個地區或國家，絕不能含糊。就像是二〇〇四年，美國也拍了一部電影，叫做《明天過後》，災難所發生的地方就側重在美國的紐約。不過，這麼一來，未來假如要寫小說，就必須更仔細描寫某個個別地方，不能模糊籠統；同時作家最好是半個科學家，推理必須可信，否則他的小說可能沒有辦法震醒人心剛硬的讀者。如此，可以想見，由於條件苛刻，將來寫預言的文學家可能會變得越來越少，終於成為一個絕響。

我說了半天，無非抱怨由於人心的剛硬，預言文學作品越來越難寫；不過文學的預言卻更加聳動和不可漠視。也許當人們完全漠視文學預言的時候，世界末日真的就到了。

說到這裡，一定有人知道我要介紹我得獎的小說之一《廢墟台灣》了。沒錯！正是如此。這本小說預言台灣人由於漠視公害撲擊的威力和核能發電廠潛在的危險性，在二十一世紀初期，終於導致核電廠爆炸，台灣瞬間變成一座巨大的廢墟，台灣人幾乎全部滅絕。自一九八五年出版這本書以來，如今已屆二十八年的書齡。儘管這本書曾經當選當年最具影響力的十本書之一，但隨後，並沒有引起多麼廣泛的注意。這麼多年以來，身為作者的我的心情並不輕鬆，常常處於焦慮的狀態中，我多麼害怕自己的預言成真！因為它已經完全猜中了烏克蘭的「車諾比事件」和日本的「福島事件」；這兩個事件的悲慘情況，恰巧和《廢墟台灣》所寫的一模一樣；如果發生在台灣，台灣當然變成一片廢墟。我擔心的還不只是無法完全操控的核分裂本身，而是台灣的人心比世界各國更加剛硬，吉凶不分；歷來主政的人的心更是剛硬中的剛硬，他們患了唯利是圖、貪圖目前的惡性心病，對於核電廠的興建從不曾鬆手，卻是草率行事。我感到危機就要發生，因此，藉著得獎的機會，懇請更多想瞭解核電可怕的人再翻閱《廢墟台灣》這本書；並呼籲那些對核電廠興建充滿盲目熱情的人回頭是岸、臨危止步，則生民甚幸，台灣甚幸！

——2013、07、28 於鹿港

想起：宋澤萊

東港海岸少尉的軍服
像沈鬱的晚潮漸藍
方剛辭別學院歷史系
青春之你或者會思索台灣
未若我在府城學習渙散
讀昔之哲學卻不思不想

濁水溪南邊你的打牛湳
故鄉的村名竟成小說
退伍後以文字替農民控訴
北城之我依然耽美虛無
被剝削被侮辱被欺瞞
長夜讀你終於泫淚領悟

——註①

林文義

相與年代的父親何以默言
從南洋死不去的絕望回家
或者菸酒沈寂的老靈魂
太陽下父親陰雨濕冷的心
偶而也會興致的說從前
我們往後皆清晰記下

相與年歲的你我滿六十
蓬萊誌異更為迷離 ——註②
廢墟台灣不再美麗 ——註③
一生文學究竟印証多少
曾經奮力尋求潔淨的島嶼
台灣未竟的下一代何處去？

（註①、註②、註③為宋澤萊小說三書）

人間關懷：宋澤萊的文學之路

國立成功大學歷史系、台文系教授 林瑞明

宋澤萊是戰後出生，台灣土地培養出來的全方位作家。其文學作品隨著時間的推移，更能反映出書寫之際的台灣社會性，運用藝術性的表現，讓小至「打牛湳村」，大至「台灣」，在歷史長流中，永存並發揮光彩。

一九七六年三月，廖偉竣（宋澤萊）由豐生出版社刊行了第一部長篇小說《廢園》。在出版說明裡，他說：「它是一九七四年初完成的作品，當時作者仍稚幼，充滿大量自戀、感傷的情緒，大致是痛恨生命及關切生命兩種慾念的衝突，今日的作者已倦於再去卒讀，但仍想公開它，因為生命的成長是不必後悔的，作品亦無掩藏的必要。」當時的他有著強烈的愛恨，然而無由宣洩，轉而憤怒的破壞自己，據作者言《廢園》的寫作，受到佛洛姆《人類破壞性的剖析》一書極大的影響。佛洛姆以惡性戀母情結和戀屍症的概念，修定了佛洛依德死亡本能的概念，廖偉竣拿來建構他的死亡形上學。幾乎可以視為〈嬰孩〉與〈紅樓舊事〉兩文交纏匯流的賦格曲，規模更加的龐大深化。

現在宋澤萊早已絕口不提《廢園》，然則從《廢園》的寫作，顯現宋澤萊是天生寫長篇的能手，他具有能力將一些枯乾冷硬的心理分析理論，透過文學的手法，生蹦活跳的表現出來，給予讀者極大的壓迫力。《廢園》在他寫作的過程中，彷彿激烈的出過一場痲疹，從此漸與「廖偉竣」告別，步入「宋澤萊」的世界。

宋澤萊的世界有其苦心的經營，並非一蹴而成。他服役後接觸南台灣的風土與陽光，以及軍中的一些活生生的近代中國悲劇的經驗，都強化了他觀察探索的視野。宋澤萊熱誠的擁抱現實，展現了台灣多樣的風貌，除了柔韌、頑強生活著的農民之外（蕭笙、蕭貴），我們還見到一羣被強迫移根的老兵（歐笠、鄒諒），為了生存而被出賣的山地姑娘（雅美、雅娜），鄉選中的小角色（王屠、馬包辦），在歷經劫難中混雜許多不同血統的充滿地方風土的人種（岬角上的新娘），傳奇性的海員（李甲）。農村游離出來的布袋戲演員（大頭崁仔），以及追尋幻象的藝術家之覺醒（江黎）……，這一些角色，不管是帶著嘲弄、同情或批判的態度來寫，其間都蘊含著作者的憐憫。一九七八年宋澤萊以〈笙仔與貴仔的傳奇〉生動而廣泛的反映台灣農村社會生活的現實性，獲得《中國時報》小說推薦獎，引起各方矚目；緊接著九月由遠景結集出版《打牛湳村》，在鄉土文學運動聲中，樹立起一塊堅實的里程碑。

一九八五年，以社會預警小說《廢墟台灣》，警示核電廠萬一發生事故，對於台灣帶來的災難。其時美國剛發生三浬島核子事故，烏克蘭車諾比的大災難尚未發生。作者的敏感以及生花妙筆，使得《廢墟台灣》成為最有影響力的文學作品。尤其在二〇一一年日本福島的核子災變之後，《廢墟台灣》更是顯現宋澤萊藉由負面描寫的悲天憫人之心。作品重要性不下於赫胥黎的《美麗新世界》，歐威爾的《一九八四》。

一九九六年出版《血色蝙蝠降臨的城市》走入魔幻寫實的階段。宋澤萊將他對於鄉土的深刻感受，用新的手法更淋漓盡致的表現；二〇〇一年出版《熱帶魔界》更進一步發揚魔幻寫實的卓越表現手法。

不僅文學創作，在宋澤萊長達四十多年的文學生涯，他同時關注台灣本土意識與文化運動的推展，曾參與創辦《台灣新文化》、《台灣新文學》、《台灣 e 文藝》等雜誌。也深刻考量台灣的文學環境，發表〈文學十日談〉、〈給台灣文學界的七封信〉……等評論，帶動新的文學風潮。宋澤萊回顧台灣文學發展，也曾於二〇一一年出版《台灣文學三百年》一書，顯現其對台灣文學全面發展之強烈關心。

此外，以小說見長的的宋澤萊，亦曾於一九八三年出版《福爾摩沙頌歌》，二〇〇一年出版母語文學《一隻煎匙》，二〇〇二年出版《普世戀歌》，對於現代詩以母語表現，有其堅持與成熟的藝術表現。

悲喜的人世間小書

宋澤萊

很早以前，我便想寫一本平凡的人世間小書，以之我可以來描摹小人物共同的喜怒與哀樂、仇恨和愛情、貧賤和高貴、掙扎與沉淪。今兒，竟能寫出這三十餘篇的蓬萊誌異，我迫不及待地把它呈現給我敬愛的讀者。

在今日，能專心去寫作，並以它爲謀生工具的人實在不多。絕大部份的作者都必要爲生活而奔忙，我也不能例外。這本書是我工作之餘，每天抽一、二小時寫成的，它的草率是難免的，但求來日能刪改。在這本集子裏，題材大部份來自鄉村和小鎭，偶而也有港口和都市。不論怎樣看，它完全是屬於平民社會的。我願意我平凡的兄弟姊妹來讀它，更盼望賢達的朋友也能喜愛它。

寫這本書，包括我預設的兩個目的：①記錄一九七九以前的平民經濟社會狀況；②並在那種環境中去探討他們的反映。在記錄這方面，作者恐怕是做得不夠；在反映人的這方面，作者也是一直不安的，它描寫了善，卻揭發了不少惡和虛僞；特別是傾注了太多的心力在人世悲慘的事故上，它必然是缺點，但我們並非一定要向惡、虛僞、悲慘妥協。當我們遇到時，不要沉默不語或把頭低下，應該挺身而戰。

最後，我還想，如今寫文章應該不是寫寫就算了吧，我們殖民地的父老有著許多的委屈、痛苦要訴說，那些心裏的話由於嘴巴的被堵而無法傳遞到每人的耳中，一個作家正應該一字不差地將那些話記載出來。我常希冀我們這輩年輕的文學工作者能統合前輩給予我們的一切教訓，共同來造福這塊土地。這也是我長久以來所自奉的座右銘。

感謝你看這本書。

新新版序

廿三年再回首《打牛湳村》

宋澤萊

《打牛湳村》那一類的作品，是指一九八〇年之前四年間，我寫的若干鄉土短篇小說而言。計有《打牛湳村系列》《等待燈籠花開時》《蓬萊誌異》三書流通在市面。

自《打牛湳村》一書問世以來，到今天，已經過了廿三年之久。

作品與作者的關係像極了兒女與母親那種關係。兒女呱呱落地後，他就此脫離了母體而獨立存在，他有自己的生命歷程；即使母親再如何想控制他，他也終必成就一個母親也無法預先測知的新奇風貌。這個無法預測的風貌正是讀者和社會大眾不斷閱讀他、品評他、淬煉他，而慢慢得到的結果。

這麼多年來，曾數度再讀《打牛湳村》這些小說，只得承認他愈來愈像是個謎。倒不是我不再管他、關心他，而是他已被淬煉成我亦難以辨識的面容，很難用始初的觀念去解釋他。

就像一個白髮蒼蒼的老母親，作者反而必須向別人打聽，問問當初被生下來的這個小孩，現在到底是怎樣的一個孩子。

這廿三年來，我總算知道了《打牛湳村》這類小說的若干消息：

比如曾聽到一些留學美國的學生說，由於太想念故鄉，他們就把這幾本小說放在枕頭邊，在閱讀後使自己能安然入眠。

也知道有些仁慈的法國、德國女性在學習中文的過程中，閱讀《蓬萊誌異》而淚流不止，甚至撰寫了《打牛湳村》的碩士論文。

好幾年前，還常接到不少電話，說他們和我一樣是成長於農村而後流落於都市的人，他們極高興《打牛湳村》喚起他們幼年、青少年時期的回憶，在書中，他們不斷反芻著生命中一度有過的苦澀又可貴的經歷，他們永遠都不會忘記那個貧窮又善良的原鄉。是每隔一段時間，他們都會再翻閱這些小說的。他們自稱是「打牛湳村的一代」。

這些消息，使我感到驚訝不已。

對於自一九八〇年後，他在文壇的影響力，也同樣使人驚奇：

在一九九五～二〇〇〇年之間，王世勛創辦《台灣新文學》雜誌，爲了在雜誌上介紹一九八〇～一九九九年之間的本土文學，我翻閱了三十位以上的作家作品，發現在八〇年代仍有大量友人沿著《打牛湳村》的路線進行創作，而把鄉土文學墾拓得更寬更大。甚至到了九〇年代，還有不少新人類作家在《蓬萊誌異》一書中找到小說的靈感，他竟然可以做爲一種創作的泉源。

凡此，豈是當初所能預料？

近來「小說即是虛構」的理論在文壇相當盛行。常被許多人問到：「《打牛湳村》之類的小說到底是實在的，還是虛構的呢？」通常我會告訴他們：故事在現實上皆有所本，至於虛構，那要看你怎麼看，或者說作者怎麼寫。

但就在今年，無意中在兒子的書架上讀到了一本流行的自傳《乞食囝仔》，作者署名賴東進。這是一本描述一個乞丐家庭幸或不幸的眞故事。由於賴東進先生的年紀和我相差無幾，他所傳達的台灣五〇、六〇甚至七〇年代的社會背景即是《蓬萊誌異》的背景，他的自傳故事也像極了《蓬萊誌異》裏的一些故事。其實那是一個農鄉極其困頓的年代，不但乞丐窮，一般人都很窮；不只是賴東進的母親生了十二個小孩，一般的媽媽也都生了五、六個小孩；不只是賴東進的父親拿棍子猛打妻兒，所有的父親也都拿著棍子打妻兒。其實，只要不談尊嚴，乞丐與一般農鄉家庭又有何大的差別。我甚至看到更多的家庭破滅，而年輕父母自殺身亡的悲劇。總之，因爲貧窮，什麼事都發生了！賴東進的自傳適足以回答《打牛湳村》

之類的小說是否眞實的這個問題。

廿三年，不能算短，台灣也在這段期間飛躍成長起來，它足以叫賴東進由窮人變成一個公司的老闆，同時也可以讓「打牛湳村一代」的陳水扁當上總統，《打牛湳村》、《蓬萊誌異》卻不曾在書市消失，和我自認的「一本書頂多只能在書店擺五年」的看法大相逕庭。

是的，不論台灣如何演變，社會永遠都不乏有廣大的窮人。只要人能不忘本，願意反思自己一度有過的困乏生活，並在當中求取教訓，那麼《打牛湳村》這一類的小說將會繼續被閱讀下去，它正是貧困世界的一個原型。

感謝您購買這本書，但願您由書中所得到的樂趣及人生智慧能遠遠超過您付給書店的價錢。

~二〇〇〇、九月~

新版序

從《打牛湳村》到《蓬萊誌異》

——追懷那段美麗●淒清的歲月（1975~1980）

/宋澤萊

1 真實的與美麗的

1975年，看來是多麼古舊的年代，對我而言，也正是一個多麼徬徨的年代，那時我們正要告別學校生活，一腳踩進陌生的大社會。我懷帶著漫長的青春歲月所培養起來的夢和憧憬，忽然就要投入無法靠想像、感覺去理解的現實，一切都顯得不對勁。我對夢的世界仍然懷念，對十里紅塵的現實滿懷敵意和厭惡，但我設想，也許人總要面對這樣的人生道路吧，也許我終於會變成芸芸衆生中的一個衆生吧。我怯怯的、有幾分懼怕的搭著車，提著置放在大學已有四年的灰塵旅袋，回到了西部的陽光平原，心境如斯不寧。對於每個大學畢業生，他們一定也跟我一樣，有一番難言的心境吧。

回到了故里，重又居住在老家，覺得父母親是眞的年老了，而農鄉是如此美麗與窮敗，身爲農鄉子弟的我們這代人將如何可能協助父母再營造這個困頓中的農鄉？已被整個社會剝削殆盡的農村將面對著怎樣的未來呢？……當我心想去思索故鄉的一切時，就接到了母校師大的分發通知，我被安排好了教職，提著行李趕往彰化海邊的一個國中去任教，那時我腎臟結石、神經衰弱、支氣管炎、便中有血，好像是大好時光裏自折而早衰的蒲柳，臉上透著慘白而死亡的顏色。那時我廿五歲，寫完了《廢園》《紅樓舊事》《黃巢殺人八百萬》這些小說。

靠著同事的幫忙，我賃居在鹿港街北一個魚販的人家裏，當時鹿港猶未是一個民俗的觀光特區，風沙掩蓋了全鎮的屋宇和街道，荒涼的景象如同被埋葬過的古墓。我置身在這個似乎又親切又遙遠的台灣古城，偶而想著我該計劃做些什麼事。古城漸漸給我一些台灣歷史的啓示，房東的恩情讓我終生難忘。直到一九八〇年初，我搬離了房東的家。這當中我已服完了二年的兵役，出版了《打牛湳村》《耀穀日記》《骨城素描》《變遷的牛眺灣》《蓬萊誌異》這幾本書，在這年，雖然我較能看清現實與社會，人生的態度較爲篤定，但我仍一無所有，沒有經濟基礎、仍然單身生活、陷入不可測知的愛戀之中、日日被憂鬱和焦慮襲擊，我沉浸在無望的情緒中，總想有一天讓大限來了斷這一切吧。那時我的自我拯救仍未展開，宗教意識猶未萌芽，歷史的腳步聲才剛被聽見，我的心裏仍盤旋著愛倫坡的幻夢，夜裏呼吸到史特林堡的氣息，白天籠罩著芥川龍之介與莫泊桑的陰魂。我習慣了繼續靠寫作著不太可能有出息的小說來排遣時間。所幸，一九八〇年後，我的宗教意識及社會的驟變改變了那一切，忽然進入了所謂一九八〇年後的激越的人生期去了。

回想起來，從大學畢業到一九八〇，我的人生也未必全是浪費的，單就整個的文學生命而言，它的收穫算是大的。當然那的確是很淒清的歲月，我喪失了面對人間所需的本能配備，乃至不能鼓起任何的愛、意志、勇氣，生活被剝奪了主動和主觀，日子爲之變成單純、透明。但也就在那種極其透明如同玻璃的生活中，映現了現實生活的眞貌，那些善良的、殘暴的、美麗的、醜陋的、眞實的、虛僞的……人間相，得以明晰地映現於我的心靈底片中。在眞實的、美麗的這部份，我悠然地見到了台灣西部草花的鄉景、屏東明耀陽光的海面、閃爍霓虹的黃昏鎮街、霧夜的港口燈火、雲氣瀰漫的環山部落……我懷著想用藝術創作將自己由精神破毀的邊緣拯救出來的可笑想望，日以繼夜地記下我見過的山、海、平原景色。如此，我構造完成了1975～1980間的那些長短小說，這些小說反映了我的人間掙扎，卻也反映了與我同樣處在共同經濟生活水平下的無數人們的共同命運。乍看，它們都是普泛的小民小說，但要談及它們的文學特質及人物類型，還要讓我仔細地把這幾年的生活慢慢道來。

2 寫實主義時期

這是指「打牛湳村」這一系列小說的創作期。共有四篇作品，包括〈笙仔和貴仔的傳奇〉、〈花鼠仔立志的故事〉、〈糶穀日記〉、〈大頭崁仔的布袋戲〉。如今我們台灣文學所謂的寫實主義是極其不類於原來法國巴爾札克或俄國托爾斯泰的寫實主義內涵的。在法國，它是相應於新興的市民階級所產生的一種文學主義的，就是托爾斯泰的重要小說，主角都還是貴族、地主、將軍之類的人物。但我們台灣所強調的寫實則是一種泛百姓的生活描寫，在日據時代賴和、楊逵、呂赫若這些人所創造出來的，一開始就被殖民地的文學性格所決定，反映著下層民衆的生活，帶有濃厚的反政治體制、反封建、反帝國主義的色彩。

對我而言，寫作這種文學是必然的，但不是在我預設下產生的，也就是說我的社會意識在當時不強烈，與其說我有意揭發這些社會的弊病，勿寧說是由於我的一種人生的基調——對人間懷著譏笑——所產生的文學型式。原來1975年的夏天，我就註定以一名歷史教師的資格，宣告進入社會，擺在眼前的路途只有二條，一條是我可以再考研究所唸書；一條是持續一貫的懶散，以教書爲謀生的工具，從此度完沒有希望的人生。懶散及厭世使我選擇了後者，我相信奮鬥是多餘的。在鎭日的逡巡頹喪中，我常藉著教師的社會關係出入一些場合，那幾乎是各種婚喪喜慶及迎神賽會，我的心居然隨著理想的喪失與生活的庸俗化而獲得意外的穩定。很快地，我學會了喝酒、抽煙及一套似眞似假的客套禮法，把青春拋擲於一片的空無中。但在另一面，無可掩飾的，我的文學遊戲還未結束，大學四年，以文學做爲逃避現實的習性未泯，有時我仍會有很深的想寫作的慾望。多少次，我在理智淸醒時假想，也許文學不過是人生階段中的一種消遣把戲而已，一旦時期一過，她終會消失如春水無痕。但是隨著社會接觸面的擴大，我日益陷入憂思和譏諷之中。現實世界簡直是一個騙局，它的複雜遠非大學剛畢業的我所能想像，我開始動心，想著是否可以重拾文學，狠狠地拆穿這世界可笑的假面具。這時鄉土文學漸漸流行起來了。

提及鄉土文學，在大學時代，我是不知道有這種東西的。過份耽溺於內心世界，使我在大學時期寫了幾本內心小說，在行將離校時，我偶而看到了黃春明、陳映眞、王禎和的一兩篇小說，卻不以爲然地擱下來。那時，恰巧有個人介紹我到東海花園去找楊逵。事實上，當時我去東海花園，並不是因爲看上了楊逵的文學，而是因爲我聽說他在綠島被關了十幾年的事。我只是持續大學時期對人間悲慘事件的關心去找他。是常常去的。卻也在言談中認識了日據時代的若干文學作品與文學活動。這種交往是直到他去世爲止的，我知道不少楊逵與人的恩恩怨怨。我自然是無力爲楊逵的一生做評斷，但我理解，做爲一個第三國際的學徒及馬克斯主義的信徒，他比誰都更單純。他眞的有工人無祖國及勞動者同體大悲的精神，清純地懷想著世界會進入一個理想國，這不是日後一些現實短視的評論者所能理解的，那時我就想，也許我能仿同日據時代的文學家去反映一些被壓迫者的心聲罷。但是我仍對楊逵一再提及的「社會主義」這名詞不清不楚。

我開始自以爲是地尋找寫作的型式，想用一種古樸、反技巧的敘述方法來從事我的現實描寫。當時我正看傳統的中國小說（尤其是宋元白話小說，它的古樸和傳奇色彩使我吃驚），我想也許通過型式上的仿古，能使小說的內容更接近客觀的事物現象。當時我的題材被決定於唯一我所能認知的現實——農村。我開始寫下了第一篇「打牛湳村」——〈花鼠仔立志的故事〉，並把稿子藏起來，只送一份給在東海花園認識的至友林梵，而後停止再試。我認爲這一篇並不是我所要的寫實小說。除了有趣以外，它的寫實性因爲我諷刺的意圖而被削弱了。我也正在想，是否用傳統中國的傳奇寫法能勝任這個平凡、苦悶多於驚奇的台灣農村現實。不久我接到徵兵令，必須停止教學，於是我離開了學校，進入軍隊，這時已經是1976年的10月了。

軍隊的生活剛開始時是忙碌的，因爲我必須重回成功嶺去做三個月的預官訓練，體力的巨大負荷使我不能想及其他。成功嶺後，進入鳳山步校接受入部隊前訓練，期間也是三個月。當時我久年的腎臟病仍未消除，靠著一些漢方來消除結石所引起的腎疝痛（西藥的樂治寧在大學畢業後已停止使用，因爲它帶來神經衰弱的副作用），我在軍隊裏一面怕因病而被除役（台灣人認爲不當兵是恥辱），卻一面又勉爲其難地在軍隊受苦，在步校三個月中，我感到難過，也感到十分緊張，寫作的事被逐出九霄雲外。六個月如年渡過，極其僥倖，我抽中了一支日後決定我一系列小說內容的籤，被分發到東港一帶的海岸線，充當一名警戒著海防線的預官，在開始的六個月裏，我的工作是東港特檢官，巡視鳳山以迄枋寮一帶的漁船筏管制，這是一個出乎意料輕鬆而能與社會環境保持緊密關係的任務，絕大部份的時間我留在林邊鎮集裏的中隊部，沒有太多的外務，我的戰友都是從部隊裏被淘汰下來的等待退役的老士官，日日作息在這種休養多於操練的營地裏，使我彷若避居到一個養老的病院裏來了。

鬆懈下來的生活及過多的空閒，使我能回想昔日的煙塵往事，服役時的遊子情懷往往引起征人的濃重鄉思，我的思緒很容易地飄回了故里，飄回了操勞著體力的父母身邊，農村的一景一物因思鄉的情緒被培養成巨大的影像，盤踞在腦海。高屏一帶的亞熱帶草林也使我憶起幼年的農鄉景色，許多的記憶被帶引出來了。大致看來，屏東一帶的農業是比中部的農業要粗放一些，單位面積也比中部大，陽光和雨水使這兒的草木倍加旺盛，我在復甦的記憶之初，提筆寫了〈大頭崁仔的布袋戲〉，就是這篇小說讓我的農村描寫落實了下來。我親切地寫著一個曾是我幼年玩伴的故事，猶如我可以觸摸到他的脈膊，聽到他的感嘆，我開始放心想描寫農人的實況。鍾肇政先生適時來信邀稿，於是我寫了第三篇的「打牛湳村」——〈笙仔與貴仔的傳奇〉，投給了《台灣文藝》，這篇小說讓我對農村實況的描繪有了更深的經驗，並讓我學得了如何反映農村人物的挫敗心情，並把農村社會聯結起來。同時在一個故事裏使用了兩個等量的人物做爲故事的主角，我相信這是我所獨創成功的小說型式。我隱約地感到我已進入了農村的深層現實了。然後我萌發了更大的野心，想整盤將一個農村的所有者都寫進小說，就像挖掘古址一樣，將之纖毫不損地呈露出來，我寫了〈羅穀日記〉，人物變成所有村莊的人，我不須要虛構，因爲本來它就是如此，就如同形像隱藏於木石裏面，我只需順其紋理劈砍，雕像自成。〈羅穀日記〉更接近於苦悶的現實，取材於我的村莊所發生的一件騙穀案，我的小說會被人所接受，就因爲這一系列小說的緣故。許多人在閱讀「打牛湳村」時受到衝擊，他們認爲打牛湳村已將台灣鄉土文學推向一個水平，爲鄉土文學立下了一塊里程碑，可是直到現在，我仍不明白爲什麼「打牛湳村」被人接受的眞正原因，也許是它的眞實帶給人由衷的感動吧，有些人類學者還認爲應將〈羅穀日記〉當成是一篇人類學的著作來看，他們相信人類學的田野調查也不過如此。其實該知道截至寫作「打牛湳村」止，除了四年的大學及一年的教職，整整有二十年以上的時間，我沒有離開農村一步。

一時還沒有辦法去確定「打牛湳村」是否會被接受時，我對寫實文學已倦了。也許如果我是一個創造力不夠的人，我一定會堅持在這種農村小說下功夫，寫下一篇又一篇的大同小異的小說，但我說已經倦了，除了我想再開拓創作的新領域外，那時我發現寫實小說不可能帶給我心靈上的解放，而苦悶的現實卻只能令作者更苦悶，當中一點解救的效用也沒有，而我寫小說的目的顯然不是這樣。在意識到這一點的時候，我就停筆，當時我的〈笙仔和貴仔的傳奇〉仍未得獎，而〈羅穀日記〉還藏在我的行囊中呢！而我已轉向去追求心靈的解放，嘗試去走浪漫主義文學的路子了。

3 浪漫主義時期

這是指〈岬角上的新娘〉、〈海與大地〉、〈金貓港的故事〉、〈港鎮情孽〉、〈我看見櫻花樹下的老婦〉、〈漁仔寮案件〉、〈狹谷中的白霧〉、〈花城悲戀〉、〈等待燈籠花開時〉……這些小說。促使我會寫這些短篇故事的原因，如我已說：「我想求一些心靈的解放。」因爲現實是苦悶的，過份地凝視著它，造成了我的負擔。我必須把自己放逐到一個美麗而帶有若干異地風味的世界中去解放我自己。

提及浪漫主義，我們多半都知道，那是文藝史上一個古老的流派了。它在哲學上受教於康德所提出來的認識論，康德相信人的直覺、感情、信仰也是求知的工具，而不一定只是理性方能求得眞知。浪漫主義歌頌自然、反對虛僞崇智、追求唯美、抒發感情、崇尚英雄、抗拒理性。在歐洲的社會發展史上，是受駭於法國大革命的災難而興起的反動浪潮。與其說浪漫主義是提倡人的感情和直覺的自由表現，倒不如說是爲逃避現實而產生的。在當時，我並不知道浪漫主義的內含，也不會曉得這些小說的本質是浪漫的，事實上要等到若干年後，當評論家（諸如張系國氏）說這類小說是浪漫文學的時候，我才知道我寫作了不少這一流派的小說。

當時我的確是在心靈裏把自己流放了，我統合了半虛構與半眞實，經營著綺異的小說。心靈渴求解放，使我不得不如此做，在這裏，我不得不要提及那年我們的部隊所發生的一件極其慘怖的事：

在海岸線，那兒有一個屬於我中隊的班哨，由大約十五個老士官組成。班哨位於每一個小村內，面對著大海，有著狹長的沙灘、遍地的黃蟬花以及椰子樹，副熱帶的陽光燦爛美麗。在一個裝備檢查的日子，我們正在距離班哨有二公里遠的中隊部忙碌，槍響了。即使距離有二公里，但聽到的人都說：「好響亮的槍聲啊！」不久，我們的隊本部接到了班哨出事的消息。我和二個同期的預官立即攜了槍，騎了機車，趕往海邊班哨，整個村莊都騷動了，軍警包圍了班哨，隔離了民眾，狀況極爲緊張。我們得悉一個精神異狀的老士官開槍射殺了班兵及漁民，正躲在班哨後的掩體處，負嵎頑抗，不肯繳械。他身上攜有四十發以上的M子彈，正漫無目的朝空鳴放。時間在恐怖中度過。黃昏時，上級長官來了，在苦勸以及威嚇中，兇手的老士官扛槍出來投降了，我猶記得他光禿的腦袋映著夕陽，臉上有嬰兒一般的笑容。

我們三個預官首先衝進班哨集合場。天啊！便在那水泥場上躺著一具具士官的屍體，槍傷的身子因血流光而縮小了。餐廳裏、寢室中、後院子，都有死者，那個兇手把班哨的人都消滅了。鮮血的味道直衝鼻孔，被巨大子彈打穿的身子破散有如醬果。我不敢相信，那些死去的老士官是曾經與我喝過酒的鮮活蹦跳的人。

整個事件是極其悲慘的，而事情的發生原因是荒唐的，祇不過是兇手的士官長懷疑全班哨的人都想害他，他就開火了，他是澎湖調來的問題老兵。在混和著海羶和血腥的味道中，冥紙燒起來了，消毒的酒精洗過一切的血漬，祭典展開了。我目睹由南部各地買來的靈柩無可挽回地將那些屍體裝殮，埋入了荒涼的海濱墓園，情景猶如黑白顏色的噩夢。

是這件事使我想逃避現實。我從小就看過許多無常之事，但從沒有一次見過這麼多的死者。他們被殺，屍體支離破碎，而後永埋黃泉。連續一個多月，我在恐懼與悲傷中不能入夢。二個月後，我奉調離開林邊，駐守佳冬海岸，管理一個小分隊。第二年初春，我又奉調於小琉球，管制那個小小島嶼的漁船筏。

佳冬海岸及小硫球復甦了我若干潰散的心魂。在佳冬，我常出入在海鷗公園一帶巡邏，海上風景及漁民生活給了我一種治療；在小琉球，我住在一個舊日監獄改裝而成的指揮部，閒時巡視於碼頭與班哨間，我盡量涉足在礁石與沙灘上，想像地讓我的心靈變成一片的潮音。每當假日，搭著交通船，來往於小琉球與東港海面，故事便展開於腦際，出奇地清晰與美麗，由〈岬角上的新娘〉寫到〈漁仔寮案件〉，我接到了退伍令，卸下了戎裝，回到故里的農鄉。

4 自然主義時期

這是指《蓬萊誌異》幾十篇的短小說而言。

如果說寫實與浪漫的風格是我在無意間達成的，那麼自然主義則是我有意的寫作。這原因必須談到役畢後的我的心情。

再度地進入社會，我又重拾教鞭生涯。但我的心境由於服役而轉變得很厲害。我不但學會了現實，而且認識更深層的人的眞面目。那種深層的認識倒不是我在大學時就知道的所謂人的「陰暗面」、「心理情結」，而是人的天生限定，或者說是人的一種宿命。我瞭解了人是一種有條件的存在，那些條件與生俱來，可以將人一直帶向淒慘境地，有時他本身並不清楚這種限定，更可怕的，他可能知道這種限定，但無力去革除，他只能張著眼睛，注視悲劇的來臨。我開始在現實中注意這種宿命，驚奇地發現，這種故事題材是沒有限量的。我想用一種固定的文學型式去容納他們。這時我想到自然主義。

提及自然主義文學，在大學時期我就知道它了。在未十分瞭解寫實、浪漫、超現實、意識流這些文學作品之前，它就被我喜愛了，並且懂得它的內涵，這種藝術是擯除主觀、直觀，以客觀的態度來平舖題材的一種藝術。它的新觀念來自社會學、醫學、心理學、考古學、經濟學，最重要的是自然主義者一直努力揭示罪惡以警人，而居然可以完全不帶說教的味道。我如今仍相信自然主義小說才是一切小說之最精粹者，即使今天，魔幻寫實當道，但我仍不認爲她超越了自然主義，這只要把莫泊桑的數百篇小說拿來與拉丁美洲的小說家比一比就知道了。

我想我是用自然主義的精神在寫《蓬萊誌異》，有幾篇我至今仍記得的好篇章，諸如〈白鷺鎭的回憶〉、〈舞鶴村的賽會〉、〈省親〉、〈創傷〉、〈藥〉、〈丁謙來了〉、〈春城的重逢〉……等等。我的企圖是描寫1979年之前，台灣的下層社會（農村、小鎭、港市）的眞相，我拚命地想留下我的社會見證，他們的畸慘超乎了中層以上社會知識階級所能想像之外。我以伸冤的心情在營建這些故事。多年以後，有許多人仍向我提及他們十分震懾於《蓬萊誌異》的悽惻與靈思，我想他們不要忽略了，世界的眞貌其實就是那樣的。

5 感謝與祈禱

1987年的今天，距我完成那些小說已有七年以上的時間了，在這七年裏，我不斷更換著文學的型式。我永遠相信每一篇小說只有一種最好的型式，作者應放捨身命竭力去找出她。慢慢的，往日所使用過的各種文學型式伴隨其內容，化成了我獨個兒所擁有的最鮮明的舊夢，偶而還會帶引我回到夢境裏去，一切仍是那麼令我流連低徊。遠景出版社曾出版過這些小說，因著十年來業務的拓展與日新又新的經營計劃，我的作品已舊。前衛出版社林文欽先生表示願意重印這些作品以問世，今又蒙遠景老闆沈登恩先生的宏量，慨允讓渡書權，內心萬分感激。我寫了這段不曾告人的故事，以爲新版序言，並給對我的小說有興趣的研究者當參考。

再出版這幾本書的現在，我恰爲人夫父，大兒子剛臨人世，我頓成前行代之人了，這幾本書巧做紀念。若干年後，當我們的後輩長大成人，這幾本書將告訴他，在他們父輩的一代裏，廣泛的社會眞貌如斯展現，這個社會正是由無數這類小民的犧牲所構成，他們曾是如此窮困過，但也如此善良過。我也在暗中祈禱：已臨或將臨人世的小孩，他們會持續關心這個社會，更喜愛生活著的人們，他們會在未來，爲二千萬人造下深厚的福祉，爲台灣奠下萬世富足的基業。

～一九八七年

目次

舞鶴村的賽會

1

「若以本地的民俗才藝而言，頂埔村是以代天府的宋江陣聞名，他們勤習一套形意拳，並擅用刀戟，我曾看見那個師傅穿一套透濕的長衫，只一抖，就再也擰不出一滴水了，那種功夫，你不能想像。

「下粘村呢，是以高蹺著名，在城隍的慶典上，黑白將軍的身子撐高達丈餘，他們晃動著巨大的步伐，眞有驚動鬼神的氣魄。

「溪邊村呢?是以划龍舟有名，牛角溪的水位在端午時高漲起來，他們的龍舟繪著顏彩，在斜斜的雨中往前衝刺，岸邊的人都把傘揮動起來喝彩，那種熱烈的場面一生少見。

「至若本村——舞鶴村，則以賽狗著名。」

一九七九年我到達島中部的一個舞鶴村，時值賽會，朋友拉著我，走到廟場，他指著熙攘的人群說著。

「這些賽會，在一九六八年後，曾消聲匿跡，好像心有靈犀般地在本地一齊消失了。今年，又不約而同地出現了。你看，這個舞鶴村又要賽狗了。」

朋友和我停在廟階上。那廣場設有許多的障礙物，無非是測試狗子的奔、跳、應變能力。許多的人牽著大小不一的狗，坐在場上選手席。那些狗看到陌生的群衆，汪汪地吠著。

「這些狗來自鄰近的鄉村。這種狗的賽會在本島是絕無僅有的。談到本村賽狗的發跡，還須談起創始人李高這個人。」

於是朋友說起一件奇事。

2

舞鶴村是中部平原的村子，陽光終年灑落在這塊土地。戰後，這裏仍種著熱帶的經濟作物。於是連綿的稻浪、甘蔗的長葉，漫地的菜花黃把它整個兒給包圍住了。在每一幢茅舍的上頭，在天空，簇起了搖晃的竹篁，黃昏時，白鷺嘎嘎地由田間飛回來，熙攘地棲在竹篁中，因爲白鷺似鶴，便取了這個美麗的村名。

李高是舞鶴村的富農，住在村中一幢古式的四合院裏，他的祖先是本地的懇首，當日本人殖民在這塊土地上時，他的父親是保正。長時代的優裕生活，使這家庭的行爲和習慣與村人不大相同。你可不是不知道，當大家在村裏一齊朝拜湄祖時，李高卻另迎張天師的神位去供奉；當大家在冬天的庭院下曬太陽時，李家的庭院卻大宴賓客。他家包辦本村的婚喪喜慶和公益事業，出入在大小會議上，彷彿缺了他就不成爲村子了。

戰前，李高承襲了遺產，竟有二十餘甲的土地，家宅的地下埋藏了數不盡的龍銀，這些財富足夠讓他娶一妻二妾，並生了大大小小十三個小孩，過得富足、豪貴。這李高是大個兒，有個便便巨腹，臉色堆滿富裕的笑。他愛穿白色的西裝、白色的皮鞋，戴白色的扁帽，拿拐杖，抽著菸。當他翹腿，偏著頭來傾聽村人的談話時，丰采眞是好極了。但這人個性豪爽，竟一反祖先的慳吝，任意地把銀錢施捨給他人，並大宴賓客，唔，今天，你若手頭緊去找他，李高決不會使你失望，他把銀錢從口袋裏掏出來，說：「慢些日子再還。」這樣的態度使舞鶴村的窮人開心，但有些人則認爲李高瘋了，是不聰明的。但李高呵呵笑，不在乎。因爲他的精神全給一種玩藝吸引住了，那便是狗兒。

你在戰前戰後看過趕狗的人嗎？那些趕狗的人騎著車子，身邊奔竄著一群狗子。他們幹什麼來著？他們以捕鼠爲業。這些人把車子停在每家的院子，在木柴堆邊，在小房子裏，在堆貨倉口站一下吹了口哨，狗子便汪汪地躍動一陣，像熟悉陣法的兵一樣，把敵人的營窖給包圍住了。牠們用鼻子在地上嗅嗅跑向角落，忽然便啣了一隻掙扎的老鼠出來。於是這些人把鼠兒成串地綁在車後，呼嘯地又到別地去了。這些鼠子是做什麼用的呢？賣給鄉人吃。唔，那時的鼠肉便算是佳饌呀！

李高養狗卻不是捕老鼠的，他爲了興趣，爲了狗兒的品種，他到處託人，帶回各類各樣的品種，在前院的兩根門柱上綁了腿兒瘦長的牧羊狗，後院則是警用的狼狗，每個屋子豢著變種狗。他勤於替狗子洗濯、餵食，帶牠們運動、替他們治病。但他卻不養小家子氣的美麗狗，他要的狗是凶狠的、威武的、具有類於武人戰鬥特質的狗。每當這個全身雪白的富人帶著他的狗在空地操演時，眞不可不看，他把一根棒子丟向野地的叢樹中去，那些狗吠叫起來，風一般奔躍而去，一會兒，一條威猛的狗扯開腿，奔回來，口裏啣了棒子，李高便給這隻勝利者一塊肉。他的狗都是勇士。村人都說：「李高的任何一條狗都可以把宋江陣的人咬碎。」他的聲名慢慢傳播到各鄉縣去了。各地愛狗的徒子都來了，李高的門庭出入著這些人。在一九五〇年，本地的賽狗大會便在舞鶴村舉行，各地的狗徒，參觀的人們第一次群聚在這裏，廟場上的火圈、高欄、跑道……被擺起來了，熱鬧的場面勝過划龍舟。李高的旗子豎在廟門前，迎風招揚，寫了一個大字「李」。他是創辦人。

然而，李高的家況慢慢轉變了。那便是土地政策的改變，一九五〇以後，李高的土地慢慢地少了。那些土地逐漸在變遷中發放給鄉人了。收成的減少，使那個家裏的廚師也不得不省下了每餐的鷄翅或魚翅，最後把張天師的供禮也減一點，甚至二個月才演一次戲。但是李高毫不緊張，他照樣地把錢借給鄉人，即若不還也懶得去要。他的精神更集中在賽狗的事情上去了。他把這比賽修改成兩賽制，分別在每年的夏秋兩季舉行，並廣爲提倡，使得舞鶴村的每戶人家都或多或少豢一隻狗，因爲只要這家豢狗時，李高便去看他，指點一些訣竅，或給一些豢養費。各地的人都來到了，李高不停大宴賓客，他的皮鞋刷得更白，衣服更加耀眼，把他的手杖敲在賽狗場上，完全成爲養狗的藝術家了。但一九六〇年，他的大太太以和兩個姨太太不合爲由，和兒子離開舞鶴村，去城市做事情了。

舞鶴村的稻價意外地低廉起來了。許多的藥劑和肥料卻奇異般地高昂。收支相抵，看不出有什麼可賺了。於是像潛隱的一場病一樣，舞鶴村的一些人遷往城市去了，年輕人流落城市，不再回來。李高的管家把收支一算，竟然虧本。這時，李家賣出龍銀。但是李高的狗愈發勇猛，他的狗竟如同附身的幽靈般，能夠輕易地掠過一丈的牆垣，並穿過牆上的火圈，他的狗張開牙來，扯高前腿，活像要踩平廟場，李高的拐杖擲向天空，翻個身，又落回他的掌中，他的白帽子望空發光，看的人爆發了一陣陣掌聲，但一九六四年，他的最小的姨太太也帶她的小孩，離家出走了。

這時，他賣了部份的土地。耕作的田終於需要請人來耕種了。他的大姨太辛苦地下田去工作了，並因傭人的減少需要親自下廚房。一個受雇的長工，因牛瘋被觸死在田裏，李高賠了一筆巨款。舞鶴村的人都說：「這是李高的壞預兆。」

果然，一九六七年，大太太和小姨太從城裏回來，他們攜帶著怒氣的小孩坐在廳堂。「唔，要分財產啦。」嫡長子把他的菸往嘴上拿下來，臉面精敏，他說：「阿爸應該協助我們在城裏創業。」

「怎麼分呢？」李高用著溫文的臉問著。

「只拿我們的三分之一。」大太太說。

「唔，我們也拿三分之一。」小姨太也說。

於是他們像一群爭食的蠅子嗡嗡地吵著，最後愚蠢地對峙在廳上。小姨太的兒子大怒，在廳堂上舉著桌子揮舞，由於力氣太大，把李高的拐杖打斷了，廳堂上的狗叫起來，大兒子便把一隻賽狗打成重傷了。纏訟開始了，那兩個移居的太太立即在法院控告他，成爲不厭的索求者。竟像每個王朝都有的外患一樣，李高先賣了四分之一的土地，又分了三分之一的土地給兩位太太。那兩個妻子立刻把土地賣了，並要求贍養費。李高把精神都放在賽狗上，竟覺得若無其事，他把自己的皮鞋擦亮一百倍，帶著狗兒去散步，只是腳有些沉重，見到的村人都問：「李高先生，你還好嗎？」他雖不見得好，但狗兒更好了，他仍大宴賓客，把狗皮帶綁在他的褲帶上，像永遠不和他的寵物分離了。現在，他有一個訣竅，便是在比賽前讓狗兒吃西藥，於是一九六七，秋季，他的狗嗥叫在廟場，一躍便如一隻燕子般地竄過丈高的牆垣了。那隻狗瞪視著一個婦人，竟使她暈倒了。但這年的纏訟激烈，李高怕財產被奪，把土地和財產登記給大姨太和她的小孩，大姨太的耕作仍沒改善，她勞動在田地，不久死了，小孩攜著財產離開了李高，留下幾分的財產讓這個父親耕植。

眞正的打擊來了，李高沒有妻子兒女了。他開始每天和著狗子在村道走著，皮鞋蒙了一層垢，歇在路邊喘息。他爲了表示自己的好風采，遇到村人，呵呵笑，說：「好極了。近來的天氣好。」但是不久，他不出現在村道，不再款待狗友。他的四合院門關住了。人們甚至無法在門縫中見到他的姿影。

一九六八，夏日的收成剛過，偉大的賽狗日又到了。這年，竟如同往年一樣，許多的人，蜂擁到這裏來了，甚至城裏的人風聞到這消息，來到舞鶴村瞧看。廟場被整起來，道具按時擺起來。然而，鄉間的狗徒意外地減少了，狗兒也不若昔日的健壯了。但這些都無所謂，因爲李高又從他的房子走出來了，人們望見那門兒一開，一個穿著白衣、白褲、白皮鞋、戴白帽的人出來了，他的拐杖好像短了一截，他的腰邊繫一條狗帶子。但這人瘦瘠不堪，狗兒拉著他，凶惡地往著路上衝，人們也認了很久，才發現這個瘦的疲憊的紳士是李高先生。

李高的節目總是寶貴的，這次的賽狗，村人竟擺一個一丈多高的架子，在那上面放了一個火圈。賽狗的人一看到那種高度都搖頭了。那夏日的陽光照在熊熊的火圈上，蒸騰著一層銀白、流動的光。李高出現了，來到他的位置上。他用瘦瘠的神情看著大家，竭力把自己已經變得太大的西裝拉挺。觀眾都拍起手了。李高一舉一動都像往日一樣，他讓狗兒吃了一塊東西，把帶子解開，那狗兒的耳朵尖敏地豎起來了，李高把拐杖往廟場一指，狗兒便凶惡地站到固定的位置上。

「跳跳！」

李高指著火圈大嚷了。「跳呀！跳呀！」

觀眾跟著喝彩地大叫了。

然而那隻狗兒站在那兒，牠環顧左右，露出了血絲的目光。

「跳呀！」

李高的手杖揮舞起來，然而那隻狗卻狂吠一聲，突然奔向廟場邊，咬了一隻散步鷄子，那隻鷄掙扎了一會，立刻被那隻狗撕碎了。那隻狗吐著舌頭，黏食著獵物。一些女人和小孩驚惶大叫，那隻狗便虎視眈眈地瞪著他們。由於怕那狗生事，委員立刻拿了棍子把牠打死了。原來這隻狗已經幾天不吃食物了。

這個賽狗的紳士完全傻住了。他楞楞地站在狗子的身邊了，像一個慈祥的父親抱起牠，然後把牠舉起來，像要舉起整個舞鶴村的貧困一般，他把狗子擲向火圈。但未觸及火圈時，就摔回地上，李高奔過去，這次抱著狗，大哭。

不久，這個紳士在舞鶴村失踪了。沒人知道他去那裏。

③

我的朋友說完。賽狗正熱烈，那些年輕的狗一叫，便跳過了高大的架子。拍手聲嘩然升起。朋友說：

「這是晚近一個舞鶴村的子弟再度提倡的。最近這個人在村郊開了一個加工廠，賺了錢。」

燈籠花牆

1

在我們的生命裏總有一些愉悅的經驗讓我們難忘。或者我們曾有一段美麗的戀情，它是那樣地一度打動我們躍動的年輕的靈魂，而日後，便蓄意地再想去搜索那種感受，即若是壯年、老年亦然。我敬愛的朋友，我所企望來告訴你有關於我美麗的經驗，那便是幼年時曾在一個水村裏生活過的歲月，它叫落霞村，偏處在島上西部原野的一角。在我的回憶裏，這個落霞村有一面明亮的湖泊，是農鄉圳溝的調節池。爾時，這裏的草木茂盛，蘆葦長滿沿岸的淺灘，我們任著許多的牛羊，在岸上吃草、沐浴。當落霞漫天的黃昏，淺淺的湖泊映現出一片瑰麗的色彩，像一張明澈的流動的彩畫。我想，這村子名稱的來源正是這樣。隨著時光的流轉，我離別了農鄉，跟隨著衆多的同年，捲入動盪的世界去了。或許是都城生活的流離和孤寂的緣故，每當我憶及那段日子，想起那村子的潮水、花草、牛羊時，內心竟止不住地發出一種琤琮的回響。

因此，我利用了一個夏日回到了那個村子，去尋求一些記憶。

我的朋友蕭君便是在湖邊的一個鄉農，他不喜遊離，回到這小村來做事。當我夕暮時來到了這裏，止不住地震驚起來了，那一面湖泊已經全然地消失了，不久前，蕭君和一些耕農已將湖泊的土地全數購下，在填平的土地上興起巨型的葡萄架，那些綠色的葉子覆罩在架上，竟然如海浪一般，變成一個懸在空中的綠園了，蕭君指著舊日湖泊的外角說：

「圍在那圈紅牆內的園子便是我的。那裏的枝葉茂盛，再等半個月，我請你吃葡萄。」

我正爲湖泊的消失而失望，但卻立即被另一種景致所吸引了。那是蕭君所指的那圈紅牆的入門處，修葺得很高，那上頭攀爬了一片燈籠花，在夏日的陽光下，輕輕地搖曳著，像噴洒在綠色絨毯上的鮮血。醒目而震人心弦。我爲自己的感覺所驚嚇，禁不住地叫起來了。

「我知道你在看什麼。」忽然蕭君說：「你在看那燈籠花吧。唔，它的確太好了。或許是那裏的土質肥沃吧，或是牆垣的方向適切，那裏的攀牆花總是異常美麗；但不知爲什麼，它總叫我想及一件哀傷的故事。是爲我開墾園圃的一個挑夫的故事。」

於是蕭君遞給我一支菸，在煙漫中，傾聽起他的敍說了。

2

落霞村是將近有數十年的村史了，它附存在這塊土地上，不曾因爲任何的事件改變過它的容顏，正因如此，那片湖泊的歷史或竟要比村莊更爲久遠的吧，它渡過了日本的殖民壓迫；在二次大戰的烽煙下存在於這裏；在一九六五年前，它仍靜息在草木的懷抱裏；但一九六五年後，村莊的人想開拓耕地了，那正是村人漸漸感到生活緊迫而必須另闢土地資源的時候，村裏的人向政府買下湖地，準備大肆來塡平它。

丁衷是落霞村無田產的人。他娶了一個較他年輕十歲的妻子，生下了三個孩子。丁衷靠著體力的操作來持生，他年輕時是村長的長工，現在是遊離的工人了。

談起他的挑土本領，村子裏的人都會豎起大姆指，說：「就是他，一個標準的壯丁。」他的臉龐龜裂而黝黑，把他的溫和藏在眼睛裏，把他的卑欠埋在胸中，他一貫挺起結實寬闊的肩背，勤奮地植立在大地。所以當他邁動有力的雙腳行走在路上，小孩都數起了韻律的拍子。他更有一個特點，便是他的幽默，他愛放聲大笑和人打賭，村人一聽笑聲便說：「愛笑的丁衷來了！」

丁衷是有趣的，只是有一個瑕疵，但他的瑕疵也是他的溫和所致。他太慣寵他的妻子。

丁衷的妻子叫玉來嫂。丁衷三十五歲時，這個女人只有二十五。玉來嫂是放蕩的女人，她總穿著薄細的衣服，口裏哼哼地笑著，但她卻不是沒有條件的，這個女人的臉蛋秀麗，皮膚豐潤，雖然生了三個小孩，但卻散發出婦人誘惑的成熟光芒。她在作活時，愛走到年輕的小伙子面前，向他吹一口香氣，然後在對方身上擰一把，而後嘻笑地逃開了。那些年輕的人怔住了，呆呆地站著，眼睛冒出了火花。她輕視自己的丈夫，因為丁衷養不活他們妻女四個人。

玉來嫂的放蕩的權利卻不是憑空得來的，她是耗費了一番的苦心和丈夫長期的鬥爭得到的。她利用時機，讓丁衷提不出有利的反對的理由。在一個農忙日，丁衷遠離了落霞村到別地工作去了，玉來嫂和村裏的人廝混。他回來了，想打她幾個巴掌，但那個女人毫不畏懼，她說：「你若是大丈夫，便不要離開妻女。」丁衷知道不到外地做工便賺不到錢，於是把手放下來。玉來嫂便哭起來，說：「你在外地不也一樣勾引女人嗎？你不也上妓院去尋歡嗎？」丁衷被罵，便囁嚅著。玉來嫂一看計謀成功，便趁機哭鬧地回娘家，天曉得，她是否又去放浪。丁衷看著無依的三個小孩，於是便投降了。大概這個女人取得和年輕小伙子廝混的權利也是這樣吧。女人的放蕩日日地名聲高揚了。這樣的事使丁衷不愉快，但他卻說：「她是有人緣的，她是有人緣的啊！」於是他又拚命地埋首在工作上，好像要把他的臉兒整個埋起來似的。

農鄉的窘困使這個丁家更不容易存活了。丁衷的工資僅夠衣食，薪柴油鹽便要靠妻子到處去撿拾和張羅了。

湖地的開墾來了，它固然不能改變落霞村的窮迫，卻給了丁衷賣力的機會。丁衷把擔子挑起來，和著大批的工人做著填湖的活兒。你瞧，他由早晨到黃昏，不停歇地來回著，別人還沒卸下第一擔，他已挑了兩擔了；太陽當頭照著，他仍在那兒奮力著；工人都歇息了，唔，他仍在那兒。他徹夜地挑著，眼睛盯著自己的家庭和子女。有一天夜裏，他和工人們喝了酒了，把酒瓶子打碎了幾個，乘著夜霧，呼喊地回到家。當他打開家門時，卻瞧見了在他鄉謀生的村人巫清和他的妻子坐在客廳的一張沙發上。丁衷奔過去，但酗酒把他的手腳弄亂了，巫清便逃跑了。他的妻子站起來，大聲地叫著：「你是醋罐子嗎？他是客人，我跟他怎樣了呢？我跟他怎樣了呢？」他的妻子把胸一挺，顫顫地走到內室去了。丁衷不勝酒力，他的眼睛濕濡，但竟哈哈大笑起來了。不久，他妻子和巫清的緋聞傳遍了湖地。

陽光又洒在湖地上，工人慢慢地把土填足了，在那土地上砌上圍牆了。大家看到丁衷的肩上放置更多的東西，他想獨力去做兩個人的工作，竟然一面挑土，一面挑磚，他被壓榨過重的肩胸稍稍彎曲。在一個正午，他把擔子擱在土堆，忽然一個人跑來，他氣喘吁吁，在丁衷的耳朵說些話，丁衷的黑色臉變紅，他拿起扁擔，跑回家後的稻草堆去了，他把稻草摔開，便發現了巫清和他的妻子赤裸裸在那裏。

整個落霞村的人都掀騰起來了。於是他們決定談判，便由村長出面，坐在村長室裏，好像談生意。

「我有錢！」巫清說動他梟桀的嘴臉，顢頇地說：「二萬，二萬遮羞費你要吧！」

丁衷想拒絕，但看到妻子用死來威脅，又看到家，便把錢接過去了。他開自己的玩笑，用錢打自己的嘴巴，哈哈地笑著。

所有的村人都談起丁衷的醜事了。這個漢子每回到家，背著手，走來走去，他的呼吸濁重，但是他說：「唔，我不在乎的，不在乎的。」

牆慢慢地砌高了，在大地上，像一塊不小的積木，丁衷的扁擔揚得更高，他總故意搖晃著身子，把自己裝成彎腰駝背，來和別人開玩笑，爾而把自己弄倒了，又掙扎地挑起來。最後他竟又和人打賭鬥力了，他在每個畚箕裏裝百塊的磚，好比一個力士一樣，把磚挑起來，先是站不穩，後來顛了兩下，穩下來，腳便陷入泥土了，他不動了，並且大笑。就在那時村人跑來了，他看到丁衷又犯了毛病，但不敢叫他放下，因爲每個人都拍著手，那個村人因焦急只好開口叫說：「丁衷，你的妻子和巫清跑了，玉來嫂和巫清今晨搭了列車走了啊！你的孩子正在找母親呢！」

站著的丁衷忽然變了臉色，嗶地一聲，磚頭整個兒掉在地面上了。他大笑起來了，繼而掩住了胸口，哇地一聲，望空吐出一口鮮血，那血迅急地染遍了那扇牆，變成斑斑花紅了。丁衷仆倒在地上，衆人扶他起來，竟發現他死了。

3

蕭君說完，夾著煙的手輕輕地抖動起來。他轉過臉去，好似不忍看那片燈籠花似的。夕暮已深。我看到千頃的綠葉索動在晚風中，竟覺得冷起來，不禁說：「啊，是的，這片土地若不是有那麼快意的笑聲，怎會有這樣美麗的田園風貌呢？」

京鎭的孝廉

1

爲了搜尋一本族譜，南北奔走，最後追踪到京鎭。

這是一個港鎭，爲早期漳泉州人落戶的地方，由於貿易的鼎盛，曾是島上的巨港之一，在它的開發史上記載著，它的宗姓以許、黃、施、丁、林爲大，特別是施姓曾開闢一條著名的九曲圳。

我先找到了施水金君。他也是一個沒落的大家子弟。祖先曾是巨賈，後以文傳世。大概是身世的關係吧，施君竭力保存古鎭的遺物，此外，他對古鎭裏的事愛「哼哼」地露出鼻聲。當我問到孝廉的問題時，他頗表不然。他說：

「你要知道，在那些地方誌上，凡是留下名字的，不全是好人，不管清朝年間，日據年間，或是現在。你要整理孝廉史嗎？唔，那些孝廉全不是眞的，即若是最聞名的，也帶著虛假。」

後來他覺得無趣，我們便走出來。這個鎭如今已不類往昔了，手工藝的來臨，改變了整個鎭容，那些古色古香的建物都逐一地變成店舖了。我們便在郊區看到一畦畦的水池，養殖著鼈魚，這種水產事業，在最近大大地帶來財富。施君一邊走一邊指談風物。後來他說想去看個人，那便是最近上級遴選的農會總幹事，往日的總幹事是民選，現在改爲官派。施君已聽說那人的名字，但不敢相信。於是我們便拜訪了這個漁農民的生產組合。

在鎭中心和車站、鎭公所鼎立而三，農會就設在這裏。我們走進會客室裏，便聽到人聲吵雜。原來他們準備開會，裏頭立即被整頓乾淨，這些人對於新任的總幹事頗多議論。我彷彿聽到一個聲音說：「這個總幹事至少是花了四十萬才得手的。」

吊在壁上的鐘噹噹地被敲響了，與會的人馬上把聲音壓低，因爲大家頗知新官上任三把火的道理。我們混在人叢，選個角落坐下來。廊道響起卡卡的皮鞋聲，三個人並肩地走進來。二位低著腰，手裏拿著卷宗，另一位是穿著西裝，滿面笑容的青年人。那個青年人一面走一面點頭，口裏連連說：「好，好，很好。」不久便坐到主席的座位了。他坐在那裏頻頻地向著許多人笑著，完全是樸實和藹的人。會議室微微的吵起來，但終歸於寂靜。坐在主席旁邊的主計課長站起來致詞，說：

「今天是第四天的會議，各位盡量提出意見，我已一再地向各位提過，施水謀兄是本鎭的孝子，所謂孝子廉吏是不分家的，上級派他出任本農會的總幹事是有道理的。不要客氣，不要客氣，儘量提意見。」

施君一見這人，臉色立即難看。他激昂了一陣，把臉傾過來說：

「唔，果然是他，施水謀。哼哼，你看，你的運氣多好。這就是一個孝廉。你要研究的東西來了。剛不是有人說他是孝子嗎？這個孝子呀！這個孝子呀！」

施君跳起來了，說：

「他媽的，這人將來也會在地方誌留名的，將來京鎭的史蹟也會刻他的名字，他的孝名已遠播在附近的鄉縣了。大家都以他爲代表。但是你知道他原是什麼樣的人嗎？他是怎樣的人呢？」

於是，施君哼哼地說起施某的故事了。

2

施水謀是昔日京鎭泉郊巨賈施滑的後裔，這個家族傾頽已久，子弟已分散全省各地，但住在京鎮的施家仍然有些財力。施水謀的父親施定擁有舊族數甲的土地，只是這些土地都靠近海邊，種植一些耐旱的作物。所以施定並不全靠耕地來持家，在農鎮經濟最爲困乏的時期，施定賣了唐山祖傳的瓷瓶，而他的妻子也在田地勞動，因肝炎而死。

這二個父子，施定和施水謀相依爲命。但施定從不氣餒，他因常念妻子，不再續絃，極力復興家道，和族人關係深厚，他曾在宗親會捐一筆大錢，把自己看成是施家的一個部份，並寄望他的小孩重振家門。每當族人提及施定，都說：「唔，一個好宗親！」

施水謀從小便瘦小、敏感、聰明，他會做工藝，愛編花草，做一些小玩藝，他做的彈弓輕巧極了，可以藏在口袋裏，偷偷地拿到同學的背後，射他一下，被射的人逮住了他，卻不禁讚嘆地說：「你的彈弓眞了不起。」這孩子沒有母親是在十歲時，但他卻不哭喪臉，他看到許多的人用特異的眼光瞧他時，便說：「我去你家玩好嗎？」他叫每個同伴的母親姨媽，因此看到他的女人都喜歡他，並表示願意認這小孩爲義子。唔，可不是，他的乾媽就有幾個。

做父親的施定對這孩子付心血，他要把田地傳給兒子，叫兒子唸初農；後來聽宗親勸告，改唸高工，因爲當時做農沒有前途。爲此這孩子多唸了三年書。施定舉債又送兒子去唸二年專科，學習汽車保養。

現在，他在長期的學校教育後回到家裏來了，他開始默默地去田地工作。閒時在自己的房裏休息。有人勸他按自己所學去城裏謀生活，但他只約略地以父親年邁爲由，不考慮這件事。有一天，他父親又叫他去削蘆筍，這年輕人在桌上坐著，沒聽見，他父親又叫他一聲，這年輕人把臉抬起來，充滿疲乏。他父親便看見他在寫一些東西，因爲怕他太勞頓，這父親就走出去，但從此，那個年輕人有些改變了。

他整天待在家裏，繞著家院前踱步，又寫又畫，後來竟唱起奇怪的歌曲，好像一種號叫一樣，大部份是一些緩慢的曲子，並任意把音節拉長，好像哭鬧。因爲聲音太大，鄰里左右都可以聽見，起先，大家都認爲這年輕人迷上歌曲了；但一連二、三星期，情況沒改善。他的父親罵他，並要他到田裏去。這年輕人勉強答應，但去了便坐在樹下看天，有時甚至躺下來，並在農路上數石子。

施定搖頭了，去找朋友談心，民衆服務站的黨工問施水謀是否入黨，施定點頭。於是施水謀就在服務站裏工作，他要爲鎮民服務，任務是管理圖書。剛開始，施水謀和閱讀的人談些話；但不久，他便自己坐在枱子看書寫字，後竟又唱起歌。他常把圖書任意地擺置，對借閱的人表示沒有耐心，最後和人吵架，他罵那些人是雜草、鄉愚；黨工說他幾句話，這年輕人便走出來，從此不上班，他辭職了。施定生大氣，拿棍子打他，施水謀不反抗，並把更堅硬的棍子遞給父親。

現在施水謀走出房子了，但沒到那裏去，他終日在街上開腳走來走去，吹起口哨，完全是小調，由於聲音淒然悲涼，竟有人開玩笑地拿錄音機跟在他背後，施水謀全不在乎；他走到每個攤子去和人聊天，並像癱瘓的人搖著他的身子哭笑。他的鬍子長了，像一條路邊野狗。

他的父親沒面子了。想不通怎麼去對付這種事。宗親的人都出面了，他的表兄率著族人去他家找這個年輕人，施水謀用血紅的眼睛瞧著宗親，表示不歡迎，那個表兄勸他要像個人，由於兩個年輕人都氣盛，便扭打起來，因太激烈，把廳堂的神案弄倒了，把那兩人砸傷了。那次後，便靜多了，大家不再聽到施水謀的口哨聲。但一天中午，施定回來，卻望見廳中緊閉，一條殷紅的血路從門縫流出來，猶未乾去。施定大驚，開了門，看到施水謀站在廳堂前，割了左腕。幸好尚能救活。

施定完全被嚇倒了，他不瞭解兒子何以變成這樣。他到處去求神，每當疲勞地工作回來，還要燒香來祈禱。宗人便建議把一甲田分給施水謀，和他分家，讓他能專心做事。但施水謀不到田裏去，並叫人把田地挖成二個大池塘，那時養鱉業還未興起，他只放水；又不養魚，等於荒廢。不久人們發現施水謀昏倒在池邊，幾天沒吃飯的樣子。

於是他又回到家了。施定開始伺候這孩子，煮食、洗衣、問長、吁暖。但這年輕人從此不說話了，他把刀子拿在手上把玩，用一種恨意的眼光來瞧著父親。那父親在工作之餘，精疲力盡，一看到兒子的眼光，渾身都會發抖。「這個家一定會發生什麼事。」許多的人都說。

有一天晚上，施家傳出一種爭吵聲，第二天早上鄰人發現施家的家宅凌亂，好像經過一番撕打，祖傳的東西有些遺失了，施定躺在庭院裏，人們以為他死了，送他到醫院，發現他的頭撞到一種鈍器，腦震盪了，不能說話也不能思想。

施水謀立即被傳訊到警察局。他說晚間發生搶劫。不久，劫犯被找到，那劫犯不能肯定打了施定的後腦，但那鈍器確是劫犯車上的橫桿。罪證立刻確定。但法官問施水謀為什麼不當夜送他父親去醫院，施水謀說不出理由，但警方不能對這青年有什麼行動。

好了，現在施定躺在床上了，他的族人立即和施水謀斷絕往來，用如同見到鬼的眼光來看他。施家沒了唱歌聲，街路也聽不到口哨。世間人好像一下子忘了這二個父子。但不久，人們見到施水謀竟到田裏去，並親自去整理庭院。他用勤快的動作去做事，臉竟也舒愉了，在街路上遠遠地就和大家打招呼，施家的人要避開他都不可能。他又到民衆服務站去，和黨工款款而談，完全恢復了小時候的聰明、靈巧。最重要的，他竟親自來伺奉失去知覺的父親，在許多人的眼光下，替父親更替衣服，替他按摩，看到的人都流眼淚，民衆服務站長在宴會時常對許多的名流說：「人要有施水謀那樣的兒子也就滿足了。」

施水謀的名氣遠播了，大家都曉得他是孝子。幾年後，養鱉的事業興起了，他無意中挖的水池發揮功能，替他賺了大錢，又投資做汽車保養場。現在他是總幹事，如果官運好，要當什麼議員也不是困難的。

3

「哼哼。」施水金君說：「這便是那個總幹事的孝子的由來。至於我爲什麼知道那些事呢？因爲我就是和他打過架的那個表兄。」

我們走出農會。看到了鎭公所的建築莊嚴。施君又說：

「你還想研究孝子嗎？廉吏也要嗎？如果想要廉吏，等見到鎭長後我說給你聽。」

分家

鄭發是礫石村的一個中農，種植著四甲的土地。這個人方面大耳，一副胖膩的身子，但四肢壯碩，雙手特別的粗礪，臉龐雖然被太陽曬黑，卻泛著紅光，好像一個吃飽了酒食的大漢。談起這個人，大家都說：「伊是快樂的傢伙。」他愛用粗大的嗓聲在村店裏和人聊天，大笑的聲音全村都可以聽見。早年他的酒食的脾氣是鄰近的鄉鎮都曉得的，他曾在市集裏和大伙兒大吃大喝，竟然單獨吃掉十斤的瘦肉，還喝了兩打的紅露，由於大醉，把桌椅都掀了，躺在馬路上睡覺。那時他出入在各村莊的慶宴上，用著蓋滿鬍髭的嘴喝著一打又一打的酒，大家不禁說：「鄭發是最懂人生的人。」但是五十歲以後，鄭發的頭常感到暈眩，昏倒過一次，有高血壓，他立刻把酒食禁掉。現在他雖視酒食為仇敵，但每當聞到香味時，便大發其癮，全身都會發抖。這個人性格是豪爽的，有時有點疏陋，甚至容易上別人的當；但他對錢可一點都不含糊。他可以慷慨為礫石村的代天府盡心盡力，但要拿一塊錢出來，可就要看你的本領了。你瞧，現在的礫石村哪個人還有四甲的土地呢？李其發以前是有的，但現在分家囉，一個小孩只五、六分地。李謀盛呢？早賣一些掉了，並讓他的小孩自立門戶，自己不過剩一甲多。獨獨這個鄭發，壓根兒就是老狐狸，還不肯分家，因爲他若分家，便控制不了全家的經濟。他叫四個兒媳替他做田，卻從不給他們多餘的錢。於是他必須鎮壓兒媳的分裂運動，像從事一種家庭鬥爭一樣。

說起鄭發的作戰方式，完全是藝術手腕，簡直出神入化了。他先宣佈遺產的分配是一律平等，他說他竭力替家庭累積財富，除一口棺材外，他一文也不帶走，所以他的努力完全爲四個兒子。鄭發又說若想分家可以，在他五十歲時只能分四分田地給兒子，五十五歲時，分五分地，六十歲七分地，六十五歲時，便得一甲地。現在他已六十歲，距離六十五歲，只有五年，換句話說，再五年，他便分家了，一切的財產便由四個兒子承襲，一點也不差。他並且分析分家與不分家的利害關係給兒媳曉得，如果不分家，那些小孩的讀書費都由家庭共同開支；如果分家了，便個別去籌謀。這一著棋困住了老大，因爲他生了三男二女，開支龐大，便不敢輕言分家。他力求公平，軟硬兼施，隨時注意兒媳們的分裂意識和分裂行爲，並伺機分頭擊破。唔，打從他的妻子死後，少了一個叨，他更大權獨攬徹底地控制了全家。

但一九七八年，這種控制首度地出現了危機。

農鄉的經濟殘敗在這時又明顯地彰顯出來。那便是農政單位「計劃收購稻穀」的挫敗所致，稻價陷入空前的低潮。在以往，這可不是什麼新鮮事，有時稻米賠錢或被騙都是平常的。但這一年可不，你瞧，稻穀沒人要了，人工卻找不到了，肥料漲價了，特別是物價的波動來臨，往日，東西沒上漲，稻米一百斤六百元，今兒物價上漲一倍，稻米卻賣五百八，唔，人總不能吃土過日子吧。鄭發的第四個媳婦首先表示不滿。

鄭發的四子叫鄭號，他的這個小孩是個寶貝兒。年紀三十，他有一付瘦瘦的中等身材，顫抖著手腳，受過國民教育後便在家裏耕田。這個人雖不若父親碩壯，卻和父親一樣愛大笑，也愛在市集喝酒，也是海量，他喝了大量的酒，便雙眼迷濛，揮著手大叫：「這就是人生，唔，人生就是這樣。」他的怪異性格整個兒都是從父親那兒來的。他因自小身體不好，鄭發的妻子在世時，便怕他夭折，要鄭號不要叫鄭發父親而叫他「阿發」。鄭發從來溺愛這小孩，不只因爲那小孩身弱，且因爲他的人生態度和他年輕時一樣。於是當這對父子湊在一塊時，簡直不可不看，鄭發打著喝醉的兒子的肩膀說：「你又吃了多少肉呢？」鄭號說：「二支蹄膀，三瓶酒。」鄭發一聽，又因酒肉癮發作而顫抖，說：「這麼多嗎？」鄭號晃著身子說：「不多，阿發不是吃過十斤肉嗎？」鄭發一聽，哈哈大笑，說：「就是呀！兒子，這就是人生！」這對父子像是酒肉兄弟。

雖然鄭號吃喝和鄭發一樣，但對錢可不一樣。鄭號因爲自小就沒管過錢，他對錢一竅不通，他的錢完全由妻子來管。他的妻子叫銀珠，是城裏的婦女。這婦女是好管家，指導鄭號做事。她是個兒細小的女人，但努力勞動，頭腦精明，分家就是她竭力提出的，因爲她和鄭號結婚只兩年，還沒小孩，分家對她有利；如果五年後才分家，她沒私產，那時小孩成群，就糟了。唔，就要趁年輕時建立自個兒的基業呀！她想分家，也想鼓動丈夫去城裏做事，但沒自信，常低著頭，像受委屈的媳婦。

稻價的低廉使兒媳們沮喪，有人想出外做工。於是分裂運動激昂，終於不可遏抑，鄭發又要耍手段了。你瞧，一九七八年代，第一次家庭會議在夏收後首次舉行。

客廳擺一張桌子，放了幾張長條板凳，因爲剛下田，便把茶壺拿到廳堂，泡了糖水，因工作的勞頓，大家的脾氣有些不好。大兒子和二兒子都垂頭喪氣，二兒子望著庭院披曬的稻稈發呆，四個兒子乾脆打了赤膊。

鄭發又把他的規定說一遍，他又保證五年後一定分家，要兒子們暫時忍耐，度過了這年後，情況就會轉好。他說：「當父親的就是爲了你們！」但是兒子們卻不感興趣。

「阿爸，我想出去做工。這村子我們住不下呀！」大兒子站起來說著。

「不行。」鄭發說：「你若要走，便只得七分地。這一點你懂。你的妻子和小孩也帶走。」

「阿爸要同情我們啦。你何必辛苦呢。今天我們分了家；明天，我們收成了，給你錢。阿爸照樣享清福。」二兒子也站起來說。

「阿爸年紀老了，實在不用再爲家庭操心了，我們會爲您解勞。」

這群人像愚蠢的鴨子在那裏呱呱地叫著，竟不能決定應該怎麼做，那幾個小孩愈說愈生氣，後來在倒茶時意外地把碗打破了。大兒子不停地敲著桌子。鄭發看著小孩要鬧事了，於是他便露一個機敏的眼光，把手一揮，說：

「分家！唔！他媽的，分家是可以的。但我要提一個意見，你們若答應，我便可以考慮。」

「什麼意見？」兒子焦急地問。

「你們若分家了，每人都一甲地，但每期，你們繳二千斤的穀子出來。唔，答應了，這件事就好辦。」

「二千斤！」

兒子一聽，張大眼珠。這老狐狸要抽重稅呀！在礫石村，夏收只一萬斤，秋收只六、七千斤罷了，這老狐狸要抽總收成的五分之一呀！他不是瘋了嗎？於是兒子們立即表示異議。

他們只能繳一千六。但這老頭兒堅決不肯，兒子又提請求。鄭發認爲他們胡鬧，立即摔了桌子。於是客廳的氣氛緊張，大家的臉色立即鐵青，父親的權威畢竟是不可抵拒的呀！鄭發一看計策成功，於是改用懷柔的手段說：

「其實我也想分家。只怕你們不能照料自己，怠惰了。二千斤，除了你們能繳二千斤，我方答應。」

兒子一聽，知道沒希望了。

「好！」忽然鄭號的妻子站起來，她的身子由於緊張，發抖了，但一會她用清敏的目光來看著大家，說：「我贊成每季繳二千斤。大伯們不能繳出的四百斤由鄭號繳好了！」

那個小媳婦一說完，客廳立即大亂，你聽，那小媳婦竟要爲其他的人多繳四百斤，唔，她一季竟要繳三千二百斤呀！她瘋了嗎？她那裏去弄那麼多穀子呢？

鄭發一聽，心涼了，他大叫說：

「銀珠！妳不是說錯吧。妳在胡說八道！妳說什麼呢？」

那小媳婦一被罵，竟忽然鎮靜下來。但她想到不分家對她是不好的，又感到前途黯淡，這女人竟能鼓起勇氣：

「我說的話是算數的。」

「眞的嗎？眞……的……」鄭發結結巴巴起來了，他知道自己的計策把事情弄砸了，但不能收回，但他竭力地大喊說：「妳一定是說笑話，我現在還不讓妳吃虧，妳的話還可收回，妳若後悔還可以說。」

但那小媳婦卻沒後悔，鄭號也不能糾正妻子的話。於是這個家立即成立協定了。他們立了據，馬上分家，三個兒子按期繳一千六百斤，小兒子繳三千二百斤。

礫石村因而大爲震動了。

現在，鄭號和他的妻子在家裏睡不著覺，他們那裏去弄那麼多的稻子來呢？種稻本來就賠錢的，現在又要繳那麼重的穀子。去偷嗎？不行，礫石村和鄰近的農鄉一樣地貧窮，偷什麼呢？一想到這件事，鄭號的妻子便流淚了，第一季穀繳出來，他們立即典當了嫁妝來度日。鄭號的妻子限制了丈夫的酒食，一個月頂多叫他去市集喝一次，並打消了生育的計劃。唔，是長期的桎梏呀。這種窘迫能使狗急跳牆。於是有一天，鄭號的妻子拿了一把的錢給鄭號，說：

「給你錢，去喝酒！」

這當兒，酒徒的鄭號一看錢，眼睛都發亮了，他的手抖動起來，說：

「好呀，好呀！妳怎麼這樣慷慨呢？」

鄭號伸手便去接。那妻子把手縮回來，說：「你可以吃喝，但找鄭發一起喝，你們倆若在一塊花多少錢我都給！」

鄭號一聽，歡天喜地去了。於是人們看見鄭號和鄭發到了市集。

這個老酒徒太感意外了，他和兒子來到市集，在椅子上坐下來，堂倌立即端來蹄膀。鄭號又叫來酒，他說：

「阿發，喝一杯！」

鄭發一看，退了一步，他說：

「我不喝！」

「唔，爲什麼不呢？」兒子把酒端過去。

「你有病嗎？怎麼？現在請我喝酒了。」鄭發不解地說。

「銀珠說若你陪我，方讓我喝酒。」

「眞的？」鄭發張大眼睛。

「喝，喝！」鄭號指著酒。

蹄膀和酒食以及餐館的味道把這對父子困住了。鄭發起先不肯，他勉強吃了一塊瘦肉，但嘴膩，又喝了一口酒。但酒一鑽進肚子，癮便發作了，他大笑起來，又喝一杯，又叫了兩斤肉，竟然大吃大喝起來，一會兒，這對酒肉父子由椅子站起來，東歪西倒，鄭發還在抗拒酒肉，他說：

「唔，我是最清楚了，你們想害死我嗎？哈，我會控制自己的，就只這一次，就只這一次！」

第二天，鄭發立即躲得遠遠的。他用梟桀的眼光來瞧著那些兒媳。但鄭號卻好像是他的酒蟲一樣，馬上找到他。鄭發看到兒子，竟又跟他去了，因爲只有他的小兒子懂得他，能和他談人生，他又不使自己的孩子失望，況且打從不管家後，閒得日子要發慌了。

於是市集上的人都可以聽到這對父子的笑聲。看到的人都說：「唔，這兩個人，好像人鬼相附了。」

鄭發不停的和兒子到市集去，他完全解除了禁忌，忘情地大吃，完全恢復年輕時的活力，他說：「我不怕什麼，這酒是有益身體的，你瞧，我體健如牛！」他的身子一天一天地胖了，有一次倒在桌下爬不起來。後來又摔倒馬路邊，一手一腳不能動彈。

兒子們立刻把他弄到病床去；但他一想到鄭號，又溜下病床，支著拐杖，到市集去。他們快樂地大叫：

「這就是人生！」

最後鄭發又跌一次，便死了。

三個大兒子立刻和鄭號斷絕往來，並把鄭號的妻子看成是兇手，不願接近她。

不過，最近，分家後的兄弟們不用繳穀，生計轉好，有些可以到工廠去做工，頗賺一點錢，地皮也意外漲了價。這些兒子都說：

「早知這樣，幾年前就該分家了！」

蕉紅村之宿

1

爲了幫朋友發展農鄉小事業，我們運載一批農藥，奔走在南部的鄉村，去拉攏客戶。最後到了蕉紅村，這是美麗的村莊，這樣的風光，一生少見。

綠色的稻葉在三月的春天已氾濫在整個大地，晴朗的天空以異樣的蔚藍，向四面八方延伸而去，在那遠遠的地平線上不時地躍起了一簇簇的痲筍竹的姿影，紅磚屋露出在透空的天光中。在這村子的四周，更種滿了綠色的蓮蕉，時値開花，鮮艷的紅黃花朶把村莊裝飾起來了，使村子變得適然而有神。我的朋友被那些植物感動了，竟至於發出了讚嘆，不禁說：

「蕉紅村，唔，好名字，好名字。」

夜晚，我們跑到村廟前的涼亭聊天，一群戴運動帽的青年來了，我們立刻和他們攪混在一起，謅談個不停。

時値蕉紅村的土地重劃，這群青年是縣府委派的策劃員，對農鄉有著濃郁的情懷，他們對人生有著功利的嚮往，但不做誇大的幻想。我想這大約也是由於工作環境所給予他們的影響吧。我們喝酒，夜漸漸冷涼，但談興高漲。他們說及都市與鄉村和人的關係，一個青年朋友說：

「我想對於城市或鄉村的喜好，恐怕是因人的性情而定。如果那人的性情適合動盪，他自然選擇都市的生活，反之，則選擇鄉村。」

另一個朋友說：

「不然，我以爲完全是功利所致。甚至我可以說是被迫的吧。農村不能生活，自然移往都市了。」

於是二種說法立即引起辯論。但不能得出結果。

一個始終沉默在一邊，把手支著下巴的青年忽然抬起頭，他戴著運動帽，生得奇怪，頭顱略長，耳朵縮皺，但五官不失漂亮謙和，是測繪員。這人坐直他的身子，像評判家一樣，說：

「我以爲你們都沒有錯，只是大部份的人是用功利來做決定，部份的人則依性情。但我曉得有一個例子，他不依功利也不依性情而選擇來農鄉工作。可以說是完全爲了感情，或甚至說是一種假想的良心吧。你們要聽聽這件奇怪的事嗎？」

②

在離開蕉紅村不遠的一個村莊，困苦的戰前經濟使這裏的人們生長困難。你不時可以從別人的口中聽到，那些舊時代的母親曾懷胎過十幾次，但子女僅得一、二。唔，可不是，那時能活過六十歲，便是上壽了，而夭折率則高達四〇%。瘧疾在戰時來到這村莊了，吳興終於喪妻，他剩一個女兒，並爲了傳宗接代，在妹夫家收養一個男孩，三個人組成一個簡陋的家。

談起吳興，的確是好耕農，他謙卑待人，沉默耕植，他窮，但不嗟怨，把悲哀藏在胸中，把饑乏忘掉。他替日據時期的保甲李煙做長工，經常勞動在李煙的田地。在勞動後，他歇在村店裏，把腳抬到椅子上放著，抽起菸，村人都說：「吳興又來想心事了。」但這個沉靜的人從不自私，他在廟裏的鐘樂團裏敲鑼鼓，在節慶時，他擊鼓，把鼓聲敲成千軍萬馬，他低著頭，全神貫注，活像要把整個人兒也埋進去似的。那個五十歲的保甲李煙喜歡找他談天，因爲李煙也不愛喧嘩，這二人對坐喝酒，常徹夜徹日，但人們聽不到他們說的話。村人兒都說：「這兩人的話裏有金銀！」大約這個原因吧，李煙的家僕也染了這樣的習慣，一逕沉默謙卑。

有一天，吳興發現他得病了，是肝疾，戰時的醫療設備缺乏，於是吳興便把女兒吳荷託給李煙，因不放心，索性便把女兒嫁了李煙，做他末房的小太太，並遣了兒子回到生父母的身邊去。他跑到廟裏，又一陣地把鼓擂得通天價響，便死了。

吳荷開始在李煙的家，做他家裏的一份子。

戰爭的炮彈落在這個大地上了，飛機嗡嗡地在空中又飛回去了，戰爭結束了，人們邁動他們的腳，仍在田裏辛勤不息，好像壓根兒沒發生過什麼事似的，只除了偶爾還把他們的頭抬向空中神經質地瞧瞧。唔，戰後的一代由屋子跑出來了，他們張著嘴，枯瘦如柴。這一年，吳荷有一件大事，伊懷胎了。

好，眞是大消息，全村的人都謅談起來了，他們在村裏村後，掩著嘴唇兒互相地說著：「吳荷懷孕了，唔，這個女人竟懷孕了。」唔，這消息果然重大，因爲大家曉得，四十五歲，李煙有一次的手術，他不能再生育了。

吳荷的不貞成了村人指責的焦點。人們料想這個李家一定要採取行動了。但村人卻聽不到李煙任何的一句話，他好似不把這事兒放在心上，你瞧，可不是，這個大戶人家從不提這件事，把這消息看成是投在江洋上的石子，沒入水中，就再也見不著什麼了。但吳荷的臉瘦黃、憂愁。人們料想吳荷的孩子必難在李煙的家生長。

分娩的日子到了，那是春日，村莊的草木茂盛，一個從前在李家幫傭的女僕看到了吳荷的分娩情形。

一個下雨的夜，做為吳荷不貞的懲罰，老天都變了它的臉，風兒竟也在春日狂怒地颳起來。吳荷的早產來臨了，那種細長的痛苦叫聲震驚了整個李家的人，李煙和他的幾房太太都來了。李煙背著手，神色凝重，雨水把他蒼老的背脊給淋濕了，那些女人們都用沉默的眼光來瞧著吳荷。

「唔，去城裏叫護理士來。」李煙皺眉地、沉靜地說：「他們的醫術好。」

但家裏的人一看大雨，天黑，都把脖子給縮回來。

「為什麼沒有人去呢？」李煙躊躇焦慮，說：「她也是我妻子呀！若果這小孩不是我的，也是老友吳興的孫子呀！」

沒有人回答，他的聲音被打在小房的淅淅瀝瀝的雨聲給遮蓋了。

於是，他們商議，便叫一個鄰居的老婆子來。他們叮叮噹噹地忙一陣，把那臉盆、剪子、麻油給準備好，便把吳荷放在床上，這婦人的呻吟聲愈大，可以壓過外頭的下雨聲，使屋子的空間都痙攣了。老婆子在旁邊喊著鼓勵的話，唔，你聽，她一下子催促著吳荷用力，一下子叫她要忍耐，她用著一條毛巾幫吳荷拭汗，後來她自己也渾身大汗。但幾小時後，小孩竟像頑石般，躲著不肯出來。

「難產，伊是難產！」

老婆子喊起來了。大家震驚不止，那些男長工也呆呆地站著，不知所措。

「吳荷，」李煙站過來，他沉寂的臉流汗，說：「妳一定要把孩子生出來，唔，可不是，不爲孩子，也爲妳的生命。」

李煙慌了，喊：

「沒人去城裏嗎？快，到林護士那裏去！」

但大家一看狂風暴雨，竟沒有移動。

於是這群人愚蠢地呼喊著吳荷，要這神智昏迷的產婦把小孩給生出來。這可憐的產婦，聲音微弱了，汗竟流光了，皮膚泛白。

忽然，門口有了停車聲。這家人跑下去看，便看見護士來了，這女人怎麼來的。唔，她搭黃包車，那位拉黃包車的人竟是年輕的長工許伍。

「車伕不拉，唔，我自己拉。」許伍跟在後頭，這長工低著頭，腳步晃盪。他的衣服都濕透了，因雨夜奔走，他竟跌得手腳淤青，腳竟跛了。但他露出興奮的、壓抑的笑。

「我們家的人就是這樣。我們家就是這樣呀！」李煙用著已沙啞的喉嚨頻頻地激動地說。

護士果然不一樣了。她放下醫藥箱，打了催生劑，並指導正確的生產方法。於是，在那困頓的、血漬的床褥上，人們看到小孩的雙腳給伸出來了，他們大喊起來。是胖壯的男孩呢！但那小孩的頭卻沒法生出來。那嬰孩的胖壯的身軀整個兒把自己卡在裏頭了。呀！護士緊張了，她很少目睹這樣的情況呀！

「糟了，危險了！」

護士喃喃地說著。她於是跳到那可憐的產婦旁邊大喊：

「用力呀！吳荷！用力呀！」

於是整個屋子的人都大喊起來。

然而，三個小時後，那婦人漸漸失去知覺了。天竟也悠悠地在變小的雨中微亮起來，像灰一般的鉛白的天光蓋在玻璃上。護士離去了。因爲她以爲這婦人無望了。

家人用著昏疲的神情，離開了小室。淒寂立刻籠罩這不幸的母子。因小小的簷雨聲，而使淒寂更形加深了。

在漫長的夜裏，李家的人都耗盡精神了，他們回房各自睡覺，當天色漸漸亮起來後，有的人竟又爬下床，偷偷去看那對母子了。一個女僕，把門打開，她想小孩和吳荷已然無救，心裏悚然，她太緊張了，費了許多的力氣，才將門打開。這當兒，她忽然大叫起來，驚訝得手腳發抖，原來吳荷竟沉沉地睡在被子裏，那床邊坐了長工許伍，他的手中抱著那個小孩，斜斜地疲憊地倚在牆邊，陽光羞澀地爬進窗口，正照在那個小孩的臉上，是活著呢！李煙和家人都奔來看了。他們不能想像這長工是怎樣把那小孩拉出來的，因為那小孩的頭竟給擠成扁長，耳朵皺縮在一起。

吳荷的私生子立刻被察明了，李家調查出是吳荷和她幼年時一起成長的表兄所生的。這李家立即把小孩送到那表兄的手上，從此不提這事，唔，果然像一顆石子落在江洋一樣無痕無浪。

二十年後，這孩子長大成人了。李家早已在工農業變遷中，支離破碎，家人離散，或走或徙。吳荷已死，而傭工已不復聚合。

這小孩已然在困苦的環境中自立。有一天，他對血型發生興趣。他查考了母親為A型，父親AB，而他竟是O，這下子，他忽然查覺到不對勁了。因為A和AB的父母是永遠也生不出一個O型的孩子啊！

便在那剎那，他知道父親是誰了，是誰讓吳荷再度鼓起勇氣去生出那小孩呢？是誰能在深夜的狂風驟雨中拉著黃包車走完十公里的道路呢？唔，他父親竟然是許伍呀！

他開始去找尋那個許伍了，但據說在李家傾頽時，他就走了。有人說他死在不確名的一個村莊。

③

「但是這小孩是不氣餒的！」那個青年完全抬起那長條型的頭了，他說：「我相信我是在整個農鄉最窮困的時候出生的，我使得那生我的父母受苦了，於今那可憐的母親長埋在地下，我固不忍離開，即若那失踪的父親，我相信他有一天必定能忽然在農鄉出現，與我共聚。這便是我依戀農鄉，擇取在農鄉當土地測量員的緣故。」

青年說完，兩邊的爭論完全停頓了，我彷彿聽到一句嗟嘆聲說：

「一切的依戀中，沒有比對父母和土地的依戀更令人感動的。」

搭檔

詹清財和廖青是葫蘆鎭的兩個名人。他們是詹派和廖派地方勢力的代表人。談到這兩人，大家都眉飛色舞地說：唔，你看，這是兩個好弟兄，從來合作無間，像葫蘆的兩個肚子，一大一小，一小一大，不能分離。你沒見到嗎？如果詹清財包攬市場的工程，廖青就是理監事，如果廖青是土地重劃的主辦人，詹清財便管財務。他們不是共穿一條褲子嗎？葫蘆鎭所以有了種種的建設和活動，都是由於這對搭檔的貢獻。

「他倆眞偉大。」葫蘆鎭的人都說著。

談起詹清財，他的確是了得。這人胖膩著一個肚子，臉色圓潤，像彌勒佛一樣的笑口常開。他愛呵呵地笑著，談得心花怒開時，便說：「有機會請你喝一杯。」他眞海量，喝酒從不數杯子，敬酒也不分等級，他一會跑縣府，一會兒出現在里民大會，和你談正事時便嗯嗯地點頭，和他的上級見面總彎著腰堆滿笑臉，他會察言觀色，從不曾說錯話，完全是政治家的態度。他愛發表言論，在重要的當兒總會挺起他的肚子說：我爲葫蘆鎭犧牲。他的搭檔廖青也是人才，他的臉面端正瘦削，說話從不苟且，這個人愛穿平常的便服，完全是布衣出身，說過的話從不後悔，他常替縣政府宣達命令，大家傳說他和一個革命家有宗親關係，每逢那位姓廖的黨國元老生日時，便把鞭炮吊在屋簷下。他的眼神尖利，坐鎭在廖姓的宗親團中，完全是帝王。這兩人是這麼特出，所以許多的事情都由詹清財去說，廖青運幄於內，從沒差錯。

但只有一次，他們好像有點不愉快。那是詹清財競選鎭長連任時的事，廖青竟然也出馬了。他們分裂了。

廖青是一個聰明的人，但大家也曉得他有一個愚蠢的兒子。唔，你沒見過葫蘆鎭的窮子弟都很勤勉地尋前途，在不很富足的年代裏，大家都想移往都市去，或做工或謀職，但這個小孩卻什麼也不會，他唸高級中學後回家了，廖青不願他到工廠去勞動，因爲只有這麼一個兒子。有一次，拜拜時，廖家公子和一群朋友騎著車子出去了，因爲滅音器拔掉了，聲音振動整個葫蘆鎭，交通警察吹了哨子，於是那些朋友慌亂地在街上奔竄，先撞上一個老婦，後跌到一個圳溝去了，廖青的小孩跛了腿。這會，廖青便想到該替他找職業。他把兒子帶到詹清財的面前，要他的搭檔安排財政課的職員給他。但是詹清財露出難色，他知道廖青的公子沒有普考文憑，給職位是犯法，因此他搖搖頭。廖青提起許多往事，表明詹清財的鎮長完全是他協力下當選的，因爲說得激動，把口水吐在詹某的臉上。詹某也生氣起來，說：

「你就是黨國元老來說也是無用的！」

廖青生氣地走了，他拉著自己的兒子走了，真的生了一頓大氣。

他躺在床上，怎能安睡，他的瘦削的臉變得黯黃了，像帝王一樣唬唬地吐氣，一會兒，他爬起來，踱著步。呀！那個忘恩的東西，他媽的，全不給他面子。廖青望一望牆上掛著的他和詹某的合照，他怒氣沖天，把它擲到地上了，粉粹了，由於聲音太大，令他想到鞭炮聲。後來鞭炮聲使他想到一件事了。唔，現在不是競選季嗎？詹某要競選連任。那麼給他一點顏色吧。於是廖某急急地走出房子，他到廖家的祠堂去一趟。於是鎮上便傳出了一個消息：

廖青要出馬競選鎮長了！

這回換了詹某不能安睡了。他坐在鎮公所椅子上坐立不安，不能專心地批改公文了。他聽說廖某的家宅開始出入了許多人時，心頭顫慄，他的彌勒佛式的笑容不見了，大肚皮好像要掛不住了，又沉又重。後來密探回來說，黨方的人被邀請到廖家做客了。於是中午，鎮公所的人發現詹某不見了，他去拜訪廖家。

廖家的宅院被佈置起來，標語貼在門口了，三層的建築重新被粉刷一次，大廳被整頓得乾乾淨淨，幾個幫閒的人在大廳的沙發上抽菸斜躺。由於他們都是熟人，詹某呵呵地笑著，迎了上去，但那幾個人不理。詹某毫不氣餒，把他的政治手腕發揮出來，自個兒在客廳說談，並開自己的玩笑。一會，有個人出來，說廖某在辦事處等他。

詹某把他的笑臉掩藏了起來，對於廖某，他最清楚了，這人做事是決心到底的，不容易更改決定，這刻在辦公室的廖某一定準備和自己談判一番的。他沒有自信，感到不自在，唔，自己是鎮長，是一鎮之長，露這副樣態是可笑的，但他不能不這樣做。他移動著彌勒佛的身子，登上樓梯，把樓房都震響了。

「好哇，廖青兄，你忙吧！」

「唔。」

廖青抬起頭來看他，臉色鐵青。

「現在你做什麼呢，是不是又有生意了。」

廖青又應了一聲。於是空曠的辦公室重歸於寂靜。吊鐘嗒嗒地敲著寂靜的空間。

詹某拿了一張椅子，拘束地坐下，然後在口袋裏掏出一包完好的外國煙，撕了套封，遞一支過去說：

「廖青兄還生氣嗎?唔，還生老弟的氣嗎?呀!呀!這樣的事實在不好!」

「沒什麼不好!」廖青把菸放在桌上，用尖刻的眼神瞧著他，說:「你有你的做法，我也有我的打算，照這樣下去就好了!」

「何必呢?何必呢?」詹某哈著腰來點菸了，他說:「是老朋友嘛!有事還待慢慢地商量呀!」

菸抽了，氣氛好一些。

「你打算怎麼樣?」廖青吐著一口一口的濃煙。

「看您啦，嘿嘿嘿!」詹某卑怯地說:「只要你不出馬就好了。我盡量做了。」

「現在太慢了!你做過競選你曉得，我都準備妥當了。」廖某說:「要改變恐怕難了。」

詹某一聽，大吃一驚，他趕快衝過去，說:

「你一定要解散你的人員，不要登記提名。好嗎?你的條件我都答應!」

廖青想了很久，便說:

「那麼我要你馬上做幾件事:①給我兒子一張聘書。②向我的那些人致歉。一定要立刻辦。懂嗎?」

「這……這……」詹某猶豫不決，竭力地、口吃地說：「致歉是可以辦到啦。但聘書嗎？聘書我還是不知道怎麼弄呀，是偽造文書呀！」

「唔！你是不答應吧。」

「不！不！」詹某忙著搖手。

「反正你有辦法！」廖某說：「一星期內做好，我們等你的消息。」

這個削瘦尖刻的人把臉轉過去，不說話了。

於是詹某不安地離開。

幾天後，假日，宴會在葫蘆鎮的新鮮餐廳召開了。與會的人士都是鎮裏的名流。詹某和廖某在餐館出現了。詹某好像不憂鬱了，又像彌勒佛了，他歡天喜地拉著廖某到角落去，他把手裏的東西打開，赫然是一張廖公子的普考及格文憑和一張聘書。這當兒，廖某的眼睛一亮，驚訝地喊：

「呀！你這東西是哪兒來的呢？是哪兒來的呢？」

餐宴立即開始了，名流起來致詞了，說：

「這餐會是詹清財為了團結我們鎮上的感情而召開的。他要向廖青先生致最高的敬意，他的犧牲私利的精神將會使我們的鎮永遠像葫蘆一般上下地結合在一起！」

是的，這個鎮眞是個葫蘆。

現在廖青的兒子已是財政課員，明年要當財政課長呢！

礁藍海村之戍

1

你到過島南的海濱去嗎？你聽過蒼涼的老歌手的恆春小調嗎？你記得那綠色的草林嗎？還有黃昏時漫天的海霞。唔，那兒有你漂泊靈魂的歸依之處，有你能生能死能滅的海洋和大地，更有你觸目血淚的小事件。我去過那兒一次。

是一個偶然的機會，在服役時，我被調遣到海邊的小村，和著許多的同僚，穿著海墨藍的衣服，荷著槍兒，當一名戍兵。

這個小海村果是不比尋常。它依山傍海。藍藍的海水沖刷在小路的腳痕，在遠方的海上激盪著銀白的浪花，和著山巔的白雲相互地輝映，唔，在陽光下，你坐在海邊的石椿傾聽，那種山海的樂音像一首詩。而主要的，在那遠方的海邊中，像奇蹟般地矗立起一扇藍色的海礁，它崢嶸而孤傲，摒擋著海浪的攻擊，當大浪湧到，便發出一聲巨響，如霧般細碎的水花向空中噴洒而起，把那藍色的海礁給整個兒罩住了。唔，它是天神的傑作，完全是傑出的藝術。我想「礁藍村」的名稱便是這樣來的吧！

在一個春日，陽光和煦，我帶著隊員們去一塊山坡上墾植，他們或老或少，經過長久的歲月，他們即將要再度投入社會了，由於協力的結果，我們竟能把一甲多的不毛山地墾成一片綠色的田園，衆多的萵菜和闊葉的綠芋搖曳在陽光下。我們精神瞿然，相互大叫：「唔，那棵菜心是我種植的，唔，你瞧，萵菜竟然開花了。」

一會兒，鐘響了，在口令下，我們取出了便當，列隊坐在草坡前，吃起了午餐。我們看著晴空看著白雲，相互地談論起來，講起各人的往事。一個年輕的，豪邁的弟兄指著那塊遙遠的海礁說：

「唔，就打個比喻。我以前是咖吶的好兄弟，就像那海礁一樣的英明。你說英雄是什麼？便是頭斷血流也還站在那裏！弟兄便是那樣！」

這個青年叫周金木，他愛吹牛，我們都知道他的底細，他大過不犯小過不斷，是小竊出身，但他從來愛面子，所以大家都不想揭發他。然而，由於那海礁的刺激吧，大家竟都認眞地說起來，竭力把自己英雄化。一下子他飛車載美，一下子他見義勇爲，他們甚至談到如何矇混警員，和別人勾心鬥角的逸事。這些笑話混合著故意的誇張，它引導我們受拘的靈魂，越過了海礁，掠過浩瀚的海天，到達我們日夜企盼的十里紅塵的世界，回到親愛的妻女身邊去了。我們堆擁在一起，快樂地手腳顫抖，哈哈大笑了。

「木石仔怎不說話呢？」

一個隊友忽然指著列子後頭一個隊員說著。那個被指的人叫吳木石，四十二歲，頭髮有些微白，瘠瘦而枯矮，他一直是低著頭在嚼東西，這會兒他正把飯盒放下，在口袋裏掏一截沒抽盡的國光菸，劃了火柴，吐出一口的煙，埋在煙漫中的臉從沒抬起。

「木石仔一定也有英雄的故事。他不好意思說罷。」一個個的隊友都答腔了。

「唔。」吳木石把臉抬起了，他那縮緊在一起的五官抽搐著，像個童騃的小孩一樣，驚懼地看著大夥兒，他搖搖手了，很不好意思地說：「沒有什麼英雄啦，不過是狗子罷了。你們若愛聽，我也可以說啦。我親眼見過一個人欺瞞過警察佬的事。」

「哇！不得了。」隊友又嚷起來，說：「你看，木石仔就是不一樣，人小鬼大。別的事我們都知道，但卻從不曉得怎麼去騙警察佬，說來聽聽，讓弟兄開竅開竅！」

吳木石猶豫不決。他吞吞吐吐，最後好像下了決心一樣，把菸捻息，放進口袋裏，便說起他的見聞。

2

「跳仔」這個人是樹城裏的一個小攤販。他擺地攤賣東西。談到這個怪人，大家便覺得好笑，他是隨著整個樹城手工業的繁榮而從農鄉遷進城來的。他的個子細小，渾身又沒一點肉，如果站在人叢裏，你不戴起放大鏡是看不到他的。因爲他的體格太小，又五官不正，所以總沒有在別人的眼裏停過一秒鐘。因此，他對什麼東西都感到驚慌，稍有一絲變動，他便驚慌地亂跳亂動，所以大家叫他「跳仔」便是這樣的一個緣由。唔，這個人完全是宿命的下層社會的角色，完全只適合當小丑。你看他又在街路的角落那裏偷偷地窺視過路的人，他站在那裏向小姐打招呼，要他們買布料，慈藹的人便以爲他是小孩，隨便買他一樣。因此大家都說：「跳仔若躲到女人的裙裏去，是看不見的。」

但是跳仔雖小，在床上可是勇將。唔，不是嗎？他竟然可以認眞地和老婆睡覺，叫老婆替他生了四男二女。他的妻子看到跳仔驚懼的模樣，便搖頭，她總希望跳仔膽子大一點。但有什麼辦法？魔鬼附身也改不了他。跳仔知道妻子的顧慮，因此竭力營生，讓小孩子吃飽睡好，他彷若在說：「嘿！你瞧。跳仔雖小，但總令妻子服服貼貼！」

不景氣的時候來臨了，那便是石油漲價所引起的，加上糧食的缺乏所帶來的危機，使得經濟混亂起來了。樹城竟不能免於這種打擊，一齊和許多的城市陷入惶恐中了。人民必須節省開支。

這下子跳仔遭到難題了。他看到許多的人由他的面前經過，不再看他的布了。他便大喊：

「喂，一套西裝布六〇〇元。要來的快來。唔，沒關係，五〇〇元也可以！」

最後仍沒人看。他便喊：

「只要四〇〇元，一等好的布料四〇〇元。」

有人來看了。但他們翻檢得厲害，或嫌布料不好，或大力殺價，跳仔不賺錢了，他滿頭大汗地跑到中盤商的面前，驚懼地說：「賣不出去了，賣不出去了！」中盤商搖搖頭，說：「你要自個兒想辦法。」

跳仔終於想一個法子，他要鼓起勇氣，不怕別人，不畏縮，他把布料帶到各公家機關去兜售。但沒有什麼地方比公家機構更令跳仔感到害怕。他唯恐去打擾別人的工作，唔，那些公家衙門，懸了徽誌，是莊嚴不能侵犯的。於是他要小心翼翼，從後門溜進去。他把布放在外面，像一隻老鼠一樣，溜到高貴的公務員的身邊去，說：「先生、小姐，要買布嗎？」高貴的人瞪他一眼，用奇異的眼光打量他。以為他是騙子。跳仔一慌，便拿來布料，點了火，燒一點味道出來，說：「唔，先生，小姐，這種頭髮燒焦的味道便是毛料，那種像尼龍燒焦的味道是龍料，我不會騙你。」他抽搐著臉，太緊張，竟有一次把一匹布給點著火，若不是打了一個滅火彈，恐怕要引起一場小火災。

他的收入少了，他把三餐的菜省一道了，飯也少吃一碗。他的妻子問他吃飽了否，他便點點頭。他的面容削瘦，動作不伶俐，看到人非但覺得懼怕，簡直要崩潰了。

春天來了，像一個誘人的姐兒，招引著全城的人去遊玩，去踏青。好家庭的太太、小姐、老爺都沐浴在春風春雨裏，這種天氣給許多人快樂和歡欣。但這種天氣給了跳仔麻煩。有一天他又踏著車子出門去了，在路上，下起雨，把布料給浸濕了，他兜了一圈，少有人買，便把車子踏得更遠，竟然深入郊區了，他的車子奔馳在泥濘的小路，泥水把他的車子濺濕了，他的腰也給折磨痛了，他注意自己的病痛，便想到肚子餓著。他在郊區的各機關穿梭著，最後終於迷失了方向，他在斜斜的雨中快速奔踏，竟把車給弄壞了。現在天黯了，他感到驚惶，這種驚惶使他意志不堅起來。想到要是有錢便好了，但想不出賺錢的更好的方法，最後想到去當小偷好了，偷是犯法的。不能犯法，唔，人間沒有什麼比法律更可怕。他因有了犯法的念頭，心裏噗通噗通地跳個不停。他提起力氣，下來拉車，因泥濘把車卡住了，他要費很大的力，他指揮起全身的骨骼，一步一步地朝路上前進。到深夜，終於抵家了，他放下車子，才發現頭暈腦脹，唔，他生病了。

他躺在床上，睡不著，小孩在妻子的身邊叫鬧。他爬到床底去睡覺，不能成眠，妻子端藥來，不忍心，他武裝自己，說：「我是不會生病的！」他爬起來，想溜出去，但走兩步，便全身輕浮起來，跌撞去靠在牆壁。「唔，別擔心。」他還是硬著嘴對妻女說：「我們從不曾餓過，現在遍地黃金哪，動一動便有錢了。」他的妻子看看他，說：「眞的嗎？眞的嗎？」

當然是眞的！你瞧，好消息來了！

春陽普照的一個早晨，財神爺光臨他的茅舍了，原來一個同行來看他了。那個人與他一樣地賣布，那人一踩進跳仔的門檻，便用愉快的聲音，說：

「跳仔，你還有時間躺著嗎？來，我給你發財的機會！」

那人從口袋裏掏出一疊布料樣本，拿給跳仔看。跳仔打量一下，驚訝地張開一口細黃的牙齒說：

「哇！好布料，你那兒弄來了。這種布料我賣不起，這時候沒人要了！」

「唔，有人要的，只要賣得便宜就沒問題了。這是私貨。」

跳仔一嚇，從床上爬起來竭力地、結巴地，叫著說：

「不！不！這是犯法呀！這是……這……」

「他媽的！」那個人跳過來，說：「現在是什麼時代了，犯什麼法的，要生活呀就得這樣，又不是一世人都搞這個，度過這陣子就洗手了！」

跳仔的渾身發抖了，心臟要跳出來。但他想一會，竟說：「好！」

他爬起身來了。因爲緊張和興奮，竟以爲病好了。好歹去試一下，說不定賺一筆也不一定。他又到街路上來選一個角落，把私貨都擺出來。好了，他又重新開業了，但規模和內涵不一樣。

那是一個周末。唔，這是好日子，人們都從各處蜂擁出來。那天，竟也是豔陽天。因幾天來的觀察，忽然便決定去碰一下運氣。他背著布料，便是到車站的附近來。選一個巷口，把布料通通排好在地上，他像一只小蟲一般，蹲踞在角落，不敢相信地看著那些布料。陽光把那些高級布的光輝照出來了，竟閃起耀眼的光芒。由於緊張，他竟在心底發出一種不安來，希望不要有人看到這批美麗的布。

然而好的東西總是傳千里的，一陣吱吱喳喳的談話傳來了，一群美麗的小姐像風兒一般擁到攤前來。一會兒，又來一群青年人，圍著不肯走開。人們好奇地都圍攏來，跳仔感到這些布眞是了不起。他懷著怯弱的心丈量著，收錢的手好像得了跳舞症，抖個不停，後來竟僵硬了。「他媽的，賺錢竟是這樣的！」他開自己的玩笑，罵著自己的怯弱，不時把尺碼給弄顛倒了。這個可憐的小角色，就這樣做起他的生意來了。正量著布，一陣的警哨響起來了，街面跳出二個警伯了，他們是驅逐那些雜亂地攤販來的，跳仔被顧客圍住，聽覺不敏捷，等到他知道有警伯來了，已太慢了，他抬起頭，看到警伯站在他的面前了。

「喂，你是那裏的人呢？不知道在這地區設攤是不正當的嗎？」一個瘦子這樣指著跳仔說。

跳仔一聽，呆住了，因爲一生中，他沒見過警察離他這麼近，他渾身都要麻痺了。

「奇怪！」另一個高個子的用眼掃一下那些布料，說：「這麼好的布料！」

「你叫什麼名字！」瘦警伯問他。

「我……」

「唔，你光看我們，難道不會說話？」

「我……」

跳仔完全嚇壞了，因爲那警員懷疑他了。唔，犯法！不得了，他們識破了陰謀了！這下子被逮住了！糟了！跳仔一緊張，忽然便感到頭重腳輕，暈倒了。

兩們警員走過來，露出悲憫的眼光瞧著他，但怕這人耍詐，在他的額頭上敲了兩下。跳仔被敲一下，醒過來，張開眼睛，但他想，警員識破他了。唔，一種動物最直接的保護本能——裝死，立即給他靈感，跳仔又把眼睛閉了。

「奇怪，這人怎麼這樣子。」兩個警員又拍拍他的嘴巴。

跳仔完全被恐懼所攫。唔，一定得裝到底！一定要裝到底。

「這人太瘦了，快，一定是急病。」警員一慌，說：「快送去救治。唔，慢一點便沒救了！」

跳仔被送到醫院的三樓上的病房來了。警員守在那裏不走。跳仔一張眼，便又把眼睛閉上。於是像一種愚蠢的對決一樣，竟僵持久了幾個小時，終於兩個警員走了。

現在跳仔躺在床上。他忽然把眼睛睜開了，唔，眞慶幸自己的僞裝能獲致成功。他想爬出來，但他發現渾身乏力，他的頭腦袋不聽指揮了，像重的鉛，垂到地面，他想到完蛋了，逃不了了，在三樓，怎麼也走不到樓下去。正著急，唔，門開了，護士進來，跳仔又把眼睛閉上。護士把一把他的脈，把葡萄糖罐吊在鐵架上，把針插在他的左手血管上。並打了一針強心劑。

病室沒有人。黃昏降臨。跳仔把他的眼睛又睜開。因藥力的作用，他竟能感到有一點力量。他想起警察，心又動起來，漸漸地興奮得不可名狀。他從床上跳起來，鼓足殘餘的力量，衝到一樓去，但看到護士，於是跳到二樓的病室裏，他完全忘我，打開窗戶，往地面跳下，在地上跌一個踉蹌，只摔一個斛斗，跌傷足踝。他被勝利的滋味沖昏頭了，他已然安全，於是在路上奔跑起來，一面顛躓一面和路上的人打招呼，甚至跑到店鋪裏去買東西。他第一次感到自己是幸運兒，是被幸運解救的人。當街上的人看到這一個興高采烈的人，都投以訝異的眼光。

「但這人有沒有逃脫這樁案件呢？」吳木石說：「並沒有，因爲本來警員並不懷疑他販私貨，只是看他竟從醫院逃走，才斷定他是作賊心虛。至於爲什麼能找到那人呢？因爲那人太忘形了，竟忘了自己的身上已被換了天藍的病服，當他穿著病服在路面走動，每人都注意他了，警察便根據人們的指談，找到那人的家去。由於那人貧窮而雇不起律師來辯護，他便以販私貨被起訴了。那個人就是我！」

3

吳木石說完，海礁又激起細碎的一片水花，轟隆聲響在海中，復又等待著浪潮的來臨。鐘又敲了，於是同僚把飯盒收好，準備工作。

許願

粘三多是三張犁市集的小商家，經營雜貨店。早先他是農村裏沒田產的羅漢腳，後遊移到三張犁來混日子，剛開始在這個農鄉市集裏賣冰水，後賃一小屋，賣麵食，到最後竟變成雜貨店老闆，因爲他的雜貨多，是市集裏首屈一指的店舖，人們不得不佩服他，說：「嗯，粘三多確有兩把刷子！」

談到粘三多的經營方式，簡直和企業家沒兩樣，徹底的具有精計性和侵略性。唔，可不是，我們的粘三多會托拉斯的道理，他的雜貨店先擺瓦斯爐，隔段日子便賣瓦斯。他先賣鴨蛋，隔段日子便自製鹹蛋來批發。他善於發展相關企業，又能洞燭先機，能在食油多時，購來屯積，在價高時把東西抛售。他勤於奔波，每一種東西，他的雜貨店都有，居民都跑到他這兒來購買，他竟雇了兩個店員。

但粘三多的致富不在於他辛勤經營，完全是來自於他會打算盤。在早年，農鄉最疲困時，許多人都來賒欠，他便抬高利息，又在大家搶購時，偷斤減兩。市集的人也知道粘三多的狡詐，但沒有辦法，一個願打一個願挨。最後大家看到粘三多都相互的揶揄著說：他果然是三多，一是雜貨多，二是錢多，三是偷斤減兩的鬼計多。粘三多的確是不同凡人，是個鬼。他若算錢，眞不可不看，他戴老花眼鏡，抖動著手去數那些鈔票，他的頭埋在錢堆裏，不停伸著舌去黏著指頭，好像要把錢整個吃進嘴裏去似的。

儘管這人有三多，但卻獨獨有一樣不多，成爲他的大危機，那便是他只有一個十六歲的兒子，妻子在長年的家累中病了。粘三多靠著他的胖壯的、五短的身材來持家，頗感吃力。所以他怕兒子出事，很悉心來照料他，唔，吃飯吃膩了，吃肉；吃肉吃膩了吃其他；唸書怕太累，少唸；考不上學校，不考。因此他的孩子一逕胖壯得和他一樣，只是笨一點，但不打緊，這小孩竟然極其克儉，認眞幹活。但粘三多還是怕在心裏，一則怕妻一病不起，二怕小孩發生意外。有時候莫名其妙假想著一些情況，竟會害怕地發抖。他自從兒子十五歲時就一直替他尋媳婦了，想要他傳宗接代。唔，我們的粘三多竟也不是那種曠達無畏的人啊！

一天，落著大雨，滂沱的大雨把街道溢滿了，粘三多的妻子病了，他陪著妻到醫院去，嘩啦的雨聲夾著閃電，粘三多的妻子的傘壞了，跳到樹下去避雨，一記閃電，把那棵樹給劈斷了，粘三多嚇呆了，趕過去，看見妻子倒在樹邊，右手給灼成重傷。由於過度的受驚嚇，那病弱的妻子竟有些神經失常。

粘三多完全不知所措了，他先「嗚嗚」地空茫地哭叫了一陣，延請城裏的醫生來治病。他無心來經營商店了，唔，可不是，他害怕的事情來了，呀呀！人有一好就沒有二好，有財便怕無壽；有祿便怕無福。他想起一個算八字的老仙曾對他說：你幼年辛苦，中年得財，晚年伶仃。呀！他媽的，快要應驗了，命運來應驗了！

他忽然想到命了，於是這人竟學會到市集的關帝廟去蹓躂。現在，他想要來求一些什麼了，唔，他一直做生意，竟忘了和關帝爺打交道。他縮著頭，裝成一副謙虛的樣子。他找到那裏的廟友，看看他們，他學著向他們問好，市集的廟友吃一驚，他們想不到粘三多竟信神了。於是洞悉他心裏隱憂的人便開他玩笑，他們坐在廟階前，說：

「粘三多也信神嗎？」

「可不是？」粘三多背著手，挺著肚子，嘿嘿笑一聲，說：「我本來就信了，只是不曾常和關帝爺做交易罷了！」

「哇，你要和帝君做生意。」一個廟友說：「你這話是不對的。你的心一定不好，一心想賺錢，所以帝爺君才降一記閃電，劈上了你老婆，但帝君還不會罷休的。」

「眞的嗎？眞的嗎？」粘三多半開玩笑地說，但心裏怯弱。

「當然眞的！」

「那我應該怎麼辦？」粘三多說。

「演一齣戲，宴客一次，發個誓，許個願不就得了！」

「好呀！好呀！我這就去辦了！」

粘三多心裏有鬼，裝笑一陣，便走開。但他心裏不安，那層隱憂被說中了，愈發濃厚而翻滾起來了。但他想，我究竟犯什麼罪呢？沒有！只賺大家的錢罷了。如果這樣也犯罪，那麼城裏那些豪富呢？他們豈不被帝君趕盡殺絕！

不久，他忘了那憂慮，因爲他妻子慢慢恢復健康了。過了一段日子，雜貨店忙起來，他賣起大桶的瓦斯，訂貨煩忙，有一次，他兒子背了一桶瓦斯，忽然人仆倒了，起不來。醫生來了，看小孩的嘴唇發黑，發現小孩的心律不整。

「哇，他媽的！醫生你說我兒子有心臟病嗎？」粘三多問。

「可不是？」醫生點點頭，說：「很難治療呀！要好好保養，得靠一些運氣！」

靠運氣？唔，不是運氣，是命，呀，不得了。是命運來懲罰的。

這下子，粘三多再也不能安心地吃飯了。他在雜貨店裏踱步。最後只要小孩離開他一秒鐘，他就坐立不安。他終於不能忍耐了，他想到廟友的那段話，在一個秋收後的傍晚，他挺著肚子，三腳兩步地跑到廟裏去找廟公了。廟公看他慌忙的模樣，說：

「什麼事？失火了嗎？」

「快！快！」粘三多拉住廟公的衣袖，說：「我要演戲！我要演戲！」

「演戲？你自己演什麼戲？」

「不是我演，我要雇一個地方戲來帝君的面前，熱鬧一下。我宴客，請廟裏的委員們，我一定要熱鬧一下！」

「眞的？哇！」廟公張大了驚訝的眼睛，說：「你沒說錯吧！是你粘三多說的呀！」

於是，在中秋，廟場熱鬧起來，市集的人都備辦了他們的牲禮趕到廟場來祭拜了。大家不知道那精打細算的粘三多爲什麼要花錢來演戲。

鐘鼓被敲起了，廟裏的香一起被焚燒開來，五顏六色的燈光亮在整個廟裏。大家擠在裏頭湊熱鬧。忽然廟公帶來了一個人，撥開人群，站到供桌前的蒲團前面了，大家一看，原來是粘三多。那廟公就向著大家說：

「我們要感謝粘先生，他請了一個戲班到我們廟來熱鬧，現在粘先生要當神的面前來許願。大家都能做見證人。唔，粘先生，你要怎麼說呢？」

「我想要……想要。」粘三多看看神，又看看衆人，一時間答不上來。

「你只說要怎麼樣做就好。」

「唔，如果帝爺君不見怪，我希望我家大小從此都無病無災，富貴平安，富貴平安！我是做生意的，自然，我有時也許做些手腳，但那是我們生意人必須這樣做的，但如果帝爺君見怪了我，我願意改過。在這以後，我賣的東西不任意抬高價格，賒欠不加利息，最重要的，不偷斤減兩。」

於是廟公和粘三多跪在蒲團，把話重述一遍，再三磕頭。

大家聽了，都吃驚地張大嘴巴，不能合攏。

中秋後，粘三多立即替他的孩子娶媳婦。

好了！現在的粘三多果然謙虛多了，他看到人會哈著腰來作揖，並扶著妻子來和大家談天，吩咐雇員少算零餘，賒欠也不像往日一樣催繳。他小心來行事，眞的變成另一種人，大家都認爲帝君改變了他，竟有人看他公平交易的態度而不稱他粘三多，而逕稱粘先生。

不久，他的小孩替他生一個小男孫。

一九七七年到了，這是一個變遷的年代，隨著石油漲價和糧食的危機，物價一再的波動，那便是小民生活辛苦而商家可以趁機撈錢的時候，各地的東西的價格混亂起來，甚至日常的衛生紙都有了屯積的現象，香菸、酒類也成了注意的東西。這種熱潮像一陣的風，吹到三張犁的市集來了，於是整個農鄉震動起來。

幾家店鋪立刻屯積日用品，並昇高物價。

粘三多細心而謙虛地看著這種情況，但有時被那些獲利的消息給震驚了，他拭拭眼睛，發現他好像被什麼蒙住了，他動一下念頭，但只動那麼一下，又熄滅了。唔，罪惡呀！他不是和帝爺君說好的嗎？一切得照規定來。於是他跑到城裏去，想查看究竟，但他驚訝地發現，城裏的東西竟漲高了二倍。粘三多躊躇，他於是背著手，到市集的商家去聊天，他們說：

「就趁現在，要撈就趁現在！」

粘三多又睡不著了，哇！不趁機會怎行？他媽的！大家都撈錢，只有我當傻瓜。這當兒，粘三多的手又癢了。他睡不著，於是蹓下床，在夜裏，竟走到關帝廟來。因心懷不正，好像當小偷一樣，不能自在。但他勉強打起精神，跑到神案前，燒起香拿起了筊，他許個要屯積的願，要徵求帝爺君的同意，他喃喃地唸，不敢看帝君，把筊一丟，卡地一聲，二個都是正筊。唔，帝君應允三分之一了，他又把筊擲一次，又是正筊，應允三分之二了，他又拿起筊，一丟，卻是負的。

「哇！我的媽，帝君先給我高興二次，最後一次才掃我的興！」

他責怪起自己來。唔，泡湯了！他很失望地踏出廟門，跑回家，但一看那些貨物，心裏又癢了。呀！也許帝君是不很責怪的，否則爲什麼應允了兩個正筊呢？唔，到底是二比一嘛！帝君還是贊成屯積貨物。唔，這小商人竟自己來解釋帝君的旨意。第二天，他把食油和瓦斯屯積起來。

這商人的心裏忐忑不安，他想，懲罰要來了，但這年，他的妻子竟無病，小孩又生了第二個男孫。

一九七九年，四月，石油又漲。這商人早把瓦斯提高百分之二十，並大量屯積，他又多了一個孫女兒。

現在，他把賒欠的高利貸也恢復了，並準備再度偷斤減兩。唔，這人完全忘記他以前所許的願了。現在他不怕老而伶仃了，因爲他竟有了四個孫子。

有一次宴會，他甚至誇大地說：

「叫我賣刀子去殺人，我也是賣的！」

春城的重逢

1

常春小城，是島中的一個農鎮，有著古老幽雅的傳習，日本人曾在這裏駐紮過五十年，於今它慢慢地手工業化了。因此，這裏有著矗向高空的細長的煙囪，也有著小小的磚瓦建築，在那紅磚道上也建築有榻榻米的小小木屋。傳習相互交融了，農工雜陳，使它氤氳在一種熱帶的開發的氣息中。

夕暮了，在鎮外，春日的廣闊的草原開始蒙上淡淡的一層煙，那種暮靄由遠而近，越過了簇簇的路樹，停留在爲花木包圍的小城空中，淡了，淡了，那些天光淡了，景物的姿態逐一模糊，小鎮開始亮著了，在那流線型的大廈裏，在矮矮的木屋裏，在熱鬧的店舖裏，都燃開燈火。人們或者休息，或者踏出了街面。當夕暮更深時，高遠的天空昇起第一顆星，於是霓虹在街路旋轉開來。

便在這時，鎮裏出現一個裝扮典雅的婦人了。她戴著小小紅色的絨帽，翠綠的鑲銀旗袍，美麗的圓潤的肌膚閃動在街燈下，春日的夜風把城市的花木吹動，掮起了婦人露在帽外的捲鬆的髮。她走在這裏，鎮上的人不禁都側目來觀看了。然而她美麗的臉彷彿是憂鬱的，在那戴得低低的絨帽下，人們看到她露出一種憂慮的神色。她在街道停立了一下，然後走到一家小店去，問：

「借問啦，這位阿姐，妳曉得七喜茶座在那裏嗎？」

「哦，哦，知道呀！那是本鎮一家好的宵夜小吃，妳去那裏談天找人嗎？那是好地方。」

店傭望望這個幽雅的婦人，猜測打量她的身份。

「啊。眞的嗎？幾年不見，小鎮眞發達。」婦人說。

「是呀！這位太太，妳到過我們鎮嗎？」

婦人不再說話了。她微笑、點頭。

夜黯了，鎮上的人一起跑出來逛街，拖板聲劈哩啪啦擊打在小鎮的街面。

春天的夜風氾濫開來。

於是人們見到那個婦人朝著七喜茶座走去了。

2

一輛顛躓的貨車停在鎮上的一家小醫院前，一個面容削瘦黧黑的中年人抱著一個小孩由車上下來，他揮一揮捲著髒膩的袖子的手，對著那車內的人，說：

「謝啦！謝啦！」

那輛車便鳴一個喇叭，朝路端去了。

中年人躊躇一會兒，他拭拭額頭的汗，望著醫院前來往的人群。一會兒，他晃動穿白布鞋的腳，走進醫院了。那院門口的人喊著：「許進又來了，許賭又來了！」

許進，他是賭徒。在春城附近的一個農鄉，在那農村殘敗的年代中，他染上了賭癮，他的財產全在賭場中輸光；於是村人曉得，他的妻子在一個晚上離去了，許進空茫著眼睛，來注視著小孩。然而，他的賭癮愈大，在常春鎮裏，他隨著地下的秘密賭場，日夜地過著放浪的日子。他把臉埋在牌桌上，好像整個人都要埋進去了。於今，他妻子離開他二年了，沒有人知道她去那裏，小孩在饑貧中過活，慢慢地萎病。

今日，他抱著久病的小孩，來到醫院。人們見到他把小孩摟在懷裏，頻頻地拭著小孩的汗。他在診斷室徘徊躊躇，露出愧疚的臉色，那些排列的病人用昏黯的眼光瞧著他。護士來了，她用著手，觸觸他的肩膀了：

「你又來了！唔，孩子病未好嗎？」

「是呀！」許進低著頭，佝著腰，他嚅嚅地說：「要請幫忙啊。」

「許先生，」護士說：「這已經是不可能的事，你的累欠的錢未還，怎麼能再來呢？」

「唔，是嗎？」許進抬起黧黑削瘦的臉，用畏葸的眼光來哀求：「只要這一次，只要這一次！」

護士沉默了片刻，她說：

「你明日能把欠款繳齊嗎？」

「行呀！」許進合起雙手來乞拜，像丐子一般地露出滿口髒膩的牙，他說：「我妻子要回來了呀！她今天就要回來了呀！」

他從口袋掏出一張信來。護士一看，便領他到診療室去。

夜，喧嘩起來，人們吃起宵夜。

於是，在七喜茶座，一個抱小孩的中年人來到，他佝著身子，不停地引頸張望著。

3

七喜茶座的店伙站到門前來觀看，他望見一個中年的丐子，抱著小孩進來，於是他說：

「去別處乞討吧，這些錢給你，就請你走，我們還要做生意呀！」

店伙從口袋裏，掏一把的銅板出來。

「不是呀！」那人揮了揮手，說：「找人！找人。」

「哦，找人嗎？找誰呢？」

「我妻子。」

店伙不再說了，他領著這個人，打發他，去到宵夜的客座。

熱鬧掩蓋了這個餐廳，在那滿是杯盤的座位上，坐滿了顧客，菜飯香飄盪在整個屋子。那些美麗的燈飾，豪華的地氈顯然是這個中年人所不曾見過的，他怯生生地走，生怕碰壞什麼似的。侍者看到這個人，拿著菜單跑來，他們疑惑地瞧著他：

「唔，吃些什麼呢？吃些什麼？」

「沒有，沒有！」

中年人不安地眨著他卑怯的眼睛。就在這時，他望見了角落站起一個富貴的女人來，那女人戴著紅絨帽，往這裏望著，這當兒，餐廳的人看到那中年人大叫起來，他抱著小孩，像發狂的狗子衝過去，他說：

「金花！妳是金花，我識得妳。我想妳整整兩年了。」

「你是許進，許進你好嗎？」

女人終於不可抑制地拉住了中年人的手了。

「唔，妳瞧，妳現在比以前好看了。」中年人渾身抖動，他慢慢地走到婦人的面前，隔著桌面坐下來，用著右手來拉著對方的手，他顫動著嘴皮，說：「我就知道妳會來，喏，妳看看小孩，都長大了，只是病得厲害！」

「病了，呀！小孩病了。」婦人站起來，一把抱過那孩子。她端詳著小孩，止不住地低聲飲泣，淚流滿面了。

旁邊的人放下筷子，瞧著那丐子般的中年和高貴的婦人。

「回家吧，金花。」許進把臉埋在桌面。

「不！」那婦人說：「我是送錢來的。」

說著，那婦人在提袋拿出了一疊的鈔票，說：

「五萬元。你一定要善用，請你看在孩子的份上，好好地用它吧。不要再用光了它。」

「我不要這些！」中年人推開金錢，用著哀求的臉孔來看婦人，語調哀傷，說：「求妳，妳回家我就不賭了，好不？金花，我們是夫妻呀！我賭就砍掉指頭給妳看！」

「不可能了，許進。」婦人兩頰流滿了淚，她說：「不可能了！」

「怎麼？」中年人用驚惶困惑的眼光來瞧她，說：「妳還怨恨著我嗎？」

「不可能了。」婦人悲哀地說：「許進，你要知道，我已跟別人同居了，這些錢便是對方付我的生活費啊！」

「啊！」中年人頹然地靠在椅背上了。

音樂響起，一首高音的喇叭在大廳揚起，那尖銳的吹奏將吵雜聲給刺破了，樂音立即充塞大廳，將一切掩蓋。

「唔，許進，想吃一些什麼呢？」婦人不再哭泣，說著。

「想。」中年人疲乏地、卑怯地坐直他的身子了，說：「一餐豐盛的大餐。」

「好，一餐大餐。」婦人憂鬱地說。

夜霧濃重，在打烊時，店伙瞧見了餐廳前的路上站了兩人，婦人把小孩交給男人。他們說：

「再會吧，金花！」

「再會吧，許進！」

於是女人雇了車子離去了，男人邁動彷彿有些笨重的腳，消失在夜的街面。

夜霧更濃，把街燈給蒙上一層清冷。

4

春日的風一樣掃過常春鎮，在那種滿熱帶木本植物的城廓落下一層花瓣。在夕暮，燈兒依然照亮在街道，但常春鎮的人沒有再見到那高貴的婦人。

然而，一個中年人始終徘徊在鎮裏，他總是張望一會，便走進那些秘密的賭場了。

礫鎮的保生會

1

一看「滅鼠會」在大城裏龐大地成立，礫鎮竟也蠢蠢欲動。

這是一九七九年，春日，由於當局鑑於鼠患可畏，於是提出了撲滅老鼠的運動，他們喊出老鼠每年能吃掉上億的食物的口號，又極力來說明老鼠繁殖力的可怕，許多有心人都加到裏面去了，但份子複雜，竟有人藉機來推銷商品；儘管如此，但畢竟是個組織。在礫城，一些小布爾喬亞一向苦無組織的機會，便突發奇想，由青商會和一些躍動份子及無事可做的中產婦女，一齊發動所謂的「保生會」。

唔，他媽的，這果然是一個推動善行，民胞物與的偉大組織，你瞧瞧那幾條「宗旨」便曉得是怎麼一回事：

①本會以保生爲主旨，以徹底保護動物的生存權爲最大的目標。

②爾來礫城虐殺動物的風氣日漲。狗類之遭殺戳尤爲明顯的事實。倒吊鷄鴨更爲吾人所常見。

③凡本會份子，應恪遵會規，嚴禁虐殺，並由本會促使鎮單位設置生物保護團，以發揚人性中的慈悲胸懷和對生命的基本的關愛。

附：

（會規）

第一次的籌備會便在青商會的中堅份子吳祖耀的好津餐館舉行，他是礫城的餐業巨擘，這班人邀請各名流來觀禮，當天吳某的餐館出入了許多的車馬，他們辦了酒席，竟然有點像國宴似的。

縱使是布爾喬亞心懷鬼胎，想把他們的組織弄得冠冕堂皇，對會員嚴加選擇，但王武田還是被邀請參加了。談起王武田，大家便覺得好笑。他是礫石本鎮新興的布爾喬亞，推銷中西藥劑的商人，他愛談笑，完全是小丑，常叫鎭裏的庶民大笑不止，那種善於揭發虛僞、和人性的尷尬的天才眞是不可多得。他愛出入在公共場合，開正人君子的玩笑，布爾喬亞的人都有些難以容忍他。不過這人可精靈得很，他的生意一本正經，並在鎮裏獲得大多數人的喜好。他加入了青商會，那些會員從不輕視他。因此這次的籌備會員不可以不看。

鞭炮響了，在大門口的彩帶立刻被鎮長給剪斷。他們相繼地在寬廣的宴客廳就座。司儀首先宣佈，叫來自北部的一個道德的名人致詞。那人操一口官樣的話語，朗朗大度，頻頻地謙稱他如何欣喜礫鎮的繁榮，最後他正式地指出「保生會」在各國的概況，又說明由於我們是文明起步較晚的國度，留下許多不好的習性，應當力求輔正，他說到虐殺時尤不齒民間的屠狗，至於屠豬的殘忍更令他毛骨悚然，他指出「君子遠庖廚，聞其聲不忍食其肉」的道理，最後由於聲色俱厲，竟把口水吐到餐桌上，並把一杯酒打翻到地上，他大聲叫著，布爾喬亞都拍起手。終於全場的人都紛紛談起來，有人甚至主張要把市場裏的鷄、鴨販子給加以隔離，對宰殺場也要注意監視。其言論的正確，簡直非一般人所能懂。

「慢著！」

忽然一個人跳到麥克風前。他把愛笑的牙齒露出來了，眉頭卻皺成一團，他做個憂鬱的鬼臉，吐出舌頭。於是大家便呵呵地開懷地笑著：

「哈哈，王武田要說話了！這傢伙又要發言論了！」

「各位！」王武田嘿嘿的挺著他的肚子，說：「我是極其崇敬本會的宗旨，更敬佩剛才那位先生的言論，若我們沒飯吃，一聽到他的道德宣言，肚子便飽了。但是我也有話要說，你們願意聽聽我這多餘人的一個小笑話嗎？那個主人翁的不虐殺一定會讓大家笑得流眼淚的。」

於是王武田說起一個小笑話。

2

在礫鎮的西區，那裏有一條雜亂的巷子，這是大家都曉得的；那裏的雜亂和污穢也是大家曉得的；到現在本鎮的建設課也提不出改革方案，這更是婦孺皆知的。但在一九六二年，那裏來了一個可笑的人，是你們所不知道的。

那個可笑的人是一個十六歲的青年，但與其說是青年，倒不如說是小孩吧。他營養不良，有一顆像骷髏般的頭，渾身找不到四兩肉，走了兩步，便力竭得想睡覺，他是本鎮的雜草。唔，雖然這樣，這個傢伙卻自稱救世主。

唔，這傢伙是那裏來的呢？是由礫鎮附近的窮村遊移來的。他的家人都患營養不良症，和這傢伙一樣。但那家人卻篤信一種齋教，什麼是齋教呢？因各地方而異，那村莊的齋教和一貫教是沒有差別的。由於幼年家庭的傳統，那青年竟深信那個教的垂訓，不吃葷，而只吃素。他並相信，他染了重罪，非要靠信守教義是救不了他的。

好，他到礫城來了，這笑話可鬧大了。他先替一個店舖打雜，住在窮巷裏，因為不敢吃葷，便三餐買個素食來吞嚥。這人除了做雜工外，賺不到一毛錢，但他可不管。他空下了時間，便到處傳播他的教義，除了叫人吃素外，便勸戒殺生。唔，他是一個多麼有慈善心的人，從不殺一只螞蟻，不撲滅一只蟑螂，他一看到別人吃肉，渾身都會發抖。他拉著人叫著：「末日的審判就要到了，你難道不知。你瞧，那些殺生的人，他一定會像牛羊般地被宰殺。」他常跳著腳，聲嘶地吼，最後力竭地倒在地上。這個人這樣來信守他的教理也並不是沒有實際的社團來支持他的，有的，那正是當時在礫城附近的廟宇。唔，這個人小小的年紀便看透了人生的罪惡，他到寺廟去請求解脫，當他聽說人類的愚妄時，簡直渾身顫抖，他期望早一天離開人世。那時正值鄉鎮窮困的時候，我們的救世主全然忘記了肚子吃不飽的道理。

一九六七年，他結婚了，並生了兩個小孩。他本要出家，但這下子出不了了。雖這樣，他還要顧全自己的信仰。於是他和妻子賣麵，素食麵，裏面絕不摻雜一丁點兒的葷。他在喧鬧市場邊吆喝著，過路的人偶爾便吃他一碗。

但是，整個經濟的狀況看起來對素食麵的販賣是不利的。你瞧，可不是，大夥兒慢慢地都不吃素食麵了，只有那些老傢伙才相信吃素食的道理，他的素食麵不過是時代演變的將受淘汰的食物罷了，更且爾時農鄉的人口部份湧向礫鎮了，部份的人最容易做的事便是擺麵攤，賣一些煎煮的東西。你瞧，炒螺肉、肉圓、牛肉、魚湯、鵝肉……一大堆。於是我們救世主開的素麵攤沒人光顧了。

那時，他的小孩得了急性肝炎，這個虔誠的素食者把小孩給抱到醫院去，醫生說住院每日要付二百元。

我們偉大的朋友額頭流汗了。他媽的，就是當了內褲也湊不出那麼一筆錢，遑論那大把的鈔票。

這對夫婦守在病床。醫生便走進來。

「請你們先付錢吧！」醫生說。

「呀！好呀！醫師先生，我們會的，但能等一段日子嗎？」

「不行，你們繳的費用已用光了，現在逐日付，若繳不出，便請你們把小孩給抱出去！」

醫生說完便走了。

救世主渾身都出了汗。他感到慚愧，但慚愧卻給他忿怒的勇氣，他說：

「抱回去，他媽的，有什麼了不起！我們回去。」

他一個箭步去搶小孩，但他的妻子把他的手按在床上，伊滿面流淚，說：

「你瘋了嗎？他快死了呀！你瘋了嗎？」

他抱不到小孩，便傻傻地站著，那當兒，他便看見小孩黑黯的臉面和瀕死的臉了，他看到妻子委屈的情形，於是他便奔出了病院。天空下起春雨了，但他全無感覺。一會兒，他奔到市場，一身濕淋淋，他把攤子整個給佈置好，升起了火，他大大地呼叫起來，從天亮到深夜，他不停地叫著路過的人，但一個也沒到他的攤上來。

唔，我們勇猛的救世主跑回家了。在抽屜裏去尋零鈔，但找不著。他繼續找尋家當，也尋不到好賣的。他把口袋裏的錢捏過來捏過去，還是夠不到小孩的醫藥費。他又跑到攤子去，又吆喝起來，仍沒人來買。於是他心急了，決定不賣素食麵了，他要找一個工作，立即可以做的工作，於是在路上奔跑起來，他想找一些活兒來做。在一個巷子裏找到了一個做泥水匠的，他在那兒喝了一杯茶，但那朋友也已經幾天不做工了，他又尋一個木匠，但他們不缺人手。他徹夜在街上奔馳起來，到黎明時，天把它東方的魚肚白給翻出來，他才看清來到鎮郊了。他停在一幢大磚房前，才發現到一個屠宰場。他看到那上頭寫著：

「徵人手兩名，待遇從優！」

這可好了！唔，救世主的眼兒一亮，哈，踏破鐵鞋無覓處，得來全不費工夫。可不是，是上天憐憫，工作就在眼前。他歡喜過度，便衝到裏面去。但這當兒，他眼睛忽然睜大了，瞳孔收縮，呀！那裏頭可熱鬧，殺豬的朋友都在廚灶邊，拔了毛的豬兒都放在一堆，剖好的豬肉片倒吊在鈎兒上，廚灶邊躺著幾隻待宰的黑豬，那些豬一望見救世主，都哽哽地叫起來。

他倒退了幾步，把脖子一縮，渾身發抖，但他的手又摸著口袋裏的零鈔，便因心急而又停了腳步，唔，也許他們要的人手不是幹那玩藝的，是打雜的，比如清理水溝、掃掃地面。於是救世主把他的腳邁到辦公室去，那裏的管理員立刻站起來，說：

「呀…你來幹什麼，買豬肉嗎？」

「不！」救世主把他的手揮一揮，畏縮地說：「我是應徵來的。」

管理員上下打量他一會兒，搖搖頭說：

「不行！你這樣的瘦個兒不行。」

他一聽，心涼了半截，但賺兩百元的念頭使他勇猛，他竟能口吃地說：

「眞的嗎……眞的嗎？你能叫我試試嗎？」

管理員不再說，勉強地招呼他一下，要他退到廚房去。然後帶他到一個石枱邊，那兒躺著一只被綑綁的豬仔，管理員又踢一踢地上的刀子，把一個桶子放在豬仔的頸邊，管理員說：

「你來！試試看！」

救世主不解其意，他說：

「幹什麼！」

「呔！殺豬呀！」

這青年一聽嚇得面如土色，他說：

「你……你要我幹那勾當？」

「他媽的，你是開玩笑來的嗎？你不要應徵嗎？一個月三千元？我可不能叫一個笨手笨腳的人來幹的。」

救世主一聽，吃驚地說不出話來，殺豬讓他吃驚，三千元也讓他吃驚，呀！比賣麵要好些，但他又想殺生是罪惡的，將來下地獄呀！豈是人幹的嗎？他要到西方去呀！到西方呀！不想末日被審判。但他又想到小孩黑黯的瀕死的臉，想到一天二百元的醫藥費。唔，他竟移動了腳步，在地上拾起刀子，他雙手發抖。走到豬仔身邊，那豬仔一看大禍臨頭，嘶聲地吼叫起來。救世主大驚，他的刀子握得緊，手腳發硬，第一刀刺下去，因太緊張，沒刺中地方，一滑把他的手指切下一塊肉，疼痛提醒他，於是他便狠力地朝豬仔的頸部刺下去，這次力量太猛，竟把刀給刺穿過去了。

「哽！」那豬仔甚至沒能叫喊什麼，便完蛋了。

大夥兒都跑過來看，一看那乾脆俐落的手法，驚訝地說：

「唔，殺了幾年的豬，都沒他殺得好！」

終於，救世主殺了一天的豬，回到家。他想到完了，一切都完了，將來一定下地獄。他倒在竹床上，好像小兒痲痺一般地不能動彈，但第二天，他想到醫藥費，竟又能邁著腳去了。一個月以後，他成了最大的屠手，竟然也賣豬肉，後又殺牛，他是眞的準備下十八層地獄了。

不過，一年後，他竟靠著販肉而賺了一些錢，得以開個賣畜藥的小店，現在改賣一般藥劑了，成了幾家藥廠的代理商。

3

王武田接著說：「你們現在當然知道那個救世主是誰了，他就是我！」

這當兒王武田激動地跳起來，說：「什麼保生不保生，什麼屠牛屠狗不應該，如果有益國計民生的爲什麼不做呢！所有天下非議殺生食肉，只是宗教迷和你們這批布爾喬亞虛假的仁義罷了，至於像我以前一樣的窮人，他們還是要下地獄，遭非議的，但他們還是要這樣下去的……」

王武田站到椅子上去，把袖子捲起來，做個切菜的動作，吐吐舌頭。餐廳的人一看，樂不可支，便哈哈地大笑起來！

小鎮之姻

1

你想一睹副熱帶經濟作物的大地景觀嗎?那麼,請來草花茂盛的茄苳小鎮。

這是島中平原的城鎮,在日據時期,這個平原種滿了甘蔗,那些綠色的、狹長的蔗葉把整個地面蓋了,沿著小小的村莊,小小的聚落,一條條的鐵路穿過了遼闊的野地,把這平原給織網在一起。而茄苳小鎮恰恰是一個便利的交通站。它是平原農鄉人口雜沓地,文化和政務的小中心。

糖廠在茄苳小鎮被設立起來,矗向藍天的巨大煙囪飄揚著永不止息的煙,日人的潔癖使得糖廠附近留下了眾多木造的典雅小屋,及那佈滿花木的鄉道,和幾個植物區的公園,短實而葉大的茄苳樹遍植在這個小鎮。在那收獲季,火車站的拖曳繁忙,嘎嘎的拖曳聲響動在整個小鎮，煙囪飄下了蔗灰，把小鎮罩在一種淡淡的黏甜的氣息之中。這個糖廠正是小鎮跳動的心臟。

於今，戰後的經濟改變了小鎮部份的容貌。在這土地上，熱帶的經濟作物爲稻米取代了，隨著手工業的萌芽，高樓和流線型的建物躍起在古老的小屋群中，影院和市場把小鎮整個兒更新了，鎮區擴大了，變成一個新舊紛陳的城鎮。

這天近午，春日的風掠過了廣大的草林，搧起了小鎮所有的花木，使小鎮陷落在沁涼的天地裏，車站的小火車嗚嗚地響起了，像揚起的一首悠揚的樂音。陽光照耀在小鎮的街路面。

在糖廠的對面，公園的商店區把他們的門打開了。許多的人都來到這裏購物，那些煮食的小餐館升起它的火，招呼著來往的行人。公園的草皮嬉遊著鎮裏鎮外的遊客。十二點了，太陽升到中空來。糖廠的鈴聲響了，嘩地一聲，員工們一起走出來，他們騎著機車，或者回家，或者尋找歇息的地方。鎮裏的人馬都集中到這個店舖區來，準備用餐。呼喝的聲音響動在這個愉悅的地方。

便在這時候，糖廠的門口一個青年走出來了。他不停地揩著額頭的汗，然後拐到公園的門口來，那裏站了一對年老的夫妻和一群鄉間的男女，他們見了青年，立即把他包圍了。

「快，約定的時間到了。唔，再不能像以往一樣了，把這事兒給誤了。」老女人過來拉著那青年。

「二哥總是拖時間，特別是相親的時候，總藉口推托。我不知道他心裏想些什麼。」一個年輕的女孩子怪怨地說。

那青年低著頭，摸了摸自己髒膩的衣服，露一種卑歉的笑，便和那些人走進公園裏的理容廳去了。青年叫程印，是茄苳鄰近鄉鎮的子弟，中等教育，自小務農，一度也曾隨著潮流，湧向繁雜的北部，然而當經濟不景氣時，便又遊移回鄉，從此默然耕作。這青年有一臉憂鬱的神色，雖然有時被黧黑的容顏掩蓋了，但會在眉宇間流落出來。他一笑，便露出潔白的好看的牙齒，然而，那笑容總是壓抑而難爲情的，因爲今年他已三十四歲，但竟找不到妻子。向都市去的女子於今固不可能再嫁回鄉下來，即若鄉下的女子也不願再嫁一個耕夫了。程印白天在糖廠服務，做個粗工，他曾結識幾個女子，但談起婚嫁，那些與他談笑風生、快樂的女子便沉默不語了。他曾找人做媒，但那些女人或者年紀太大，或者毫無品德，或者嫌棄程印。程印張著潔白牙齒的嘴笑著，他的內心卻受了傷。這個青年決定不娶，只因做媒對於他是一項多大的挑戰呀！

但是，今天，家人又爲他物色一個鎮裏的女人，據說是中上家庭，品貌出衆，程印本要放棄，但又不忍辜負家人。他只能低著頭，默默來隨著別人的安排了。

一會這群相親的人擁著喜訊的青年，從公園的理容廳出來。程印已換一套鮮挺的淺藍西裝，他的頭髮黑亮，姿態挺拔，他的皮鞋在柏油路敲起咔噠咔噠的聲音。

「唔，程印眞瀟洒。」親戚在旁還叫了起來。

「二哥一定可以娶到好的新娘子！」小女孩又喊。

於是這群人由媒人帶路，走向路端一家的咖啡小座去了。

風掃過漫城的茄苳樹，嘩嘩的樹葉都抖動了。春的氣息，籠罩大地。

2

葉菊和她的父母從層樓的寓所走出到花木扶疏的庭院來，她的女伴都歡呼起來。她們走過來，拉著葉菊，說：

「又是新娘子了。妳瞧，葉菊比以前更美麗了！」

唔，可不是，葉菊，是一個好教養的女子。她是茄苳鎭一個商家的女兒。這女子，二十五歲，有一張聰穎秀麗的臉，她曾唸過商學校，一如小鎭閒適的人家，他們的好舉止和好德性都反應在子女身上。葉菊是典型的小家碧玉，但不失爲賢慧能幹。二十三歲，他的家庭替她物色了城裏的一個富人家，這女子做了好人家的媳婦，她侍候公婆，善於持家，全然發揮了小鎭傳統女性的優點，但二年後，這個美麗的女子竟然離婚回到了茄苳鎭。原來葉菊是個不能生育的女子。

伊始，小鎭不能理解這件事情，那些青年爭相來探詢這個美麗的女子，但當他們聽到葉菊不能生育，都掉頭走開了。即若是身家如何，總沒有男子願意和葉菊結婚吧。於是這女子守在自己的家，她用贖罪似的態度來幫忙父母料理家務，並把這件事看成命運，終而絕口不再談及婚姻的事了。

許是春光喚起一些人的愛與喜吧。近日，她的父母竟憑媒妁的言談，要她去見一個青年。葉菊只得把自己打扮起來，久已不用的化妝品已封藏在衣櫃裏，當她又裝扮起自己時，止不住地輕輕地發抖起來，她注視著一度嫁人做媳婦的臉，已因離婚的愁苦而添一些紋路了。她竟至於想作罷了！她沒有自信亦無勇氣。但她想起父母和那些企盼的女伴，便又一次地裝扮起自己了。

現在，她站在陽光下，鮮綠的旗袍把她的美麗潔白的肌膚整個映顯出來，她細巧的耳環輕輕地動盪在髮鬢，唔，她自始自終便是出色的女子啊。但她的心頭怯弱，她不能淸楚，一個女人的命運竟會是這樣的。

「妥當了嗎？」那母親來到面前，爲她整理散去的髮鬢。

「嗯。」她點了點頭。

他們雇了車，車滾動輪子，朝著公園區而去了。

3

咖啡小座的女孩把一張唱片放下來，又放下唱針，一首輕音樂便在空間輕巧地播擊起來，這當兒，他看到外頭來了一群女子，她們簇擁一個美麗的女人走進來。

「大姐，裏面請坐。」

那女孩把門簾一收，這群人便走進了寬廣的咖啡屋裏去了。

葉菊看到一個老婆和她的父母打了招呼。他們於是便坐在一張大的桌子邊了。她和父母坐在中間，便在那時，葉菊完全瞧見了坐在他前頭的是一個著淺藍色西裝的挺拔的青年了。

媒婆站起來，介紹了雙方，她詳細地說明了男方的身世，又介紹女方的身世，但把葉菊的不育事實給略掉不談。

媒婆落座，男女方的親戚攀談起來，他們細細地說，唯恐驚擾了這對新人。音樂換一首東洋小調，把說話聲給遮蓋了。這兩個青年陷落在全然的沉默中了。程印的臉憂鬱，而對方恐慌。他們在相視中逐漸地蛻換了臉上的神色。男子的臉赭紅，而終至懷疑、皺眉，然則，那赭紅戰勝了懷疑，他露一種眞情的笑，那潔白的牙齒整齊美麗。女子的臉是不安的，她輕巧的耳飾晃盪在髮鬢，猶如她晃盪的神色，但那不安慢慢被赭紅代替了，一會她低頭，然而，當她抬頭，不安的神色又籠罩在她的臉。那男子的臉開朗起來，他站起來，想對父母和媒婆說什麼，這時，女人也站起來，她說：

「你是程印！」

「唔，我是的，妳叫葉菊。」

「是的。」葉菊說：「我和你說些話。」

於是這二人站到桌邊的黯淡的角落去。

「程印，你喜歡我嗎？」女子說。

「唔。」男子點點頭。

「但我是不育的女人。」女人說著，把臉擺到一邊去，「眞的。」

男子的臉因驚慌而縮在一起，他退一步，說：

「眞的？」

「眞的！」

女人的臉埋在黯淡的光影中，髮把她攏向一邊的臉給遮住了。男子的臉憂鬱不堪了，他把嘴抿緊，全身因衝突而發抖。然而，只一會兒，他又露一種卑歉的笑容，而把潔白的牙齒露出來了。

「唔，我不是和別人一般見識的人啊！」他說。

於是，他們雙雙又坐回原來的地方。

一會兒，他們含淚地笑起來了，男子拿出一個戒子，套在那女子的手上了。嘩然地，座上的親戚都拍起手來。他們把瓷杯揚起來，盡情開懷地大笑了。

4

春風吹過了整個草林，搧動小鎮的花木，糖廠的縷縷的煙霧突向藍色的天空。

而這年，小火車的汽笛似乎特別悠揚，像在祝賀或祈禱什麼似的。

督　察

自從林武力被任派為海縣的教育局長之後，海縣的各級學校都把他們的神經絞緊了，他揮起了武器，所到之處，大刀闊斧。唔，他眞是負責的好官員。

這個林武力，中等家庭出身，是舊時海縣著名的武舉人林刀的第五代孫，這人相應於他的祖先，有一副戰鬥的好體格。紅粗的脖子一副血液過多的臉孔，是喝太多酒的原因。他是體專畢業，當過拳擊教練，並曾率領國中學生拳擊隊遠征香港，是搞「國防體育」出頭，大家都叫他「林拳師」。但他可不是四肢發達、頭腦簡單的人，他愛節錄名言名語，比如在自己的辦公室掛一幅匾，寫著：「男兒事業在戰場。」使得他的部屬瞭解他的作為是有哲學基礎的。

六月一日這天，林武力又坐在局長室裏批閱公文。他的目光閃閃，嚴厲地審視著每張報表的文字，鼻孔「嗯嗯」地弄出聲音，一會兒，大概是精氣太過於凝聚的關係，為了鬆懈情緒，便站起來踱步，後來壓抑不住興奮，便拿起一份報紙，一則一則地閱讀，忽然他的注意力停在一欄標題上：

皮鞭痛揍牛頭
短裙春光外洩
海縣金沙國中異事頻傳

林武力的臉色大變，心臟險些跳到口腔外，他詳細地把小字閱讀一遍，原來是老師暴力對付學生，學生偷窺女教員的美色之類的新聞。林武力跳起來，這當兒，他把桌上的杯子拿起來，往地上摔去。

「啪啦！」

一聲巨響，立即震動了隔壁辦公室的人員。一個工人立即跟進來。

「呀！怎麼啦，地震了。」工人看著局長，又看看地上，驚訝地說：「又摔杯子了，局長又破壞公物了！」

「叫他們進來！」林武力大嚷說：「叫他們進來！」

「誰?叫誰進來?」

「各督學!那些阿貓阿狗都進來!」

一會兒,教育局的各部門的督學都跑來了,有一個年輕的督學嚇得臉都鐵青了,像狗一樣地吐著舌頭。

「你們瞧,這是什麼教育?」林武力把報紙摔到桌子上,怒氣沖天。

「局長,你要看開。」一個胖胖的,渾身髒膩的中年督學說:「這是平常事,不稀奇啦!」

「住口!」林武力一聽,更怒,他發抖的指著部屬說:「你們這些都是好先生,全都該革職!」

「呀!局長眞的生氣了。」他們把頭垂下。

「給我打電話給金沙國中。明天,明天我親自督導!」

他說完,在桌上拍了一下,把一瓶墨水打翻到地上去。然後邁著堅硬的步伐,卡噠卡噠地走出去。

「又破壞公物了!」

大家伸著舌頭嚷起來。

金沙國中的校長張咽在校長室裏練習毛筆字，寫些治家格言，準備裱寄美國的兒女，他撐起了矮胖的彌勒佛的身子，嘻哈著臉，右手握筆，做個殺牛宰豬的姿勢，就要動筆，忽然電話一響，他高興地去接，一連說了幾聲，最後臉色慘變，終而全身發抖，最後他把筆一摔，大叫：「完蛋了！那傢伙要來了！」

他衝到教務處，找到教務主任說：

「呀！事情不妙了，林武力要來，怎麼辦？」

教務主任一聽，呆了一陣，又想了一陣，說：

「他媽的，一定是早上報紙惹的禍，他媽的，那個傢伙翻臉不認人，若來就好看了！」

於是這一學校的首要咕嚕咕嚕地緊急會商了。談起這校長，是玻璃櫥裏的海馬，他是政治學校畢業，因擔任教員甚久，績優陞遷，他是玩太極拳的人，喜愛推拖，兒女在外，準備溜走，所以心不在教職，他把大權交給部屬。這當兒，他滿頭大汗，尋不到對策。

「快！我想到了。」教務主任說：「找訓導主任去。我相信他一定能應付！」

一會，這二人奔到訓導室。

這時，訓導處喊聲連天，訓導主任叫來幾個牛頭學生，要他們露一截屁股，他執了一支棍子，連喊帶打。

校長一衝，便到他前面來，說：

「主任，不要打了，消息不好，完了！」

訓導主任一聽，楞一下，把棍子停了，他怒氣地朝著學生說：

「你們再囂張給我看，下次小心你的牛頭！」

學生一聽，交換一下可怕的臉，便走了出去。

「你說什麼？」訓導主任不解其意說。

「局長要來了。」張咽哭喪著臉，說：「我們學校被登報，恐怕事情要惹大了。」

「這件事我早想過了。」訓導主任說：「那個林武力嗎？唔，我是有辦法對付他的。」

於是這三人竊竊地私議起來。一會兒，訓導主任說：

「現在最重要的是先叫學生把校內外弄乾淨。你和我到鎮上跑一趟。」

六月二十日早上，金沙國中調集了全校的學生打掃環境，把紙張、垃圾、蟲屍和牆邊草都給拾走了，甚至一粒灰塵都掃光。朝陽照過來，的確使金沙國中幽雅美麗。

十點鐘，一輛車停在校門。學校的老師立即跑出來列隊歡迎。那車子跳下幾個人，大家都親切地打招呼，但是林武力板著臉孔。他生氣的臉愈來愈黑，頭髮都要豎起來。他一走進校門，立即左顧右盼。他說：

「張咽，你來！」

張校長一聽到林局長叫他，趕快衝過去，因爲踢到石頭，險些跌倒。

「你看，一塊石頭都不會叫學生撿走。到處亂七八糟。你瞧，好像很久沒有清掃，牆壁沒有粉刷，死掉的樹沒有再種，水泥地不補，油漆不噴，你到底幹什麼，嗯？」

「是，是。」張咽連連點頭。

「呀！還有一些房屋怎麼看起來那麼舊，學生的衣服都蒙上一層的灰色，唉！你們的衣服怎麼也變成暗黑色……」

「局長！」一個教員說：「局長你帶了太陽眼鏡！」

「哦。」林武力趕快把眼鏡摘下後，說：「哦，原來是眼鏡的關係。現在看起來好一些，但也好不到哪裏去。你們學校一定很會隱藏，可以說是金玉其外，敗絮其中。」

「是。」張咽校長點點頭，但稍露微笑說：「但不至像你說的那麼壞，局長是開玩笑！」

「胡說！」林武力用手指著張咽，說：「你這迷糊鬼！看你給海縣丟多少面子，不提開玩笑我不生氣，一提起，我便想到你們那些阿貓阿狗做了些什麼好把戲，我就要來看看他們，非要給他們一點顏色不可……」

林武力大怒，便卡噠卡噠地走向會議室了。
「哇！他媽的，他要興師問罪了，這下李積和吳芳完了！」
五分鐘後，局長坐在會議室的座位上。他說：
「把鬧暴力和色情的二個教員叫出來！」
不久便跑來了一男一女。那男教員也是一付好體格，徹底的年輕力壯。
「你叫李積！」
「是。」那年輕人沉毅樂觀的臉對著他。
「你爲什麼打學生。嗯？」
「我不曉得！」年輕人老實回答說。
「爲什麼？」林武力忽然大叫說：「是不是因爲你年輕力壯？」
「我……」年輕人沉吟。
「你是因爲愛打學生才打的吧！」林武力逼問著。
「去你的！」年輕人生氣了，說：「你不是審判我吧！」
「審判？才只審判你？我要記你的過！」
「你記好了。」年輕人也大聲起來，說：「你愛怎樣就怎樣，但你少來這一套。若要打架，你雖練過拳術，但過時了，你也不一定會贏我。」

林武力一聽，吃一驚，但怒氣更大，說：

「你竟敢胡來！」

「我不胡來，當今的教育只有你們才有發言的權，打了學生便認爲大逆不道，但你眞懂得教育？唔，若你當我的學生，犯錯了，我也照打。」

那違規的教員把袖子捲高。

「呀！呀！呀！」林武力氣得暴跳如雷，他說：「你已無藥可救！出去！」

「你不叫我出去，我也會離開！」教員說：「但我相信你是草包。」

那教員便走了，林武力喘氣連連。他注視著鬧色情的女老師，她還是穿迷你裙，並用不平的眼神看著他。林武力要發怒，但看到大家都瞪他。於是揮揮手，說：

「妳出去！」

他站起來，踱步，說：

「好了！你們教員做什麼事我只要依法來辦理。但還有比教員更重要的便是輔導工作。輔導秘書在那裏？」

「局長。」張咽惶恐地說：「她正在輔導活動室發抖呢！」

「發抖？唔，她一定做賊心虛！」林武力說。

一會兒，他們走到輔導室。他把卷宗都打開，說：

「亂七八糟，沒有一項好的。壞透了！」

「到底壞在那裏？」訓導主任疑惑而惡戲地說。

「我暫不說。」林武力大叫：「總之是太壞了。」

林武力又發一頓脾氣，走到上課的班級去督導。他一班一班地察看，大叫：

「設備不夠，教材不新，教室不潔，學生吵鬧，服裝不整，亂七八糟……」

他頻頻地指點著。

不久，太陽升到校園上空。

林武力怒氣愈大。他說：

「一塌糊塗，簡直把我的肚子氣扁了！」

「呀！局長的肚子餓扁了。」教育局的督學說：「餓扁要吃飯。」

「誰說吃飯？」局長大怒說：「都是飯桶！」

「是呀！我們是飯桶，但不吃飯怎麼能活下去！」督學說。

「厲行十項革新，不准邀宴，要吃，等一會我們自己去。」

「不必了！」張咽趕過來，說：「我們在好味餐廳弄了一桌。去吃一頓！」

「不行，不准邀宴！」局長挾著怒氣說。

「傻瓜！」督學跳過來，說：「有酒呀！大批的酒呀！」

「酒我不喝了。」林武力說：「會誤事！」

「管他誤什麼？」督學說：「喝了酒便天下太平了！」

「呀！呀！呀！」林武力發怒大叫，說：「我本是不喝的，但爲了你們，我破例一次！」

說著，林武力怒氣沖沖地和大夥兒一齊走向市集的大餐廳去了。

市集的好味餐廳在午時熱鬧異常。門口停了許多轎車。夥計在門邊笑臉相迎。當林武力挾著怒氣和衆人簇擁到這裏時，裏面的老闆喊著：

「呀！金沙國中的教員來了。」

張咽走過去，和老闆親切地握手。

「我介紹一下，這位是教育局長林武力。」張咽指著林武力說。

「哦，林局長，歡迎光臨！多照顧。今天我吩咐手下加一道龍蝦表示歡迎之意，以後常來！」

「張咽！」林武力生氣地說：「一定時常到餐廳來，你不是最遵守十項革新的嗎？」

「唉，是呀！十項革新也要，吃飯也重要！」張咽說。

「好！我倒要來吃吃龍蝦的滋味！」

林武力忿忿地走進去。

餐廳的靠窗的角落已排好一桌明亮的桌子，碗筷齊備，桌邊擺了幾打的酒。在一張座椅上坐一個肚子比林武力還大的人。那人望見了這批人，立即起來敬菸。

「張咽，」林武力板起臉，說：「這人是誰？你又有什麼名堂！」

「他是伍議員，伍厚先生。」

「呀！你是伍議員！」林武力吃一驚。

「他就是。」訓導主任說：「上次大罵你們教育局，要求裁員和刪減經費的人便是他。伍議員專門調查官員的生活，並特別注重本縣的教學問題。他爲我們學校做很多事。」

「是是……伍議員是了不起的。」林武力的臉色變了一下，但一會兒又恢復了怒氣，說：「現在的教育局有些都是阿貓阿狗，有些官員我自己也看得不順眼，我的立場和伍議員是一樣的。」

「哪裏，哪裏。」伍議員呵呵地大笑說：「喝酒再說，喝了酒有話好說。」

一會他們都坐在席上。林武力盛怒地連連地喝了八杯紹興酒。

「呀！局長的酒量眞好！」伍議員哈哈地也喝了六杯，他說：「我聽說局長準備辦理金沙國中的事。固然，那是你的權力，但依我看，沒什麼好辦的。這事兒頂平常呀！我們是兄弟嘛！我要幫忙你老哥更發達，所以就請你大事化小，小事化無！」

「不行，我要辦他們！」林武力怒氣大發說：「一定要辦這些阿貓阿狗，但若您不同意，我回去想想，大概可以通融。」

「眞的嗎？」伍議員笑起來了，說：「林局長眞是好人，全不把我兄弟當外人！」

「我們是一家人。」林武力發出忿怒聲，指著伍議員又指著張咽等人，說：「今天若不是伍議員說情，我就饒你不得！」

說著林武力又在震怒下喝了五杯酒。

「喂！來呀！大家乾杯！」督學嚷起來了。

乒乒乓乓，一會兒，這幫人已酩酊大醉。

「我回去了！我回去了！」林武力因酒衝腦門，怒不可遏地揮手大叫。

於是這批人七顚八倒地走到樓下來。一輛計程車停靠過來。

「慢著！」張咽趕快攔住局長。

「幹嘛！」林武力大叫。

張咽立即把他拉到角落去。在他的手上塞一包東西。

「呀！呀！呀！你幹什麼？」林武力怒氣沖沖地說。

「不成敬意，但請局長不嫌太少！」

「不行！我不受賄！」林武力把東西捏在手中，用一生最大的怒意，說：「我廉潔公平，但看在伍議員的面子上，我收下，但以後不准你再做這種事！」

說著，林武力顛著腳，撞進了車座去了。

「叭！」

車一鳴喇叭，便往前衝去，放出了一股煙，好像一股驚破天地的怒氣！

杜里的故事

自從雙春塑膠工場來了杜里以後，這個雙春小鎭可熱鬧了，唔，山地大兄杜里眞了不得。你瞧，他騎著二百五十c.c.高輪飛車出去，他把滅音器給拔掉，將屁股給放在車後，擎高前輪，「拍啦」地一陣巨響，車子冒出一陣黑煙，像一只放足前奔的馬一樣，他的車子消失在車尾了，那響聲全鎭都聽得到。哈哈，他愛穿有羽翼的阿飛裝，神氣的像偉大的戰士。

但是，我們的杜里可不同鎭裏那些愛玩的公子哥兒。他是利稻山區來的青年，受過中等的教育，皮膚棕色得有些黑，有一雙大大的眼睛，結實的胸膛和健美有力的身段，他愛打拳，特別是在女孩子的面前打拳擊，一記左鈎拳可以把一袋米給打到五公尺以外。唔，他簡直是無畏的唐山大兄嘛！這人便因爲這樣而有好的體力，他做事從來不偷懶拖拉，一次可以做完兩個人的工作，他全神貫注，好像工作可以給他忘記什麼似的。

他在忘掉什麼事，但又專門在製造一些事，我們的杜里大兄就是這麼絕的人。他每次騎飛車去奔跑總會出些事，大半是警局打來的電話，或者他愛替工廠的朋友打抱不平，曾因經理的增加工時和濫扣工資而把經理的太師椅砸碎了。但廠方沒有解聘他，因爲他一個人可做二人的事兒。他的事都可以靠自己解決，所以他可不在乎。管區的員警都識得他，稱他「山地仔」，但工廠的弟兄卻叫他「山地大兄」，唔，他什麼都慷慨，從不吝金錢，除了每個月要把五千元寄回利稻以外。

儘管大家都豎拇指來說杜里是乾脆的漢子，懂得來娛樂自己，但和他一起來工廠的林萱可不！林萱小姐也是利稻人，他和杜里是同鄉，兩人攜手來的，是青梅竹馬，有著水汪汪的眼睛，好看的臉蛋兒，她愛穿短褲來露出她修長的腿，看到的人都睡不著覺，除此之外林萱的歌聲眞是好聽。杜里把她當成知己，像一個家人，把一切都獻給她，並曾爲了她，把一個登徒子的鼻子打歪了。但林萱對杜里的行徑可不多瞧一眼，她哼哼地在同伴的面前說：「不談那個杜里，我從不敢搭他的飛車。」不過林萱小姐卻讓他做了不少事，包括替她跑腿、看門。杜里一逕兒忠誠，把她視爲唯一奉獻的對象。

春天來了，草木在小鎮上繁盛起來，雨下著，萬物欣欣向榮。

雙春小鎮的歌唱大賽舉行了，那是電視公司舉辦的區域性歌手選拔。杜里忠誠地替林萱報名，他告訴同伴說：「你們瞧，林萱硬是有歌星的模樣！」杜里做了一個歌星演唱的神情，大家哈哈地笑起來。杜里把吉他拿來打拍子，林萱就把歌兒一首一首地唱，唔，硬比那唱片裏的歌聲還了得。

果然，林萱得了第一名，在電視裏出現一次。工廠的人大嘩，但林萱卻少在宿舍和杜里來往了，她跑到董事長的公子，歐領班的身邊去。

唔，我們的杜里大兄沒面子了。但他可不像一般的公子哥兒，那樣就哭哭啼啼，他哈哈地笑著說：「無所謂！無所謂！」然後又把滅音器拔掉，騎著飛車出去兜風。

現在，林萱小姐坐在機器的旁邊，但卻換了一套漂亮的衣服，美麗得像朵花。她不是爲工作來的，是爲了和董事長的兒子歐領班出去遊玩。有一天，杜里來到機器邊，他說：

「今兒個妳在做什麼呢？」

「我在工作嘛，杜里。」林萱笑著說。

「可不是嗎？妳穿得那麼俏，一定有好工作。但是，我的小姐，妳可別瞞我。究竟妳還是向著我的，妳看看，那傢伙有我這樣雄偉的體魄嗎？」

杜里屈著自己的右臂，便露出了耀眼的結實的臂肌來。

「去你的！」林萱小姐說：「我可受不了！只是能看不能吃吧！」

「唔，妳的話是眞的嗎？我是不在乎的。我只是告訴妳，做事才是應該的。我們到平地來是做什麼的呢？」

杜里挺著胸，搖著寬闊的臂膀離去，他把右拳擊在桌上，因用力太大敲去了一塊桌角。

這下子，工廠可熱鬧了，大夥都把杜里、林萱、歐領班當話題了。他們看到林萱、歐領班愈來愈穿得漂亮筆挺，而杜里也不甘示弱地把自己武裝起來，杜里的飛車的聲音越大，並常和林萱小姐吵嘴。有一次，歐領班藉口要帶林萱小姐去北部會見一個廣播界的名人，杜里得知這個消息，便去找他。這兩個年輕人見面了。談到歐領班，也不是好惹的，他可是董事長的公子，又是雙春小鎮阿飛的靈魂人物。他也愛飛車。於是這兩人把車子停在一棵樹下。

「好兄弟！」杜里對著歐領班，說：「我知道你在耍什麼手段。唔，這樣的手腕是瞞不了眼明人的，但你別想在林萱的身上動腦筋，她若吃虧，就別怪我給你一點什麼瞧的。」

「你想惹事嗎？」歐領班露出他玩家的臉色來，說：「我也不是你杜里惹得起的。你有什麼本事呢？林萱是不會愛你這樣的人的。你算什麼東西！」

「唔，他媽的，說得好！」杜里哈哈大笑，說：「我們就公平競爭，耍手段的沒有種！」

這二人便駕著飛車分路走了。

但林萱竟然跟歐領班去了，回來後，在春末，歐領班竟然宣佈要和林萱結婚。

杜里放聲大叫了，他想到那麼回事，渾身都發抖，忘了騎飛車，跑到林萱的前面去。那女人穿著藍花旗袍，髮鬢插朵花，好像婦人了。杜里用壓抑的緩和的語調說：

「妳是眞的喜歡那個人嗎？唔，妳說，若妳喜歡，我一句話也不說，讓你們結婚去。」

「杜里，」那女人竟然哭起來，說：「現在太慢了，你知道，到北部去那一趟，我便屬於歐領班的人了。我不能選擇，因我在那以後便懷孕了。唔，他不是好人，我後悔，但我若跟你杜里又有什麼好處呢？你要多麼努力才能養一個家呢？我後悔都不可能！」

「唔，這是你說的，那傢伙不是好人。」杜里說：「妳後悔還來得及，我們是一齊到平地來賺錢的，我一定會賺大把鈔票比歐領班還多，妳可以回到我這裏來，我還要妳。我對妳是死心的，妳瞧，我願意剖開胸膛給妳看。」

杜里把他的衣鈕扯掉，好像要把心掏出來。

那女人憂鬱不堪了，但是她不能更改什麼。

杜里在工廠裏鬧起來。唔，他竟把東西給弄錯了地方，做出一些不合格的塑膠產品，並時常向林萱要求，竟使那女人倒在他懷裏哭。那領班便找到他，說：

「你把工廠弄亂了。我要解雇你了。」

「哈！你說眞的嗎？他媽的，你代表董事長說話嗎？」

「是的，我不准你再和林萱來往！」歐領班說。

「你是公報私仇嗎？」杜里大叫。

於是，我們的大兄杜里差點被解雇。

杜里不說話了。他在工廠的宿舍沈默不語，把頭低下來，完全不騎飛車。但他喃喃地說：「媽的，一定要給他一點顏色，一定要給他一點顏色。」

春盡夏來，這日，息息的風吹過雙春小鎮。杜里在宿舍前修機車，他忽然看見一輛機車用極高的速度衝過他的眼前，杜里的眼睛一亮，唔，那不是歐領班和林萱嗎？杜里一下子跳起來，他騎上車子，把油門一抓，那車子爆發一陣吼聲，便朝那二人追去，風兒猛力地吹亂了杜里的長髮，使他看來像一朵燃開的黑火。

歐領班看見杜里了，但他可也一點都不畏懼，這好傢伙也把油門握緊，向郊外的草林去了。

終於他們在鎮郊一處草坡的相思樹林停了下來。

林萱嚇壞了，把兩人隔開，但歐領班一把將她推到旁邊。

「杜里，你這是什麼意思？」歐領班把他肥壯的手叉在腰部，說：「你是要吃點苦頭嗎？」

「你想帶走這女人，唔，截至目前爲止，你好像勝了，但得過這關。」杜里露出臂肌來，說：「能把我扳倒，這女人才屬於你的。」

「你這生番。」歐領班大怒，他說：「你是長角的人，今天我就讓你瞭解沒有人會去喜歡你的這件事實。」

「唔，罵得好。」杜里說：「究竟怎麼比劃呢？」

於是他們尋來兩根木頭，雙方站在林木中，風吹過林梢，呼呼地發出搖曳聲，陽光斑點地灑在地上。歐領班一記前刺，杜里被戳中腰部，蹲下去，歐領班一跳便到他的面前來，朝他的頭擊去，杜里閃到一棵樹下去，歐領班的木頭因用力太大，便斷了。杜里一看機會來了，一記木棍，掃中了歐領班的腹部，又用一拳打中了他的鼻子，歐領班倒下去，臉面流血。

「唔，這一記棍子算是你罵我的代價！」

杜里用棍子在他的肚子狠狠地戮下去。

「再一棍讓你上西天吧！」

杜里又把棍子擎高，想猛擊他的頭部。但他的手不能放下，原來林萱抱住了他的手臂，杜里叫一聲，把女人一推，於是林萱便和歐領班跌在一起了。

「求你，」林萱流淚地說：「杜里，不要這樣！」

唔，杜里的眼睛睜大了，他見到了可憐的林萱的眼淚了，還有她隆起的肚腹，那裏有一種不能更改的東西，生命、幸福和什麼他杜里不明白的。他不禁倒退了兩步。刹那，他的臉色變了，變得和緩。他想到什麼了，呀！一切便是這樣地不能改變呀！一切便是這樣呀！

於是杜里放下他手裏的武器。他走前兩步，把林萱拉起來，說：

「現在我瞭解了。一切都不能挽回。唔，也許我並不是像我自己認為那樣好的人。妳嫁我也不一定會幸福的。不要哭吧，林萱，我們是青梅竹馬呢！我要永遠祝妳美麗、快樂、幸福呢！」說著，杜里用手抱著受傷的腰部蹣跚地去騎他的機車，一呼嘯便消失在相思林外了。

杜里離開雙春鎮了，由於走得太快，沒有人知道他究竟去到那裏。

鸕啼村小住

1

你聽過夏夜裏充滿整個天地的蛙鳴嗎?見過整群的厝鳥遮住了朝陽而投向竹林的景觀嗎?唔，還見過繁茂在田野的長草裏的鸕鳥嗎?你說：「沒有。」那麼何不去一趟鸕啼村。

一九七二年春，我到達那裏，爲了去觀摩農業機械化的示範表演。

這是島中的濱海小村，在春雨連綿的這個季節裏，草木以其異樣生長的速度，綠遍了田畦和溪流，我們的靈魂竟好像滲入了每一棵植物般，在水份充足的野地裏欣榮顫抖起來。那些野生的小生物隱藏在草林下，時而跳躍，時而鳴叫。我們把手放在土地上，宛若可以觸摸到那些生物跳動的脈搏。

淸晨，太陽昇起了，撥開了黛雲，向大地投下千頃的金色光芒。我們在刈割機邊宿了一夜，收起了帳蓬，朋友丁君跑到田裏去整理稻稈。他熟練地捆住一束草，一勒、一抖，那捆稻草便如圓裙般地豎立在田裏。忽然在那披覆的稻稈堆裏，一隻鸕鳥振翅飛起，落到五公尺外的田陌上，丁君大喜，追了過去，但他的腳不穩摔倒在一撮草邊，等他走過來，便瞧見他的手臂已被農藥的罐片割出了十公分的傷口。

我們立即走到村裏的診所敷傷。

丁君是這村子的青年，中等教育後回鄉，就不曾再離開村子。他的腳步快捷，頻頻地介紹著村景。抬頭一望，我們已佇立在一所清潔的小屋前，丁君指一指裏面，我們便走進那充滿藥味的屋裏去了。

唔，這診所眞是清潔，然而那清潔實在是由於設備的簡陋所引起。

醫師出來敷藥了，那是一個青年，滿懷著卑怯的神情，他和丁君認識，敷藥的手竟有些發抖。一會兒，他爲丁君包紮好，便走向裏頭去了。

「這個診所眞奇怪，到底那人算是醫生還是什麼呢？他的敷藥技巧竟像是一個外行的人。」我不禁問著丁君。

於是丁君說起鸕啼村這家密醫診所的事。

2

鷓啼村是一個以種稻而營生的小村莊。在漫長的日人的統治下，這裏沒有任何的醫療設備，若是重病，必須到二十公里以外的縣城去治療。日常的疾病則必要仰仗來往於鄉村的赤腳醫生。

然而戰後初期的經濟也無法將這個農村的狀況改變多少。村人在縣城裏望見了那些因開設醫院而致富的醫生，他們多麼冀望醫療能普及啊。他們也想，只要醫生是鄉里子弟就好，若是自己的子弟也許醫藥也不致於那樣昂貴吧。

一九六〇年後，新一代的子弟成長了，那正是整個農業經濟剛要變壞的開始。農鄉的父老把子弟送到城裏去，由於農業的沒有指望，那些父老都不希望子弟再耕種了，唔，鷓啼村的李貴仁就當面罵他的小孩說：「我不准你再種田了，你若不長進，再回到村來，我一鋤頭把你擊斃！」

好，我們的王巖出場了。談起王巖，這人是鷓啼村的喜劇家。這人種了三甲的土地，日據時期他受一點教育，曾去過海南島當軍伕，做過醫務士，他的生性躍動，喜歡說新聞，並愛做些別人不懂的秘密事兒，並以此自豪。若有人問他：「今兒個你老兄做些什麼事呢？」

王巖便笑咧著嘴，說：「沒什麼，等一陣子你便曉得。」說完，他偏著頭，就去了。他是這樣的一個有計劃的人，常大談他的各種謀略，雖然種田沒什麼賺的，但他的耕種謀略卻層出不窮。自然對於他的子弟的教育也非要有一番的謀略不可。

王巖的小孩應符初中畢業了。唔，這個小孩的乖巧和順從是別家的小孩沒有的。他竟也有了王巖的好頭腦，成績一逕名列前茅，但畢業那年，王應符卻沒續學，這個小孩在村莊消失了，竟沒有人知道他去那裏。王巖點燃他的菸斗，告訴懷疑的人說：「等一陣子就曉得！」他的劣等菸草的煙飄揚在整個鷓啼村，簡直要嗆人喉鼻。

一九六七年到了，鷓啼村的青年來往於城市和鄉村之間，他們的臉面由於饑餓和操勞而焦黃，那時的謀生不易，這些青年遊移在城鄉之間而不能取捨。正當這年，王巖的家傳出了消息，他要宴請賓客了，村人嘩嘩地趕到王家去，才曉得王巖要開密醫診所；因爲他的小孩回來，唔，已經變成一個醫生了。王巖把手拍在他的胸膛，說：「學了四年了！醫術是假不了的，我們是鄉親，半價優待。」王巖開懷笑著。在開業的當天，王巖把自己武裝起來，他雇了三輪車架上擴音器，沿著各村莊做開業廣告，並且印製了傳單，當王巖的廣播車經過時，鄉人都張著奇怪的眼睛來看著他。

王巖的謀略果然獲得勝利了。唔，你沒聽過嗎？城裏的醫藥需要十塊錢，但他只要三塊錢；城裏頭的醫生從來少下鄉診病，但王醫生即使在半夜也會跑去。有些病雖治不好，但總比不治的好。王巖的門庭若市。他的小孩果然出頭了。看到自己的小孩沒出息的村人，不禁都說：「王巖的眼光的確是不同凡響，他總是先人一著棋。」

有一天，診病室前來了一個人。這人是鷓啼村的挑夫林久，和王巖是朋友。他們都是好酒伴，有時是一齊上酒家的。但王巖會保養，又不常徹夜的勞累，他酒色倒沒關係。這挑夫可不行，在操勞和酒色中，挑夫得了嚴重的肺病，就是城裏的醫生也救不了。這次王巖可被自己兒子的醫術沖昏了頭，他半帶命令的口吻要他小孩來治病，但王應符不答應，這對父子竟在診病室談判起來：

「唔，我可不敢。要用什麼藥治他，我可不會。」他兒子站起來辯解。

「他是我朋友。」王巖說：「朋友的病治不好，我王巖還算道義的人嗎？你一定要想辦法。」

於是這兩個父子堅持己見，最後竟吵起來，王巖生氣，竟將一個診斷器折斷，末了，他忿忿地走到藥櫥去，憑著以前軍伕的醫術，便拿個盤尼西林和幾個罐子出來，也沒看清藥量，雜亂地混在一起，便在病人的手臂打了一針，後來才想到沒在那挑夫的身上做藥性試驗，藥也下得不對勁。那挑夫回到家，竟然病情加重，幾次昏迷不醒，看看就要無救了，當這消息傳到王家診所來，立即把這對父子困住了。

「阿爸，你看怎辦？」王應符焦急地手腳發抖。

「怎辦？老天！怎辦？」這下子我們的智謀家也一時想不出好法子。

「我是密醫啊！阿爸，這要坐牢的！」王應符說。

「坐牢，哇！他媽的！」

一聽到坐牢，王巖嚇壞了；於是當夜王巖託了村長去向那挑夫說情。然而，村長告訴他：這事情是瞞不了的，那挑夫若是三長二短，他家的人也會把話給傳出去的。

王姓父子驚嚇得忘了替人治病了。王應符甚至神經兮兮地把一只錶給放在消毒箱裏去煮。王巖也背著手走來走去，他的頭流汗；但流汗使他身體放鬆，最後竟有了靈感，他把頭一點，說：

「我自己去解決！這件事只有我去解決！」

王巖把他的大口袋的衣服穿上，抽著菸斗便出去了，一會兒他來到了挑夫的家門。

這個挑夫的家人圍在床榻前。可憐的這個家靠這個人來操持，他竟無救了。這刻家人覺得一切都無望，他們嚎啕哭了幾天，後來索性便沉默下來，用著空泛的眼睛來看他們的家長。那挑夫奄奄一息，把身體平放在榻上，把眼睛閉上。王巖在門口逡巡一會兒，便把精神放鬆，嘿嘿地端著笑容走進去。那家人一看王巖來了，便喊：

「他是王巖，伊害了阿爸！」

家人一聽，便聚來打王巖，他們本來沉默，但卻由於毆擊王巖而想到什麼，竟又嚎啕地哭起來。

王巖用手把他們擋開，說：

「你們打吧，唔，我不在乎，但我是帶好消息來的。」

家人一聽好消息，感到憤怒，更用力地去捶他。一會兒，力竭的人才退下去。王巖這方搗著疼痛，走到床榻前，他竟又點起菸斗，眨著神秘的眼神，對著挑夫說：

「林久，抽菸嗎？」

林久把眼睛睜開了，他的臉變了，但一會兒又恢復了無力的神色，說：

「你來了，很好！但我不怪你。大家事先都料不到情況會這麼糟。你回去，我不怪你。」

「唔，眞的嗎？」王巖說：「也不枉費我們相交一場。但是，但是……」

林久看他呑呑吐吐，說：

「你擔心刑責嗎？這事免不了的。許多人都曉得了，警察或許會查這件事的。」

王巖一聽，變了臉，但他竟然口吃地說：

「你若能多聽我幾句話，我想請你把你的家人遣開，我和你商量。」

於是林久看王巖神情有異，便叫他的家人走開。

王巖抽著菸斗，他說話的聲音抖動起來了，說：

「林久，你終歸無望了，對不？」

「是呀！是呀！」林久疲憊地只想昏睡。

「你能做一個意外的事件嗎？把你弄成意外致死。喏，我不虧待你。若你把自己弄成功了，我答應給你一些報酬。」

「呀！你叫我先結束生命嗎？王巖，你用這樣來逃脫刑責嗎？」

「是的！」

王巖點點頭。他從口袋裏去掏五萬元出來，把它放在竹床。

這當兒，林久看到錢，他的眼睛一下子亮了，竟像是大病痊癒的人，坐起來，說：

「你說的話算數嗎？你用這些錢做交換的條件嗎？」

「是啊！是啊！」王巖把菸抽得吧吧響。

「好！這容易！」

林久大叫一聲，竟站起來。他竟收了錢，把它交給了家人。於是村子的人看見，林久又喝了酒，到處走動。他簡直像健壯的人嘛！你瞧，他不但上酒店，又去妓院了。不到幾日，林久倒在路上，人們走近一看，他已去世了！

這件事傳出去，過了一陣子，村人立即遠離了王巖的診所，把它給當作可怕的死地。但隔一段日子，由於王巖笑臉來對著大家，又減了藥價，便又恢復了信譽，門庭若市起來。最後王巖賺得了一批錢，移往城市裏去。王巖的診所續租給密醫。

「如今，農鄉的交通稍稍便捷，藥局在附近的市集設立了，這家密醫診所生意已告冷淡，現在已換了第六個密醫了。」

丁君說完，我們已走回田野，太陽已攀過樹梢，天地光燦明耀。我問丁君對於那些密醫的觀感，丁君指著綠色的天地說：

「我不是社會的有力者，沒有實際的改革力量；然而，我期望著，在這片大地，它會有一幢幢的現代醫院被建築起來，他們可以免費的接受治療，而無懼於生老病死！」

挫傷

我少年的時候，一度寄居在基港，在那細雨紛飛的港市裏，留下一些少年期憂鬱的夢。

1

一九七九年，春，我又到了這裏。

我和林君跑到港口邊的小店去飲酒，林君在少年時，曾與我在碼頭邊的小書店做過僕僮，於今他已在一個海事機關裏找到職業，做了領薪的公務人員了。

這港市的確與昔時大不相同，曩昔，我曾見過舢舨竹筏漂盪在此一波濤拍擊的港灣，碼頭邊錯落薰黑的木板房，而今，它已成巨港，吞吐貨輪，變成現代建築毗連的世界了。那時，我也曾見到苦命的娼女枯黃著她們的臉龐，現在我卻見著了那些吧女，放浪豪貴，舉止闊綽，紛飛在此一繁鬧的天地。

我們坐在靠近運河出海口的這家小店裏，隔著簾幕，林君再三地提醒我昔日的舊景，我們藉著懷舊的談話，竟使我們的記憶復甦，再度飛臨於昔日歡笑過、遐想過的那些小公園，那些花徑，那些波濤的岸邊，還有那扇聳立在港外的翠綠的罩著夢的小山。我們把菸掏出來，一根一根地吸個不停。

忽然，我轉過去瞧店裏的顧客，望見一個穿著簡淨襯衫的青年人坐在最隱蔽、昏暗的角落裏，他低著頭，經久不整的頭髮覆散在他的臉龐，他的皮膚黝黑，筋骨特大。這個青年人已經喝醉了酒，但卻還用著痺顫的手去拿著桌上的酒瓶，一次又一次地倒向酒杯，他每喝一口，便搖著頭，「呼呼」地顫抖他的身子，竟像畏寒的瘧疾病患者。堂倌每隔一段時間，便用哀憫的眼光，朝那裏看一眼。我被這奇怪的青年所吸引，不禁說：

「那個人究竟是怎樣了？他難道身罹重病嗎？」

丁君笑起來了，說：

「那人來這家小店已不止一星期了。比較起來，他已較第一天來時要好多了。不錯，那人罹了重病，但不是身體的，而是內心的挫傷，他是和我在同一機關裏的職員。你想知道什麼挫傷竟能讓一個青年變成這樣嗎？」

於是朋友告訴我一個故事。

2

凌明是基港海事機關的職員，在一破陋的漁村出生。由於戰後不久，漁村的經濟沒有展望，他的父親日夜在竹筏上操勞，一次意外中，父親在海上失踪了，留下他與母親相依爲命。然而這個漁鄉的母親竟不氣餒，讓她的兒子唸完了海洋專校，並告誡他；什麼是家庭，什麼是做人的信條。這小孩竟是有些聰明，品貌端正，他是上進的人，總以爲做人就應該是一個有用的、重要的人。並不斷深自期許。

好了，凌明來到了海事機關來做事，這下可有點看頭。凌明把自己整頓起來。唔，人是要有精神的，不能看起來少年老成；他每天整理自己的衣服，紮了領帶，使自己神采奕奕。唔，人要樂觀，不能垂頭喪氣；於是他和大家聊天，說說笑話。唔，人要奮鬥，不能偷懶；於是他學習母親，五點鐘起床，自己煮食洗衣，勞作不息。唔，更重要的，吃人一口飯，便聽人喚一聲；他做事從來認眞，永不拖拉，並任勞任怨。你聽過他最著名的一句話嗎？他說：「我愈努力工作，便發現我愈幸運。」談起凌明，就是最刻薄的主任大人也會說：「他眞是毫無缺陷的好青年，和我年輕時大致相同。」

凌明在機關裏獲得賞識了。他懷著信心，幫助機關設計各種的工作計劃；並以職員的身份參加了主任級的會議。許多人都想和他推心置腹。然而，在他所有的個性中，最為突出的，便是強調原則：在這世界，我們靠什麼被敬重和賞識呢？無疑的，是才能、正義、德性，有了這些，沒有人會輕視你；憑這些，你成為一個和世界上所有的人平等的人，就是洛克菲勒，也不敢輕侮你；為什麼說「英雄不怕出身低」呢？原來英雄就是有了才能、正義、德性。凌明走著、站著、坐著，都想這些問題。

春日來了，環繞港灣邊的群山蒼綠起來了，翻躍的波浪拍擊在浮動的碼頭，那船笛嗚嗚地響動在遼闊的水面像一首幽揚的音樂，這個時節裏，機關的職員談些什麼呢？談婚嫁，對了，沒有人不認識婚嫁比什麼更重要，是嘛，男大當婚，女大當嫁，這是一件多麼有意義的事呀！機關的女職員都說起了凌明了。「他應該和李靜嫻小姐結婚，呀，你瞧，那李靜嫻是個善於理家的小姑娘呢！她說的話適切中肯，完全是賢內助。」一個年紀最大的女人把她的舌頭伸得好長，大聲地說。

「不對，他和林秋蓮是一對，呀呀呀！那秋蓮的女孩是個心思細密的女孩呢！又會撒嬌，她若和凌明站在一起，就叫我想到年輕時和丈夫站在一起結婚時的情形。」一個金牙齒的阿巴桑也說。

「錯了，他和林秋蓮結婚固然好像你們年輕時結婚一樣，但如今你們離婚了；他應該和古婷婷才對，妳瞧，古婷婷她……」

女職員相互地閒談起來，由於太激烈，往往把打盹的課長給驚醒，竟以爲是走私案又來了。

但我們的凌明呢？他可不曾拒絕人家的好意，總和機關的女孩相處得很好，但也不曾發生結果，因爲往往在有眉目的時候，他便煞車了。有人認爲他在玩政治，但並沒有責備他，因爲凌明是好青年。你見到他就會如同見到一棵漂亮的花樹，欣欣向榮。

春雨，落下來了，落在漂浮著衆多船隻的港內，使得春天的氣息泛濫到整個的港市。凌明倚在桌上，由於思念母親，他看著玻璃外的市景，就在那當兒，他的眼睛睜大了，他見到一個女職員正斜側著臉在那裏整理資料，唔，那是新來的黃蓉小姐，那不是漂亮的、端莊的姐兒嗎？你瞧，她燙捲著短髮，穿著一套綠絨的長長衣裙，那美麗的胸前垂著一顆鷄心石，她面目明媚動人，好教養的體態，那種姿影，徹底是港市幽雅水色的化身。我們的凌明被那少女吸引了，竟然不能移開他的眼光。等到那女孩對他笑了笑，他才醒過來。

於是，我們的凌明不可能對每個人言談自如了，因爲有一個少女給了他羞澀和節制。他宛若發現了一樣世上的珍品，卻惟恐傷害了它，而不敢輕易去觸及它。他幾次到黃蓉那個女孩的面前，把自己的話弄得結結巴巴起來，黃蓉瞪著他，用烏溜溜的眼眸深深地責備說：

「唉！凌明，你有病嗎？」她始終都用好教養的態度來對著他，並用微笑來化解他的緊張。我們的黃蓉小姐竟不討厭他。

機關裏的人都喧嘩起來，有人以爲他們眞是一對，但不少人暗中來提警告了。你不是不知道，黃蓉是一個上層社會的女孩，他的父母是官家，親戚都是大賈。凌明是什麼東西呢？他竟敢動這個女孩的念頭，在找麻煩嗎？唔，這個小子可是瘋了嗎？

但是我們的志氣的青年說：那又何妨呢？難道愛情是有階級的分別嗎？愛情是神聖的呀！我喜歡一個女孩並不因爲她是庶民或貴族，我愛她只因爲我有愛她的感情，這世上怎會有階級呢？一切不是平等的嗎？現在是什麼時代呢？唔，是摩登時代，只要你有才能，有志氣，有正義，你便與每一個人徹底地站在同一個立足點。

儘管這樣，凌明在那女孩的面前仍然不能自如。他在靜靜的注視著那女孩的時候，感到血液沸騰的欣悅，他可以確切地感到她使他孤寂痛苦的靈魂整個兒充實了。他喜歡看她，那怕是靜靜地呆坐在那兒，她是那樣的讓人感到溫柔與舒愉，就像什麼呢？唔，像一些人說的，一艘船兒划進了安全的港灣。

他找很多的機會，想提一些要求，但有時走過去，便忘了說什麼，或者把話給哽在喉頭。但有一次下班，他竟很勇敢地衝過去，用比平常說話聲快兩倍的速度說：

「黃蓉有空嗎?妳答應讓我請一次客嗎?」

黃蓉小姐用明澈的眼眸來瞧他，便去收拾桌上的東西，肩起小提包，把雙手放在迷地的長裙的口袋裏，大方地說：

「好呀!凌明，這就去!」

凌明高興得要跳起來了。他又用比平日奔跑要快兩倍的速度，奔回他的座位，把抽屜上鎖，用漁村子弟特有的宏亮聲音，說：

「黃蓉，謝謝妳呀!謝謝妳!」

他只能請小姐到一家普通的咖啡館去，並說了很多的抱負，但黃蓉竟能忍耐地聽，並不時提出一些意見。最後他們在港邊散步，凌明竟可以拉著黃蓉的手。

唔，妳瞧，愛情怎會有等級?哈，他和她在一起，只因愛情的力量。

第二次，他們又在港邊散步，直到黃昏；一星期後直到午夜；一個月後，直到深夜。凌明竟可以摟著女孩的纖纖細腰。後來，他們離開了港邊，到漁村的海邊去消磨春天的時光了，由於兩情相悅，黃蓉竟讓凌明糊塗地做了那件事。黃蓉有了身孕。

好!這眞是一件大事，讓這個漁村子弟在他的生命產生巨大的感動。在長年和母親相依爲命的艱困日子後，他現在將要看著自己的子弟再度生長了。他應該給將來出生的子弟什麼呢？給他愛、照顧、幸福、美麗、健康……那種父性的、堅忍的、延續的感情，在他的心靈滋長起來了，凌明把他的愛人抱起來，他說：

「黃蓉，我們結婚去吧！我愛妳，恨不得小孩快點出生呢！」

然而黃蓉竟忽然憂鬱地說：

「我恐怕……恐怕……」

「呀！怕什麼！」凌明哈哈地豪邁地說：「做父母有什麼好怕，妳想，人活著是做什麼的，便是要爲他的子女呀！」

我們的凌明說了許多的偉大的話了。

但幾天後，黃蓉不上班了，並失去她的音訊。

凌明託人去查訪。方聽說黃蓉住在家裏。

啊哈，對了，凌明想起來，他怎能不去拜訪那個即將成爲他的岳父的人呢？還有，他竟也不曉得黃蓉的家園到底是什麼樣的，他疏忽了。那種深深的歉意，使他幾天沒睡好。他能想像，黃蓉的家人一定像一切的家人一樣，當他們聽說黃蓉有喜了，一定會震驚不已，他們一定會查問那個青年是怎樣的一個人，如果黃蓉把他在機關裏的好聲譽說一遍，他們一定會有正面的表示。凌明歡躍起來，嚷著憂喜的態度，把自己整頓起來，第一次，他到了黃家。

那是山坡的一個巨大的別墅，但竟沒有人出來會見他。於是凌明離開，他寫了信，一封又一封，但沒有回音，他在上班，卻有一個人捎了信，叫他到處長室去，處長把菸燃熄，說：

「你不要再糾纏那黃家了！」

「什麼？呀！處長，我弄不懂你說什麼？」凌明說。

「黃家的人要我轉告你，黃蓉要到國外去了。你忘了那件事。黃家也不追究！」

「什麼！你說什麼？黃蓉要去國外。呀！是誰說的，她說的嗎？她說的嗎？」

凌明慌了，他簡直不能相信，以爲處長騙他。他盯著處長不放，並因不安，把玻璃杯給弄到地上去。

「他媽的，凌明！」處長說：「你是個犢牛，那黃蓉不是你要得到的，她是官員的女兒，要和一個大賈去美洲啦！」

凌明的額頭流一些汗，但他竟不能穩定下來，一字一句地說：

「我不相信這件事！這是什麼時代！」

說完，他還能鞠躬，便出去了。

凌明又寫信了，他是壓根兒不相信了，他邀那黃家的人來澄清。地點是港式飲茶。於是在一九七八年春日，會議開鑼。凌明心情緊張，但毫不氣餒。

那是風光明媚的早晨，陽光灑落在港口，使得船兒的旗幟迎風飄蕩。港市的遊樂的人不停出入在這個精緻的茶座。凌明坐在那裏，第一次見到黃蓉的父親，那父親穿戴並不華麗，然而，那鞋子、衣服、裝飾盡是凌明所不曾見過的東西；他的身邊繞著七、八個穿著明耀服裝的家人，他們談吐高雅；並叫了一桌凌明不知道如何下手的餐點，凌明第一次感到所謂文明、高雅的力量。宛若一個孺子，抬頭乍見耀眼的星月，高妙而不可觸及地壓迫了他。

「你想娶我女兒嗎？」

「唔。」凌明露出一生中第一次澀歉的笑容。

「你見到港邊那幢巨樓嗎？」那父親指著棟閃著陽光的巨大樓房。

「見到。」凌明好像一個迷失的人在霧裏說話。

「你常注意它嗎？」

「不常。」

「那麼，你怎能注意我家的女兒？」那父親用微怒的表情指著巨廈說：「她是要嫁那種人啊！她怎能嫁一個像你這樣的人呢？你有什麼東西可以給她呢？你不過是個貧陋的青年罷了！」

那父親說著，去抽起他的菸斗。

「但是……」凌明辯駁地說：「我會奮鬥！」

「唔，我知道！我豈能不知道你們的抱負嗎？但等十年吧。十年以後，你有了錢，再談這件事！」

那些好教養優雅的人都笑起來了。他們一起勸著凌明吃起港市的茶點。

凌明走在港口了，並沿著運河散步，但沒有人陪他了。人們見到這個青年不安地在一個地方佇立一會兒，又走到另一個地方去，最後走進小店去喝酒。有一次他無端地和一個穿戴時髦的人撞了滿懷，那人立即打他一個巴掌，凌明呆了一會，才叫著：「呀！你以爲富人便可以欺侮人嗎？我凌明是個好欺侮的人嗎？」他追過去要踢那個人，但腳步不穩，躓倒在那裏。

他被傷害了。唔，他是沒有錢的人，有的只是一點點的才能。但才能值多少錢？唔，沒有了伊人美麗的笑靨了，沒有那種溫柔的談話了；唔，還有那伊人曾經給他的心弦的震動，給他美好的希望。

現在，他又想到破陋的漁村，年老的母親，那些黑髒的父老。呀！他想起家鄉，和父母了，一切唯一不變的是家鄉和父母了，至少黃蓉生下的這個小孩也會是他的。做爲一個丈夫，他也許配不上黃蓉，只因他沒有產業，但做爲一個父親他總該有辦法吧。一想到小孩，這青年竟可以有稍微振作的精神！

冬去，春來，港市又綠起來了，算算也該一年了，機關的人看到凌明有言有語。有一天，他把事情提早弄妥，搭了車，竟把臉仰起來，往山上去了，由於興奮，他的腳步快捷。他又走到黃家的巨宅了，他見到人潮囂鬧，在那公寓出入的人多了。他屈躬著身子，走進裏面，那裏頭的人往來穿梭，竟像喜宴的樣子。他懷著期待，坐在宴客室，一會喜宴開始，他望見黃蓉的家人挽著黃蓉走出來，這一向，黃蓉果然清癯得多了，一定是由於扶育小孩，又想念他吧。他能感到黃蓉還愛著他的，唔，畢竟有夫妻之實呀！凌明躲在角落，像一條狗子遐想這些事。忽然，凌明也見到從另一邊走來了一個胖壯的中年人，他的頭髮微禿，但儀態堂皇。中年人走過去挽著黃蓉的手，而後，大家都拍起了手。啊，這是黃家舉辦的宴賓會呢？那中年人是誰呢？呀！是她的丈夫嗎？不！不是！一定是親戚，凌明把他的心緒穩定下來。只一會，他看見黃蓉走來，他跳上去，黃蓉一看這人，吃一驚，繼而，愣住了，她說：

「你怎麼來了呢？你怎麼來了呢？」

凌明冒失地走過去，他拉起黃蓉的手，但黃蓉退到那中年人的後面，中年人立即擋了他，說：

「我是她丈夫，你是誰？我從來不認識你，不論在國內國外。」

廳堂的人好奇地圍過來。

「呀！黃蓉竟又嫁了！」凌明大叫起來。

黃家的父親立刻認出了凌明，他站出來，說：

「這人瘋了，這麼久還記得黃蓉，唔，你到底要什麼？我們馬上給你，你馬上走。」

「我什麼也不要。」凌明怯弱地口吃地說：「但是……但是……我要那小孩！」

「小孩！見鬼，那小孩早就墮胎打掉了呀！」那父親說。

「啊！」青年忽然叫起來，說：「妳把小孩打掉了！妳怎能殺了那小孩呢？呀！天！這是什麼世界！」

凌明渾身發抖，他想到那墮胎掉的無辜的血肉，他竟用巨大的力量，一掌把那中年人打倒在地上，他奔過去，要抓那個可憐的女人。

「他瘋了！他瘋了！他瘋了！」

大家叫起來，混亂地拉著這個吼叫的青年，凌明竟能掙扎地和他們格鬥。由於怕出事，黃家立刻叫警察來。

這青年又回到機關服務去了，但他已全然沒有往日的朝氣了，他把臉低下，到酒店去狂飲了，竟像要用酒把自己殺死一樣。

③

朋友說完，那青年又掙扎到櫃台去取酒。我不禁被感動，想走過去勸他。但我朋友說：「算了吧！對於他而言，這不過是一種磨鍊，等一陣子，當他醒來，就會好的。我深信他健康的、不被污染的靈魂會給他甦醒的力量。」

丁謙來了

丁謙是鹼港鎮的公職人員，在桂花國小當校長，談起這個人，眞是鹼港鎮的好子弟，你沒看過嗎？當他提著籃子爲太太到市場去買菜時，姿態端莊，與人招呼，大家都說：「這是一個有爲有守的人。」唔，可不是，大家都說他不畏權勢，他曾在城裏的學校，以才俊的勇氣，揭發校長的貪瀆，教育廳和黨立即派他到鹼港鎮來掌管唯一的國中，這人明明是要來革新積弊嘛！他常在會議裏說：「我丁謙來了，就是來辦教育的！」他說話的神情堅毅，甚至噴著口水。所以「丁謙來了」便成爲大家的口頭禪。

丁謙，三十五歲，出身師範學府，他的學識完全是最新的，曾在學校時就提出一種「螺旋形教學法」，他喜愛啓發式的教學，認爲最高的教學技巧就是讓學生突然領悟！他愛吟誦從唐詩抄來的詩句，像：「衆裏尋伊千百度，驀然回首，伊人在燈火闌珊處」這樣的不完整詩句。呀！呀！他也專攻最新的前衛的教學方法，當一般的小鄉下還在使用板擦和粉筆時，他便感到可悲，他研究電化教學，電視、電影、電腦，唔，完全非吾輩所能懂。他還與已故的教學法權威方學林博士出版電視教學講義，是人才！簡直是人才；他認爲學術是嚴肅的，不能馬虎。這人白皙胖膩，眼光尖利穎澈，愛仰天看，鼻子哼哼地出聲，頭髮和鞋子擦得雪亮，穿天藍色的西裝，出入宴會，必打領帶，他對屬下說：「師者，不重則不威！」由於他說話的神氣嚴肅，眼光尖利，大家都會吃一驚。好了，他到鹼港鎭來了，因爲他太太是鹼港人，他立即用宗親的名譽來辦教育。這人的確是政治家。在學校他就是黨的區委，又任社團負責人，教育局有親戚。他一天到晚都在學校，從不隨便說話，他看到了鄉鎭的教員和學生就籌劃了改造計劃。「這裏教育的素質低，學生骯髒不乾淨！」首先他便認識了這二點。「要督導！對，督導他們上軌道，完全擺脫鄉息，一切都要朝著教育的宗旨前進！一種嚴肅的目的。」他做一個各教員的考核表，登記他們的缺課數，嚴禁課外補習，推行國語運動，申論黨方指示，他叫主任都成了密探，嚴格審核各教員的考績，並注意他們的行爲和情緒；他「哼哼」地在校園走動，把所有人當成自己身上的一個細胞，要他們服服貼貼。這種嚴峻建樹的作風，立即革新除弊，教員和學生都像犬羊了，並叫全校都明白國難當頭，而有了武裝的心情。他的成績立刻受到上級的獎勵。就比如不久前中美斷交時，他還嚴格要求每個學生繳二百元，造成空前的樂捐數字，還登在報紙，人人都佩服；除了有一天，校工拿一支鐮刀把他割傷了以外。唔，丁謙不是說過嗎？「幹教育就是要有幹勁！我是辦教育。」唔，丁謙又告訴學生說：「我們要一絲不苟，人活著就要有爲有守！」丁謙眞的來了！丁謙來了！

但是，一九七八年後，也就是丁謙來校二年後，鹼港有了變動了。便是這裏的手工藝繁榮了，世局混亂，那些大賈和中產者在這個鎭上興起了。沒有目的的餐館、影院、遊樂場、大廈、高樓興起，競誇豪奢，不知今夕何夕的大賈腐化淫佚，中產者用誇大的態度來生活，駕車滿街跑。丁謙的岳父是鹼港鎭的大賈林森商號的朋友，做建築生意，他在酒宴中告訴朋友說：「唔，這是我的女婿，廉正的丁謙。」中產階級的人一聽「廉正的丁謙」都一愣，跟著哈哈大笑，他們嘻嘻哈哈地敬丁謙酒，然後談酒色財氣，用放蕩的態度對丁謙的岳父說：「你要成仙嗎？要廉正的女婿幫你離開地獄嗎？」他的岳父怕了，便不提「廉正」兩個字，有時甚至不介紹丁謙，因爲他是笑柄。那個妻子用嗲氣的聲音來調侃丁謙說：「我是廉正的妻子，我嫁給廉正了！」丁謙一聽，臉便鐵青了，說：「那麼妳要我怎麼辦？我呀！我呀……」她的妻子不笑了，搖了手，說：「你蓋一幢大廈，駕一輛跑車，他們就不說了！」丁謙的臉不鐵青了，最後他臉紅了，口吃地說：「我，我，我……」

但丁謙是有守有爲的人，他是不改變的。丁謙來了！丁謙來了！

有一天，大賈林木材帶了一個人到學校。因林木材是丁謙岳父的朋友，立即被延請到校長室坐。丁謙坐在辦公桌上，用公務員的辦事態度說：

「林先生有事嗎？」

「有事，有事。」林木材遞菸給他，丁謙立即拒絕。林木材說：「這人是我朋友，吳中書和你岳父是好友。」

「什麼事呢？好友有什麼事呢？」丁謙不解地問。

「他想到貴校執教。唉，現在安排職業眞難。」林木材哈著腰，說：「校長高抬貴手。」

「不！」丁謙立即把手一搖，像拒絕一般人的說項一樣，他遇到這事已不止一日了。他說：「不！」

「校長眞是的。」林木材態度謙恭，說：「我們不是外人呀！」

「不要說了！」丁謙說：「我們當校長中規中矩，有爲有守。我是辦教育來的！」

於是，林木材帶了那人離開了。忿忿地離開了。

丁謙回到家來，微怒地向妻子提起這件事。那妻子忽然大叫起來，她指著丁謙的頭：

「你的頭蛀了嗎？你的頭生蟲了嗎？」

丁謙要申辯，她的妻子氣喘吁吁地說：

「這樣死腦筋的丈夫，唔，一定是吃了中風藥。」

當夜，這對夫妻正想就寢，便聽到煞車聲，丁謙跑來開門，便看見他岳父寒著臉，走進來，他的手拎著皮包，沉靜地在桌上坐下。丁謙立即沏了茶。

「你來！」岳父指著椅子，說：「坐下說說你的學校。」

丁謙感到岳父的神情有異，但他還把目前在學校的大有爲作風講了一下。由於得意忘形，竟把唾沫也吐在岳父的嘴上。

「他媽的！」岳父生氣起來了，他說：「你在毀自己的前途嗎？唔，你這個丁謙呀！你這個只合穿破衣的丁謙啊！」

丁謙吃一驚，不說話，用委屈的態度來看岳父。

「你瞧。」岳父把皮包摜在桌上，把拉鍊拉開，拿一堆鈔票出來，說：「十萬元，十萬元你要吧！林木材送來的。他託我勸告你。我和他作生意，感情很好，看我面子。你窮，拿去用。這是公定價格，一丁點兒不讓你吃虧。」

這當兒，丁謙看到鈔票，他口吃地說不出話，但他還能退到牆壁上，指著桌面說：

「這……這是……犯法的！」

「犯什麼法！」岳父說：「殺人放火都不犯法，拿錢犯什麼法？」

「不！不！我們中規中矩，是辦教育來的。」丁謙大叫。

「你這犢馬，你是神嗎？他媽的，林木材你得罪得起嗎？」

但是，丁謙竭力不看岳父，那岳父忿然地提著錢離開了。

丁謙把門關好，發現滿身大汗，但他說：

「我終於不接受引誘，我是廉正的人。」

他的妻子不願看他，把頭埋在床上，說：

「一定有好戲看，一定有好戲看。」

幾天後，丁謙在校長室考核老師成績，忽然劉主任衝進來，拿著報紙，他跳到丁謙面前，像鬼附身地大叫，說：

「校長看看這則消息！看呀！」

丁謙一看，臉都黑了，那上面登一則縣議會消息，一個議員指責桂花國中體罰盛行，又強迫學生理光頭，風紀過嚴。丁謙嚇呆了，他一仰，躺在椅子上。主任一看校長慌了，勸他慢慢想想對策。丁謙一會站起來了，踱步，但又坐下，最後坐立不安，但他終於領悟過來，跳著大叫：「一定是他！一定是他！」

丁謙衝回家來，拉著妻子，說：

「我被整了！一定是林木材整我的。我兒子，他整我！」

他妻子大駭，便說：

「只有一個法子了！」

「什麼法子？」丁謙像一只熱鍋螞蟻一般。

「去求他。」

「求他？哇！他媽的！求那個林某嗎？我不幹！」他搖了手說。

「嘴硬沒有用。」他妻子哭起來了，說：「你自個兒出了事，你不會解決嗎？」

丁謙完全被困住了。他望望妻子，又看看自己發汗的手，於是走出門。

當天，他和岳父一起駕車出去，他竟要向林木材求情。

林家眞的不同凡響，三層樓的建築，底層設球抬、乒乓球的運動場，二樓是臥房，三樓是酒櫃的客廳，林某的大庭院放置許多的圓木，準備運往木材工場。林某正在客廳裏喝茶和看閉路電視，他見到二個人來了，立即請他們坐在沙發上，丁謙坐在角落。這些發財的商人大大地抽起菸，把腳抬高到沙發上放著，一下子說喝酒，一下子說女人，彷若世界就只爲這幾個人存在似的。丁謙感到渾身發熱，手都要流汗，他幾次想說話，但因口吃，又看那幾個人的談相，便又坐回去。最後他囁嚅地嘀咕著：

「林先生，唔，我有話與你說。」

但沒有人回答。

「唔，林先生，如果你們停一停話，我……」

「哦。你在說話嗎？」林木材轉過頭來，說：「你要跟誰說呢？」

「跟你！」丁謙像個委屈的孩子說：「你竟登報誹謗桂花國中。」

丁謙的岳父一聽，趕快丟個警告的神色。

「唔。」丁謙連忙擠出一點笑容，說：「我是說大家爲鄉里不要相排拒。」

「排拒？我不！」林木材不高興，說：「我是爲鄉里好。」

「這樣嗎？」丁謙指著林某又指著自己，像個生疏的玩牌家，說：「你我來商量商量！」

「好呀！好呀！」林木材露個老大的樣子，哈哈地笑著，說：「可以！」

林木材轉身，跑下樓，一會抱著一堆的錢來，說：「你先收下。」

丁謙一看錢，手又發汗。於是他退了幾步，又擺了抵拒的態勢說：

「林先生，你開玩笑，這可不是玩的。我是辦教育，爲學校來的。」

「唉，算了！」丁謙的岳父把手一擺，說：「阿貓阿狗的話不要拿來說。」

「唔，我說不行！」丁謙說。

「我認為你要收下。」林木材說。

「我說不！」丁謙說：「你的朋友可以到學校去，但不收錢！」

於是像巴黎和談一樣，雙方都沒有把握卻又不得已。

「讓他在你工廠投資！」岳父想一個辦法，對林木材說：「二十萬怎樣？比他當校長賺的薪水還多。」

「不！」丁謙又要拒絕，但又見他岳父的眼色，於是改口說：「好，二十萬投資，等我標了會就拿來！」

「好。」林木材笑容滿面地說：「一言為定，我們是一家人了。但丁校長還是把十萬元也收了。」

林木材和丁謙握手，但丁謙覺得驚奇又恐懼，像第一次見到魔鬼，他盡量從喉嚨吐出字來，說：

「一言為定，你的朋友是教員了，我投資你工廠，但這不是貪污。我是辦教育的，我守正不阿。」

於是，丁謙和他岳父出去了，但不久，林木材的朋友竟以丁謙不收錢為不誠的理由，不去上班。丁謙只好把十萬元也收去了。

現在，我們的教育家睡不著覺了。他竟糊里糊塗地投資林木材工廠，又收了紅包。唔，投資倒還正當，收紅包是違法。完了！他完了！被發現怎麼辦？丁謙在學校也擔憂，在家也擔憂。後來，密探告訴他，收紅包和投資的事傳出去了，弄得不好聽，丁謙害怕有一天報紙登出來了，那麼他就死了！想了又想，又覺得其實收錢、投資使他的經濟改善不少。他憂喜參半，感到一般貪污家的奇妙的、冒險的滋味，但因是第一次，竟病倒了！他躺在床上，想得更多，有時想到十三天外天去，竟不由自主地發抖起來。這時壞消息來了，一個省督學率一些人來了，據說爲風聞而來，丁謙大驚失色，竟能從床上爬起來，直奔林府。由於他病容滿面，林木材不禁哈哈大笑，說：

「老弟，你不行，這世界的事你不懂。你是笨小孩。」

丁謙不明白，像基督徒不明瞭猶大。那當兒，他只能叫著：

「我危險了呀！就要被殺頭了呀！」

但那天督學來了，卻被請到林木材的家喝酒了。丁謙和岳父及地方名流都做陪客。那督學頻頻地問校長，並用威嚴的眼光來看著每個人，他說：

「我是不循私的，做督學就是守正不阿。」

幾天後，丁謙知道他的末日來了，已經無望了。他把許多的公文和筆墨整理好，準備捲舖蓋，好像待宰的羔羊。一個郵差遞一張函件來，丁謙的手都要發抖了，他把封套撕開，由於太緊張，把信紙也撕成兩半，但丁謙看了函件一會兒，忽然竟像中了獎一樣，大叫：

「我得著了，哈哈哈，他媽的，我活了！我活了！」

原來那封信是教育廳寄來的，一切的考核竟皆特優，在全省各校竟名列前茅。

「我領悟了！唔，伊人在燈火闌珊處！」他對妻子大叫說：「原來我以前是笨蛋，竟不知大家都在拿錢，原來錢是可以拿的。原來督學也拿錢！」

而今，丁謙致富了，他時常出入在鄉紳的家，用端莊的姿態和人打招呼，他和以前一樣地用嚴刑峻法來管理學校的老師和學生，但他不向學生說「有守有爲」了，他改說「如何白手起家」。

追逐

1

一個擴大的健行比賽在棲港舉行。在頒獎時，大家發現冠軍的人是一個相貌不佳、發育不良的青年人；當他接受訪問時，大家都不敢相信。新聞記者便說：

「動機！動機！你只要說出你參加健行的動機就行了。也許它是你獲勝的最大秘訣。」

那青年欲言又止，但最後說了一個故事：

2

是的，走路是每個人的權利和宿命，小孩得走路才能邁向未來；老年人走路才能獲得再生的力量；人類必靠走路才能謀求生活；富人必須走路，窮人更須走路。只是走路有或多或少的差別，有遠與近之異罷了。

然而，世界公認的，在各種人當中，只有窮人才眞正地必須走路，他們走得也許不夠快，卻是最長的；走的路不夠堂皇，卻是最爲聖潔的。他甚至把生命付給了走路。你沒有聽說人把腿給走殘廢的事吧，特別是一個種田的人把他的腳走壞。但我的確親眼看到了這種事。

我的家人住在棲港附近的一個村莊，父親是耕農，憂鬱而溫和，由於耕地不多，母親爲人打雜。

談到母親。那可是一個全天下最快活的人了，長得高大秀麗。她愛朗朗談話，又會理家，她和父親是一對寶，彼此開自己的玩笑，甚至他們吵架的時候也是開玩笑的。比如父親和朋友上酒家喝酒了，便說：

「啊哈，妳瞧，今兒我到酒家去了，她們問我，酒家的妞兒是不是最漂亮的。我便回答她們說：當然是最漂亮的，但若我妻子來這兒，這句話便站不住腳了。」

母親一聽，哈哈地笑著，她摸不清自己丈夫的話是指那一邊的，便說：

「唉，眞的嗎？你當眞這麼看重你妻子嗎？那天帶我去見她們好嗎？」

她說著，便去擰父親的大腿，把他給拖到房裏去，第二天，她把自己打扮得漂漂亮亮，但父親的臉、手、腿，淤青累累。

他們是貧賤夫妻，彼此相愛。

一九六〇，那年我九歲，農鄉的經濟和戰時無別。我們吃蕃薯度日，很少吃過肉類。

母親是虔誠的信神的人，把觀世音菩薩當成救難的對象。這年，父親病重，入院，返家後，身體耗弱，由於失血過多，臉色憂鬱不堪。

「呀！我這一病，妳一定把結婚戒指賣掉了。」父親說。

「是呀！你猜對了，我把你穿去花天酒地的西裝也賣了呢！」

這當兒，父親聽了，笑起來，但一下子，又憂鬱地說：

「好太太，我要警告你，可不准你賣了戒指。我命不要，可還要結婚戒指的呀！」

母親覺得時運不濟，於是準備殺一隻鵝去祭拜觀音大士，順便可以補補父親耗弱的身子，那可是家裏還沒賣去的唯一種鵝。母親把它圈圍在廳堂上，準備動手，但外頭來了一個算命仙，他的後頭跟一輛載他的機踏車。

那算命仙看來可不同於凡人。他戴著墨鏡，拄一根拐杖，把一個梆子敲得咔咔響，大概是雙眼失明，幾次，他把拐杖給敲到鷄鴨圈去了，還好，那兒沒一只鷄鴨，否則他一定弄得滿身糞土，母親立即對我大叫：

「囝仔，去扶正那個算命伯伯，把他給請到廳堂來歇息。唔，小孩子對智慧家要尊重，對殘缺的人要同情，這是天經地義的。」

好了！這下可有好戲看了，只片刻間，母親便朗朗地和算命仙談開了，她的爽朗的個性一發而不可收拾，竟和他攀起親戚來。最後她以信神的好經驗，答應讓算命仙替父親給占個卦。那算命仙從筒裏抽起籤，呀！他焦慮地說明父親近年命帶七殺，身命兩難，要父親讓他祭煞，祭煞費二十元，祭煞物是廳堂上的鵝。母親猶豫一會，說：

「這……這就叫人爲難。你說拿那只鵝去祭煞嗎？唔，其他別的什麼都可以，但那只鵝可不行，那是要爲那孩子的父親補身體的呀！」

「無妨吧，阿嫂。」算命仙親切地說：「只用活祭，三天後，便奉還給妳了。」

於是那算命仙抱著鵝，坐著機踏車走了。眞的走了，一星期都不見回來。

母親慌了，她把事情給弄糟了，看到丈夫可憐生病的樣子，那青黃的臉色，的確是不能不吃一點肉的，她的眉頭第一次皺起來，說：

「孩子的爸，如果我能夠的話，眞想割一塊自己的肉給你吃。」

一天早晨，陽光照在庭院，母親把肥料打翻，正在曝晒，忽然村道咔咔的梆聲響了。母親立刻跳起來，說：

「呀！你聽，我們的債務人來了呢！快，他來了，我們去找他。」

母親拉著我，飛快地奔到村道。但那梆聲在村尾敲一陣，便聽不見了。

「快，他就在那兒。我們可眞的要和他好好地算算命。」

但在村尾錯雜的屋宇中，尋不著那個算命仙，母親拉著我，在每家的屋前屋後急速地走了一遍又一遍，但可看不到個什麼鬼影子。

「唔，我倒忘了。」母親對我說：「大凡不懂的事就得問。」

她便找到一個村人，那人告訴母親，算命仙到村頭去了。

母親又拉著我，奔來村頭。但那時母親看見一輛腳踏機車由她前面經過。

「呀，你瞧，算命仙不坐在那上面嗎？快！可別讓他跑了！」

母親說著，拉著我，朝那機踏車追過去。但只一會，那機踏車便在通往縣城的馬路盡端消失了。

「他們不見了，沒希望了。」我因爲腳紮進一顆石頭，嘀咕起來。

「呀！你這敗家子！人怎會沒希望，我們可不能上當。我知道那算命仙住在城裏，我可不會受騙，今天我們必得把他找著，回來我們就能爲你父親煮一碗鵝肉湯。」

於是母親拉著我，飛快地在路上走起來，那種速度簡直像長跑的選手。

二個鐘頭後，太陽升起來了，照耀在縣城，那破陋的城廓，道路不整，房子散亂。母親開始挨著每條街尋找。天曉得這種海底撈針的愚蠢方法會找到什麼。

正當我要發牢騷時，母親用指頭在我的嘴唇揉一下，說：

「吁，小孩子有耳朵沒嘴巴，當心把那算命仙給說跑了。」

但是，我們氣喘起來，母親帶我在一個人家的門口停下來，討杯水喝，就在那當兒，我們瞧見隔壁的人家有人走出來，梆聲咔嗟咔嗟地響。母親回過頭去，大叫：

「呀！你瞧，就是他，算命仙。」

母親大喊，那算命仙把臉轉過來，但一瞬間，他的腳步加快了，正當母親要趕上他時，那算命仙轉個彎，便不見了。但一會兒又出現他的踪影，於是這兩人好像玩捉迷藏一樣，一躲一藏，最後不再出現，一定離開縣城了。

「唔，我現在曉得那算命仙的底細了，他是一個看得見的人，你瞧他健步如飛，和明眼人沒兩樣。他竟沒有把我們兩人放在眼內，竟想和我們玩迷藏呢。唔，一定要給他一點顏色看。」

「一定給他一點顏色！」我只得附和。

好，母親可學乖了。

她立即追查算命仙的住址。可憐的那傢伙註定要倒楣。在午時，一個檳榔小販指著戲院邊的一個巷子，母親拉著我，躲在一個角落。

陽光衰歇下來。午時的電影結束，破陋的縣城冒起了炊煙，我聽到肚子不爭氣的叫聲，想說話。

「唔，我知道你肚子餓了。但那有什麼關係呢？」母親敲敲我的頭，說：「只要你想自己午餐吃過了，你的肚子便飽了。最重要的，我們要捉住那個騙子。」

黃昏了，縣城的街燈亮起來了。真不相信母親還能等到什麼。這種瞎等的方式是誰教給母親的呢？

「累了，想回家。」我說。

「慢著！」忽然母親叫起來，說：「你瞧，那不是機踏車嗎？那算命仙又滿載歸來了！」

於是母親馬上跳出去，擋在門口，但忽然駕車的人看到母親，他把車停了，倒個彎，載著那騙子，飛快地朝路面去了。

「再不能讓他逃了。」母親馬上背著我，說：「我們要追上它。」

「他們是賊，捉住他！」

母親的聲音震響在整個街面。居民竟有人站在馬路來觀看。

於是他們追過了街面、追過了小巷，追出了郊外。那機踏車因負載兩人，把馬力加足，竟然愈跑愈慢，最後維持固定的速度。但母親的腳步也慢慢地遲緩了，終於他們形成一種平衡的速度，在郊區奔走起來，夕陽照在整個草林了，天轉向黃昏，最後，天地暗了起來，夜風刮過大地，母親毫不氣餒，她的腳步邁動在大地上，像勇猛的鬥士，最後，那車子停了，那兩人把車丟掉了，向逐漸暗淡的路上逃去了。母親竭力地走到車邊，她忽然氣喘吁吁地笑起來，說：

「呀！那騙子竟留下這輛車給我們。但我們怎能要呢！囝仔，你千萬記著，不義之財千萬不能拿呀！」

星兒和月兒在樹梢亮了。母親瞧瞧黑暗的四周，說：

「呀！我倒忘了，沒人替你父親煮飯呢！快！我們要在月亮沒升到中空以前趕回去。快！」

於是她背起我，竟然又用快捷的腳步向來路奔回去。

唰地，朝陽的光劃破了黑暗的大地。第二天，我在庭院竟發現那只被騙去的種鵝在庭院裏縮著脖子。

母親從廚房裏趕出來，一見到鵝子，樂不可支，她竟大笑不止。

「這是怎麼回事呢？鵝子怎麼回來的呢？」我好奇地問。

母親又敲敲我的腦袋：說：

「傻瓜，這道理還不簡單，只要窮追不捨，東西便會回到你的手中。」

母親說著，高興地踅回房去把捷報告訴父親。但是我瞧見母親的步履不穩，她的右腳尾指已破掉了，像什麼利器擊中了或被什麼東西磨去似的，整個兒血肉模糊。

……

③

「如今，母親老邁。我已學會思想一些事。」那長相不佳的青年說：「才想出了原來那騙子是被母親驚人的毅力所驚嚇，而害怕地把鵝送回來。雖然這是小事，但母親說：『只要窮追不捨，東西便會回到你的手中。』的這句話，已成爲我向人生邁進的好信條。這便是我最純粹的動機和奪得第一名的原因。」

小祠堂

1

到貓兒干村去尋李然君。他在北地研究民俗學，回鄉來調查家廟和宗廟的祭祀圈的問題，當他談及廟宇具有團結地方的作用時，我覺得有趣。

「我們去尋找廟宇吧。」李然君說。

於是我們走到村郊來。

這是美麗的春日，雨水使整個兒村郊的草木茂盛起來，起初我們沿著柏油路面啪啦地走，後來沿著圳溝，最後踏著草花萋然的農路走，有一根巨大的青松樹枝芽錯雜在廣闊的平原上。李然君滿懷希望地說：

「那棵青松樹一定被安置了一個神祇。何不去看看。」

一會兒，我們走到樹下。這兒盡是蔗田，剛插枝的蔗段吐出他們的嫩葉，迎著春日的陽光，盎綠生長。不錯！這兒被安置了一間小祠，大概有半個成人的高度，它的香火竟然十分鼎盛，裏外裝飾堂皇。李然君掏出簿記，想記載這個小祠的沿革，忽然他吃驚起來，說：「呀！這個小祠供奉的竟然不是樹神，而卻是萬應公祠。」

於是我們立刻查考祂的碑文，是這樣的：

建祠沿革

本祠係爲紀念賢人李獨公而建。李獨，貓兒千人，祖先不詳。於民國六十七年三月逝世，遺骨被發現於蔗園。考李獨公一生酷愛家園，死後靈庇村人，特建本祠以追思。

捐建人：李丁山、李謀勇、李竹頭

附李獨公生前功行：

①五十五年，本鄉好人好事代表

②五十七年，本鄉勤耕會會員

李然君一看到碑文，臉色立即大變，他說：

「呀！那可憐的老頭怎麼變成神了呢？失踪了整整二年的李獨怎會出現，又變成神呢？呀！我想起了這件悲慘故事的癥結了。」

於是李然君說起李獨的奇事。

2

李獨是貓兒千無產業的人，替村長李丁山做長期的傭工。不娶不育。

談到李獨這人，是世界上最好的人。他一張憨直赭紅的臉，特大的手腳。他看顧村長三甲的土地，從不怨不怒，一個勁兒地沉默辛勤，甚至他還可以騰些時間來幫村人做工，他的手藝好極了，能編各種竹器。他的嗜好便是在村長三甲的土地上散步，並把他的菸斗放在嘴上，一口一口地抽著質厚辣味的菸草；另外就是喝些酒。因此村裏的人若請他來做事，問他要吃什麼樣的點心和酒菜時，他只藹然地說：

「不要！不要！一包菸，一瓶酒就夠了！」他從不計較吃食，每當村人看他吃得酒足飯飽的模樣，便說：「他是好款待的人。」李獨愛村裏的小孩如自己的兒子，也編許多玲瓏的竹藝給他們，並當村人的面前稱讚著每個小孩說：「這是一個未來的好耕夫。」

雖然這樣，李獨卻不類於那些無根的羅漢腳。他沒有實質的一寸土地，但是卻把村長的大半土地當成自己的。原來，李獨雖父母不詳，但在村長的父親逝世前，曾說過要將一半的土地分給李獨這小孩。因此有人猜測，李獨和村長是兄弟，只是李獨是私生子罷了。

李獨從來只聽村長李丁山的話，並幫他解決許多的問題，他們合作無間，竟像心有靈犀一般。李丁山曾想爲他娶媳，但李獨只是搖搖頭，他不言不語，只去喝酒，久之，李丁山也不敢再提這件事。但李丁山想了很多的方法來照料他，曾推舉他當選好人好事代表，並要他加入去做鄉里實務，但儘管這樣，他們感情彌篤卻曾爲一件事吵過架。那時是一九七〇年年末。

在這個貓兒干村，經濟生活到一九七〇年，不曾改善，並且每況愈下，沒有人能想出一百斤米只賣三、四百元的原因。那些粗黑著手腳，像愚昧的耕牛的農人辛勤墾植著大地，但只能換得一些豐裕的食物，部份的人想遷出村子了。

好了，在秋收後，李丁山把酒喝得大醉，竟揚言要把耕地賣掉，離開貓兒干，去到城市，因爲李丁山負了一些肥料和田賦的債，他在謝平安的宴會上，對著喧嘩的客人說：

「唔，他媽的，你瞧，這是什麼天年，一隻螞蟻也活不下去。你們誰給我十萬元，我把土地都給他！我是什麼樣的人呢？是一條笨牛，啊，牛，牛！」

李丁山哈哈地笑，搖翅擺身，做一個牛的動作，把一桌酒菜險些給撞翻了。

李獨立即扶住了他，但李丁山把他的手一摔，大叫：

「伊娘，我被騙了！李獨，你也被騙了，我是牛，你是犁。你比我蠢。把田賣了，把田賣了我們便得到解脫。」

李獨一聽，竟然動怒，說：

「賣什麼!?你若把田賣了，我與你沒完沒了！」

李獨把李丁山一推，那李丁山跌到庭院去了，但竟還掙扎地站起來，說：

「牛！牛！」

整整的一個季節，人們沒能再聽到李獨說話，但他奮力地工作，腕錶不見了，人們傳說李獨幫李丁山還了所有的債。

然而，農村的發展似乎給李丁山更大的挫困了。在豐收時，稻價低廉，在欠收時，便虧欠累累，李丁山決定離開貓兒干了，這是一九七六年，夏日陽光明耀在整個村郊。貓兒干的稻禾得了不稔症，三甲的土地，收成不到一千斤。李丁山把土地賣給了別人，他和李獨吵了架後把錢擺在桌上，他們憂愁地抽菸對視，彼此感到洶湧的悲憤。

「李獨，你要原諒。這已是最後的一步了，你離開這個家吧，或者跟隨我到北地去吧。」

「不！」李獨頹然地渾身發抖。低頭不語。

陽光在庭院泛耀著像是浮動的虛妄的一層金箔。

「李獨，我已推薦你爲本村的模範耕農了。我要報答你對村子以及我們田園的貢獻。」

他們交換了一種互敬而哀傷的神色。

「我要好好爲你慶祝！」李丁山終於悲哀地大叫起來，說：「我要爲你慶功啊！」

一九七六年，端午節來了，整個農村迅速地熱鬧起來。溽熱的田園稻味拌著酒香飄動在市集上。市集上搭起了戲臺，演著戲，鄉人集中到這兒來了。偉大的第十二屆四健會模範耕農表揚大會立即在中山堂舉行，與會人士包括縣政府的秘書和各界名流。

鞭炮聲響徹在中山堂扶疏的花木庭院上，司儀立即宣佈縣秘書致詞，那詞兒說：

「爲著提倡耕農報國，和獎勵生產，我們的四健會在各地展開活動，模範耕農的表揚正是其中的活動之一。在我們邁向現代的、工業的大國過程中，無疑的，我們的農民付出了他們的血汗，若無農民的勞苦耕植，將無今日的偉大成就，我謹代表官方來向我們的農民致十二萬分的謝意。現在我要宣佈模範耕農的名單……」

於是那些模範耕農都上臺接受如雷的掌聲了。李獨在那臺上低頭來注視著自己的耕友，他把嘴咧開，笑起來了。

午宴立即舉行。擁來觀禮的鄉農、名流、四健會員和官員們混在一起。他們相互地猜拳，吆喝的聲音震響在空曠的中山堂。

李獨站起來和許多人猜拳，喝著一杯又一杯的酒，他把酒菜挾到耕友的碗中，又替官員點菸，他大談二十年來的耕作經驗，並頻頻地祝賀耕友豐收年年，並祝官員們升遷發財。

他把自己弄得大醉，開玩笑地和李丁山說：

「你去到北部要多保重，至於我是永遠不離開這塊土地的。」

幾十年來，李獨從沒有這麼快樂過。

夏天的草木依然盎綠，雨水更豐沛地洒在這塊土地。廣大的原野上仍有藍色的天空和皓潔的白雲。原野還是有著水稻和甘蔗。

但不久，李獨失踪了。沒人知道他去了哪裏。

「但是，二年後，人們發現他了。」李然君說：「原來李獨在李丁山已賣出的蔗園裏逝去了。究竟他是用什能方法把自己埋在那裏？而且埋得那麼隱密，竟會使人不能發覺，這點是唯一讓人不解的。」

李然君說完，開始蒐記這家萬應公廟的沿革、香火、祭祀的人和它的高度寬長。

3

驪宴

1

「若我亡故，請將遺體葬在屋邊的櫻花樹下，墓碑請刻我失散的妻兒的名字，在這一生之中，我總期望一個天年的來到，雖無法見及，但並不灰心。」

這是施柄仁常向朋友提到的一句話，施柄仁是山楂村溫泉區的國校教員，一生之中，他把自己的心力貢獻在作育英才方面，誨人無數。

一九七七年，冬日，南島的山區，陽光煦和，微涼的天氣，使整個山區的草木顫抖在颯颯的冬風中。這天，山楂村的特有植物，櫻花，開滿了素樸紅白的花朵，尋覓溫泉的人都來到這兒了。

有一座吊橋，橫過了一條環山的溪流，把谷地和山坡給連結在一起，那山坡上矗立著許多的房屋，當中有一座毗連的建築，被櫻花給包圍了，紅色的磚牆和高尖的鐘閣顯露出在間隙之外，隱匿而適切，那便是山楂國中。許多穿戴時髦的年輕人都到吊橋邊來探詢了，他們對著賣茶葉蛋的小販說：

「山楂國校的旁邊有個木造房子嗎？」

「有啊，有啊。郎客。」

「那裏還住著一個姓施的教員嗎？」

「有啊。」小販張著奇異的眼神說：「你們要找他嗎？」

「是的。」年輕人微笑地點頭了。

「聽說他病了。」小販說：「但最近能起來散步了，據說他要退休了。」

「是的，我們正為著他的退休而來。」

於是，一群群的年輕人往吊橋走過去了。

2

陽光透過櫻花樹隙，把它斑斑點點的光投照在地面上，像一層流動的顏彩。一個頭髮微白、身軀微佝的老人用著掃把，在木屋裏整理桌椅。他的手輕輕地抖動，不時喘氣，但他的眼神明澈，面容舒愉。

是的，這個人正是施柄仁。

有關施柄仁更詳細的身世是：他是山楂村一個舊地主的兒子，在二次大戰時，以軍伕被徵南洋作戰，在異鄉度過流亡的戰亂生活，後返鄉，不耕，任教職五年，娶妻生子，後突然失踪三年，妻離子散，三年後又再臨山楂村的故鄉，孑然一身。他把所有的力量傾注在教職上，從不懈怠，並濟助貧苦子弟，遠赴國外。人們在他的言談上感覺到他對台灣、土地、子弟的愛，把他當成是教育良心的化身。而今，他老邁，以心臟病報請退休。今日，他的學生從遠地回來，為他舉行慶宴。

施柄仁一面灑掃，一面望著門扇之外。一會兒，他歇了工作，呆坐在榻榻米上，拿出一支菸，輕輕地吸著。

庭裏庭外的櫻花片片飄落。

3

午時，宿舍熱鬧起來了，衆多的子弟都圍在榻榻米的房內了，他們詢問著這個懷念的師長。年輕的、歡鬧的嘻笑聲洋溢室內。女學生在廚房裏做菜，那些男學生幫忙他整理庭院。

不久，榻榻米上排好了幾張桌子，他們把佳餚排好了，並把酒杯注滿酒。幾個人跑到屋簷下去點燃鞭炮，劈哩啪啦，響聲震動在整個山區中。

一個男學生把酒端高，敬著他的老師，說：

「老師就要退休了呢，我們都懷念您。只是不知道老師以後在那裏安居？」

「老師發現了師母和小孩的行踪了嗎？要搬去和他們住宿嗎？」女學生問著。

「啊！我老了呀！」施柄仁喝著酒，臉色肅然，說：「他們有自己的天地了。今兒，我退休，仍住在這裏，我不想提他們的事。」

施柄仁和他的學生對坐，抽起了一支又一支的菸。

於是，他們聊起了一個又一個學生，那些不回來的子弟便成爲話題了。一個學生告訴施柄仁，最近他要遠赴海外，追求新生，他要祝福施老師健康年年。因爲恐怕他們再也難以相見了，施柄仁哀戚而肅然。施柄仁談及自己年輕時的抱負，遠赴海外的故事，他祝福所有的子弟，能在他鄉生活愉快。施柄仁站起來了，不能自禁。他唱起了舊友所作的一首歌「杯底不可飼金魚」，當他唱著：

「等待何時咱的天！」時，慟不可抑。學生臉色大變。歌畢，施柄仁大哭。涙流不止。

施柄仁，死於一九七九年初。因心臟病猝發而死。

他的學生又重回櫻花樹下來送終，他們回憶師長種種故事。有一學生說：

「他最爲我所留念的是當他唱出『杯底不可飼金魚』的那首歌。至於他爲什麼痛哭，怕很少人能知道吧！」

1

由於離鄉背井，終年漂泊在外的緣故，每逢佳節，思鄉之情倍加濃郁而終於難以抑制地在心中洶湧翻滾起來。因之，趁著清明節，我和培火君搭乘凌晨的列車，一路朝著黎明的故鄉奔馳而去。

當車子停在故里薰黑的木築小車站時，晨曦從東天照耀出來，我們又一次見到籠罩在晨霧底下，朦朧的甜美的亞熱帶農鄉風貌，那些靜謐的小店，積木般紅磚矮屋，那些傾斜不規則的街道，東洋風的鄉間辦公機構，它們被綠色的草花包圍住了，春風搖曳在他們的周遭。培火君要我先到他家去歇息。

培火君是我在北地認識的同鄉，他做一些建築器材的生意。我在一次宴會上與他相識，他誠摯而謙和，令我懷想起家鄉的人情，我竟而確信，培火君一定有個了不起的出身。因此，能在清明節來與他的家人共處，我相信必能帶給我更大的人生啓示。

跳躍顛躓的野鷄車輾過了長滿野花野草的鄉間小路而停留在培火君的家門前時，大地已大放光明。

這個村莊果然是不俗的地方，檳榔林和香蕉樹把整個村子覆蔭住了，小小的草堆、編織的竹籬邊散步著啄食的小鷄，村人的炊煙都升起來了，許多人把香案擺到庭院來祭拜起陰陽相隔的祖先了。

我們剛把行李放好，培火君是長子，他的親戚朋友都圍過來了，他們相互問候，完全忘記了分離的久暫，而彷彿又回復到從前的歲月。

「我想我們該去看看母親了。」培火君愉快地擁著許多的弟妹，說：「她已離開了我們十年了呢。啊，那時珠玉最小了，才五歲呢。唔，你看，現在的珠玉十五歲了，越長越漂亮了，像母親呢，完全像母親。」

那個美麗的姑娘被說了一下，低下了頭，低徊著，一會她抬起了秀麗而健朗的臉來望著她的兄長，說：「我相信母親年輕時，一定比我們更漂亮而賢慧。」

「唔，不錯，正是這樣的呀！正是這樣的呀！」

培火君熱烈地笑著了，他對著我說：「木紅君，你能不去看看我母親的窀墓嗎？你能不去嗎？」

和著培火君的弟妹走到野地的公墓時，小小的鄉道上已擠滿了掃墓的人了，他們攜著金銀紙箔，挑著一個個擔子，在那些青綠的窀墓上置著冥紙。於是野草被拔除了，荊棘被砍掉了，一縷縷的野煙在蘆墓前蓬蓬地升起來了；穿戴著紅綠衣服的人群，使得陽光下的祖墓氤氳在一片歡笑與溫暖之中。

培火君用著一根小型的鋤頭，在墓園的四周鏟除一些草梗，而後將攜帶前來的素菊花和劍蘭種在那裏。弟妹們歡躍起來了，他們將冥紙層層地疊在墓庭，劃亮了火柴，熊熊的火光隨著息息的和風熊熊地燃燒起來，剎那間照紅了大家的臉龐。那些紙灰在陽光下隨著風兒揚向空中，飄盪在四周，宛若母性的叫喚由蘆墓飄揚而起，他們竟至於完全沉醉在一種遐想中了，忽然那個么妹低聲地訴說著：

「當母親逝去的時候，我們都還不懂事，我只記得母親那時還是健朗而美麗的，怎會忽然間便逝世了呢？」

「是呀！」二姊也抬起頭來，她說：「母親是不常生病的，除了偶爾幾次病重送到醫院去外，她一向就是健朗而康泰的啊。我想除了父親以外，大約只有大哥能懂得母親去逝的眞正原因了，只可惜，父親不再提起這件事了，但是我瞭解母親一定是不得已才撒手離開我們而去的。」

他們低聲地問詢著，最後大家把眼光望向培火君，希冀他能告訴弟妹們什麼似的。培火君開始猶豫了，他把臉埋在焚燃的濃煙中，但一會他便站起身來，微笑地對著他的弟妹們，最後他把眼光望向我，說：

「木紅君，這世上大約沒有一個做兄長的人像我這樣的自私了。這件事已埋藏在我的心裏很久了，我總覺得不應該讓別人曉得，甚至是自己的弟妹。但於今，我的弟妹都長大了，若你還對這種瑣碎的往事有興趣，我願意你用一種輕鬆的態度，一起來和弟妹們聽聽這個故事吧。」

3

在距離現在大約二十五年前吧。我們的村莊與福摩莎一切的村莊一樣，剛渡過艱苦的戰亂，村人在貧窮和破敗中過日子。這時，村子的青年林春來迎娶外地的一個美麗的新娘過來了，她叫許素，日後，村裏的人叫她春來嫂。

他們是一對恩愛的夫妻，那時的林春來，年輕、活力、英勇，但是戰後的農鄉經濟沒有起色，村人在裏腹中渡過一天窮甚一天的日子，十五年後，他們生下了一群的孩子，除了長子已十三歲以外，其餘都是九歲以下。林春來爲了生活把手腳都磨破了，他抬起在赤陽下的臉，變得沮喪而灰黯了。他的妻子卻不改變良善女子的美德，日日辛勤地工作著。

有一天，問題發生了，林春來在深夜回到他的家，疲倦地睡著了，接連幾天，人們發現他並沒有到田裏去，而仿若在這大地上消失了一般，偶爾他在自己的家裏出現，也顯得頹喪而失神，幾個月後，他的土地賣掉四分之一。原來他沉迷在賭博中了。

賭博在十年前的村子裏，好像是唯一的娛樂吧。那些誠實、生活呆板的農人找不出生活的趣味，多數把一些閒暇花在聚賭上。但林春來的濫賭，使他變得更頹唐、齷齪了。竟而沒有人能把他從泥沼中拯救出來。

有一次，當黃昏又降臨在村子來，有人發現一向飄著炊煙的煙囪靜寂了，有人在村道中叫起來了，他們說：「春來嫂自殺了，伊飲了農藥呢！伊飲了農藥呢！」

林春來聽到這個消息，奔回家了，他用著顫抖的手，抱起了妻子，發瘋地跑向市集的一家醫院去了，他完全忘記頹唐和疾勞了。他日以繼夜，比賭博更專注地來看著他的妻子。每當他的妻子在昏迷中醒過來，他便發狂地說：「阿素！妳能原諒我嗎？妳能原諒我這個無用的丈夫嗎？」

幾天後，春來嫂的病好了。林春來像絕處逢生一樣，他在妻子的面前叫著說：「我發誓不賭了，阿素，妳能相信我嗎？」他流淚滿面了。

然而，賭博對於一個人的引誘力是如何地強大啊。一段日子後，林春來又深陷泥沼了，沒有人能拯救他，於是村道又重複叫起春來嫂飲藥的消息了。

這對恩怨的夫妻一再重複這樣的舉動，最後竟至於變成了奇妙的秘密協定。當林春來看到她的妻子飲了藥後，自然就害怕地歇了一陣的賭，但不久，他又到賭場去了。可憐的這對夫妻，一直做著這種悲哀的事，春來嫂所喝的農藥竟然變成了唯一能治療丈夫賭癮的特效藥了。但是，可憐的這個妻子，她在屢次的自殺中從不敢飲用太多的藥，她是如何害怕眞的離開了她的丈夫和兒女啊。

春天來了，雨水豐沛地落到這個貧窮的村子了，那些雨水把農人噴灑在葉脈上的農藥沖掉了，彷彿老天也害怕那些農藥似的。爲了使農藥能停留在葉脈上，村人購進了黏著劑。它混合著農藥以使農藥附在葉脈了，十天之後，仍不褪去，它是所有的農藥中，唯一沒有毒性的一種藥劑吧。

最後的一次，春來嫂爲了安全飲下了這種黏著劑，她暗中地發誓，即使她的丈夫再賭博，她再也不飲有毒的農藥了，她多麼愧歉著使自己的丈夫過著焦慮和惶然的生活啊！

林春來又抱起他的妻子，來到了市集的醫院。那個醫生看了看林春來，不禁笑了，他說：

「治賭博的藥又發生效用了嗎？又服了治賭博的藥劑了嗎？」

林春來汗流浹背了。他說：

「八成又是巴拉松，快！醫生，快呀！」

一會兒，醫生準備了洗腸的東西了，護士們站到春來嫂的身邊來。醫生忽然臉色大變了，他揮手叫大家走開，他摸摸春來嫂的脈膊，又聞聞她的鼻息，最後，醫生看出她飲下的不是毒藥，但卻說：「她無救了，那些黏著劑，把所有的腸胃整個黏住而破壞了！」

臨終前的春來嫂在床上爬起來了，她趴在丈夫的身上，看著丈夫無助的眼淚，用著顫抖的語音來安慰著丈夫說：「嗯，別孩子氣吧。春來不是個勇敢的人嗎？我們的孩子都快長大了呀！我終於相信你不會再賭博了，是嗎？這生無緣和你廝守到老，只期望來生爲你們父子們做牛做馬來相報答啊！」

4

培火君說完，那些弟妹們已伏在母親的墳墓上，泣不成聲了。

午時的細斜的雨開始飄落下來，我們踩着濕濕的鄉道，走回家中。我爲著整個淸明時節的景觀所感動，止不住地思想著：在這片父母的蘆墓下，不知還埋藏了多少哀愁的故事啊！

病

1

一九七二年，一群研究社會經濟的年輕人偕同他們的師長在農林單位的輔佐底下做農鄉的調查，他們篤信社會經濟的科學理論，並且相信他們的忠實調查會革新學界的一些統計下的法則。這群學者來到了盛開著草花的臺灣南部。

艷陽下的村落顯露出異常綺美的南島風貌，海濱的遼闊，藍天下的小漁船，山村梯田的層級的農作物，原野連綿的起伏稻浪，樣樣標示出這是一個與世無爭的體力操作的世界；走在那樣的世界裏，易於使人感受到一種堅實的、忍耐的、勤奮的愉悅。但是由於學者們的理論艱深，終日在破陋的鄉村穿逡，大約是和黧黑著手腳的鄉愚鎮日相處的結果，最後大家都有了疲勞的情緒，他們開始抱怨陽光的猛烈、鄉人的愚昧、生活的鄙陋，他們相信人要生活在這種環境簡直是匪夷所思。

夜裏，這群人歇在村莊的一個小廟裏，他們搭起了營帳，燃起大把的蚊香，抵擋肆虐的蚊蚋。入夜了，一輪月光升到萬里無雲的空中上來了，向著村莊投落了皓潔的、透明的光芒。村人很快就睡覺了，大地靜寂，偶爾幾聲狗子的叫吠劃破了幽深的夜空。露水慢慢濃重，天氣轉涼了。於是這批學者便坐在廟場上，吸起了香菸，望著南島皓潔的月光，談起近日的見聞。

冷涼的深夜，使他們的興致慢慢高漲了，最後竟有人踰越了理論的範疇，開始閒談一些奇異的事情。

一個蒼白著額頭、細緻著皮膚的青年斜著臉，用著疑惑和困苦的表情來向著大家說：

「有一些事眞是可怪得很啊。在我訪談的村子，竟發現一些奇怪的特例。它們遠非我們所要研究的對象，但卻常常發生，最後我不得不把它當成風俗奇譚來看。那些不合理的、悲慘的小事情是如何遍佈在這些村莊裏。各位想要聽聽昨日我無意中探詢到的一個故事嗎？」

於是這個青年說起了一件見聞。

2

在日斜的一個破陋的樹皮搭造的小屋裏，住著一個姓吳的人家。家長是一個幫喪吹南北管的人，叫做陳武田，平日兼著替人打雜幹活的工作。他的妻子生育了四個子女，年紀都不滿十歲，他們沒有田產，除了陳武田月入微薄的薪水外，必須賴著陳嫂替人洗些衣服。不久，這個家庭有了痲煩，因爲陳嫂得了一種症狀，那是暫歇性癇癲症。

陳家的人負擔更重了，那個陳嫂是多麼地困苦自持啊，她竭力來抵擋自己的病情。每天當晨曦照耀著大地的時候，人們便看到她在村路上撿拾著薪柴，或在河邊搓洗著衣服。但是她的病情沒有改善。她的小孩子們常常回到家來，一打開柴扉，便發現她的母親仰倒在竹床上面，口中吐著許多白色的泡沫。陳武田只得去延請醫生來替妻子治病，那些醫藥費昂貴，就是洗浼幾天賺來的錢也夠不到一天的醫藥費。於是躺了幾天，家裏入不敷出了，最後陳嫂只得在病未痊癒時，又拖著半條命去替人洗浼了。

她的工作便愈來愈重了，爲了付她的醫藥費，爲了補償她幾天不工作的損失，她洗浼的衣服愈來愈多了，在早晨的河邊，不論陽光遍照或刮風下雨的日子，人們會在洗浼的地方，發現一堆如同小山一般的待洗衣服。

在一個酷暑的盛夏，陽光烤剝著整個大地。村裏的婦人在早上的陽光下都戴起了絲巾包裏的笠子，她們捲起了褲腳和衣袖，一洗完衣服，便慌忙地走了。最後河邊只剩下陳嫂了。

陽光慢慢地赤燄了起來，汗水流遍了她的全身，她因工作的操勞，完全忘我了。她把笠子摘掉了，衣袖也顧不得捲起來，汗流到她削瘦病黃的臉頰上，掉到河裏去了。那條河流的水面潔淨，映著夏日的晴空，像一片巨大深藍的海。陳嫂看著河面，慢慢地墜入了遙遠的世界了。在河邊種田的農夫聽到落水的聲音，把臉轉過來，發現洗衣石上的陳嫂不見了，他們趕忙躍進河裏，把陳嫂由河裏撈上來。

陳嫂又躺在病床上。她的意外驚動了日斜村的人，他們趕來探詢，但也只是安慰地謅談著而已，沒有能給陳家任何的幫助，因爲日斜村的人也窮困著啊。

那日夜裏，陳武田喝了酒，他剛替人幫喪回來，把南管挾在腋下，醉眼中來坐在妻子的床邊，陳嫂看著她的丈夫喝酒了，竟能撐起耗弱的身子，來替丈夫打了一盆洗臉的水。陳武田因著酒興，談些激奮的話，把洗臉水打翻了，最後他說：

「這是怎樣的世界啊！一個人無產無業，又養著幾個小孩，又拖著病妻，我是一個什麼樣的人啊！我的處境就是一隻螞蟻也不如啊……」

陳武田說完，悲哀地叫一陣，便伏在病榻上睡著了。

農村的夜是令人哀傷的。陳嫂看著睡覺了的丈夫，感到自己的罪過了，她是多麼地愧欠了自己的丈夫和小孩。她下到床來，用了許多的力氣，方將自己的丈夫搬到床上去，就再也睡不著覺了，她傾聽著蟲聲響徹在夜空中，看著窗外眨著困苦光芒的星子，一種患病時身體耗弱下所產生的寂靜的厭世感流遍她的全身，這種寂靜的力量竟給了她澄明的理智。於是這個可憐的婦人用著發抖的手去摸索抽屜裏醫生給她的一瓶安眠藥。抽屜裏的許多藥瓶子的碰撞聲震響了沉睡的她的丈夫，於是她看看丈夫，又把手伸回來，自殺的念頭便飛走了。但一會兒寂靜的理智又攫獲住她了，於是她終於不管一切，把藥瓶子打開，全部地吞嚥下去了，又喝了幾口的冷開水。當她把臉回過來看她的丈夫時，止不住眼淚汩汩地流了，她覺得就要離開丈夫了，一種強烈的婦人的家庭的眷戀心來臨了，她感到她是多麼殘忍啊。她顫抖地走到床邊，跪在丈夫的面前，喃喃地說了許多的話，又奔到小房間去，看著甜蜜地睡覺的四個小孩子，她感到她的罪孽多麼深重。她爲什麼要自殺啊！她就要和小孩子永別了，這些小孩子將要依靠誰呢？他們要怎樣渡過十幾個年頭而長大成人呢？那些小孩多可愛呀！但已經太慢了，她已經吃了安眠藥了，最後她的四肢癱散，感到藥力已發作了，這個婦人便昏倒在孩子的床上了！

晨曦像一把金色的劍，奔躍進窗口，南島息息的風把小樹兒吹得輕輕地顫動，鷄鴨呱叫一聲，竄出狹小的欄柵。在屋子裏的女人呻吟了幾聲，忽然便醒過來了，她拭了拭眼睛，靜靜地想了一會，她露出了不相信的神色了，一會兒她撫摸著小孩的臉，再瞧一瞧鏡子裏蓬鬆著髮的姿影，最後止不住高興地顫抖著身子。她竟然沒有死呀！她竟然沒有死呀！她奔到丈夫的床邊，抱緊了還在熟睡的丈夫，止不住落下了激動的眼淚了。老天可憐這個婦人，叫她拿錯了藥瓶子，那些安眠藥還好端端地在抽屜裏。陳嫂拭乾她的眼淚了，拉起了衣裙，走到廚房中準備早餐了。

這一天，早晨，人們又在河邊看著陳嫂洗浼。她的病容仍沒消褪，但她勤快地搓洗那堆永不減少的衣物了，好像一件事也沒發生似的。

③

蒼白的青年說完了，一個一直沉默的女孩子把她的臉仰起來了，她的臉顯出了疑惑，最後這種困惑變成一種悲哀。她也說：

「剛才的故事是患了瘋癲症狀婦人的故事。這症狀在鄉村我也發現了幾個，但我現在不講，我要說一個奇異的特例，那個婦人患的是花柳病毒。在鄉下，一個婦人怎麼會患花柳病呢？很多人一定會懷疑她是不正的女人，各位願意知道她的病毒來源嗎？」

於是這個女孩子說起她的故事了。

4

王氏是濱海一個小村的婦人。海的魅力與海的質樸，使這個地方的男子堅毅，女子健美。王氏結婚的時候是十五年前的新年。愛吉祥、愛熱鬧的王家娶這個媳婦過門，的確曾帶給海村一種憧憬與祝福，那個王家是海村的大戶，新郎是王家的大兒子，而王氏又是一個美麗的女子。他們的結婚帶來十年的幸福。幾個小孩出生了。王氏的丈夫在船上捕魚，在海濱撈著魚苗，更股份幾艘近海漁船。生活還算是寬裕的吧。但不久，他們夫妻生活有了麻煩，像一艘船忽然擱淺在偏遠的海面上，那種危機的呼喚是陸地上的人所不能聽到的。原來王氏的丈夫經年在海上的奔忙，有了海人的陋習，便是經常出入於妓院，最後，終於感染了病毒了。王氏在駭怕中，和丈夫分床了。但是他們的分床也使他們夫妻的感情日日地淡薄了。她的丈夫更加放浪，那種有了妻子而沒有夫妻圓滿的生活的苦衷，使他感到自棄。他持著麻痺的心靈，日日陷在苦悶的牢籠中。他甚至於無端地和家人吵架，有時竟至於毆打自己的小孩來取樂。王氏在焦急中體察到做爲一個妻子的艱難。她想不出如何去拯救自己的丈夫。

在一個烏魚的季節裏，王家忙碌不息了。便在那日以繼夜，操勞不息的時節裏，王氏的公公死了。於是王家沒有家長，責任便落在王氏的丈夫的身上了，但是王氏的丈夫，在別的地方寄港，久而不歸。

這是五年前的冬日，寒冷的風刮過了洋面，瑟瑟地吹著這個漁村，王氏站在海邊的港口來等待著丈夫寄港歸來，但只看到船進港，卻不見了丈夫的蹤影，船員告訴王氏，她的丈夫在別地有了外遇。

王氏更形內疚，她日日來到港口詢問丈夫的消息，最後她決定要挽回丈夫的心。王氏把自己打扮起來，她要讓自己的丈夫重新去感覺到，他們的恩愛並沒有結束，他們的家庭是幸福的，他們的子女是最美好的。

她的丈夫又回來了，王氏便又和丈夫同床了，她注視著自己的家庭，注視著自己的子女，她覺得自己的丈夫是多麼重要啊。她不再害怕什麼了，那些病毒怎能破壞家庭的幸福呢？

五年後的今天，他的丈夫的病因爲海人特有堅韌的體質以及王氏悉心的照顧而痊癒了。但王氏卻身染病毒，於不久前去逝了！

5

女孩子說完，南島的夜霧完全籠罩住廟場了，看不到彼此的面孔和姿影了，但他們的聲音卻在靜寂中更淸晰，他們的謅談時而憂愁時而激烈，而彷彿有一句話是這樣地說：

「這是何等悲慘的天地啊！」

省親

1

走過許多的海洋和大地，飛越千山萬水，然而，我獨獨喜愛那裏的海水和土地，你不能再尋到比那裏更具母性的山海，那兒的天空從來蔚藍，白雲皎潔，你若出生最好是在那兒，死呢？也在那兒。這便是我的故鄉——南島的石斑鳩鄉。

這是一個頗有名氣的青年畫家——林木青，在他一幅成名作「故鄉」裏的題詞。

一九七六，春，這個畫家提起行囊，向著故鄉奔躍而去。

南下的火車，黎明時在北部的都會以快捷的速度，向著熱帶的島南奔去，嘩啦啦的車身響過了許多的鄉鎮，到達了島南的鄉縣，已近黃昏，夕陽沉向西邊的海天，天際湧起萬道的彩霞，淡青的煙霧迅速地籠罩了整個草林。當列車進入了一個農鎮，街燈已經亮起來了。

一個青年提著行李，走出了車站，他的面容削瘦而萎黃，但神色堅毅，他稍微佝僂，但骨架特大，看起來正是農村出身的子弟，他的大皮鞋在路面劈啪響著，他轉著頭，不停注視這個農鎮，神色凝肅。

不錯，這人是林木青。

他是石斑鳩鄉的子弟。在戰後出生。於少年時期便對繪畫充滿了熱愛，不久，赴北部習畫，浸淫在西方繪畫的天地裏，隨著潮流浮沉，並赴歐美。長時期，他的畫沒有展望，曾一度因病而停了畫筆。但忽然，他在病中改習田園畫風，並揉合了新的技巧，使濃厚的思鄉情懷摻合了深厚的激情，他的顏彩如南島亮潔炙艷的陽光，景物如渾厚的土地海洋，恰如一種突然開出的熱帶花朵，把它的生命整個兒傾倒出來，他為人所喜愛。據研究他的人說他成功和他的故鄉與疾病有關，是的，那便是他的父親。

於今，他正要回來看看他的父親。父親染的是嚴重病毒，是將死的人了。他在信裏得知他的父親已是病毒末期而入垂死的階段時，他淚流滿面。

林木青是農家子弟。父親林段是講實際而耿直的耕農，生性不能容物，他早年用著生命去耕種，冀想在土地上掘出一片樂土，但戰後，農鄉經濟沒有展望，他以酒色來澆愁，竟染病毒，並把病毒傳給林木青。但是，得病的林段絲毫不懈於勞動，他挾著病毒帶來的逼害，瘋狂地耕植在大地，活像要把大地給弄翻過來。這個染病的耕農對兒子期望頗高，鼓勵他開創實業，但林木青酷愛繪畫。林段完全不諒解自己的兒子，他以爲那些玄想的人都是廢物，無補於實際。於是自幼，林木青過著悲慘的生活。到了林木青開始習畫，他才發現自己遺傳了父親的病毒，他也狂怒地來苛責父親，並自棄地過著放浪的生活。但林段不能容物的個性卻沒有絲毫的改變，由於兒子遐想的愛藝術的個性令他討厭，便趕走兒子，並發誓永不相見。他們絕裂了。

於是，這個青年也曾立誓，永不和父親見面。但就在他做一次徹底檢查，而醫生確定他的病毒已經無救的當兒，絕望的意識伴隨著永恆的愛來臨了，他竟感到空前的解脫。是的，一切最不能反抗的便是遺傳，對的，一切都不要緊了，父親施予他的一切也不必苛責了，他要諒解父親。

其實，他喜愛繪畫，他的成就何嘗不是父親所賜的呢？

唔，那時應該有張笑的臉吧，有張精神奮發的臉吧！

於是，青年停在一家閃著暗紅霓燈的旅店前。他猶豫一下，便走進去。

2

石斑鳩的村子，位在濱海公路的旁邊。這兒的大地沉靜，顏色碧綠；海的濕濕的鹼味摻雜在庶熱的稻香中。夜晚了，南島的星子掛在天空。在一戶簡陋的磚屋裏，此時團聚著許多的村人，他們面露哀悽；因爲村裏最豪邁、忠誠的耕農，林段就要逝去了。

他躺在一張戰前存留至今的竹床上。夜底的南島的風刮過庭院的香蕉樹，灌進了窗戶，把他死硬的糾結的白髮吹動了。

村裏的耆老坐在遠離他有五步之遠的座椅上頻頻地敘舊抽菸。

這個身染病毒猶不懈於勞動的耕農，此刻眞的不能再動彈了。自一九七〇年來，他便已在農作戰場上漸漸退卻下來了。一九七二年，病毒進入脊骨，他仍耕作；一九七四年，進入了腦部，略作休息；但於一九七五年，他被送進療養院了。他漸漸記不清自己的手曾掘過多少的地面，他在自己的土地做過多少的夢。

但他竟能哈哈地和許多人談天，他說：

「唔，只要專心地踏實地做事，沒有一樣事情不會成功的。」

而當人們談起他在外爲人所喜愛的兒子時，他把手搖得厲害了，他厲聲指責：

「我不談他！這個無用的東西！」

然而，在他送進精神療養院時，這個耿直的鄉農竟會呼喊兒子的名字而淚流不止。

南島的夜，靜得令人能聽到血液的流動。

忽然林段大叫起來，他的呼吸急促，那些耆老都站起來，叫著：

「段佬！段佬！」

3

唰地，陽光劃破了漆黑的夜，把南島的大地照得燦亮光明。那些斜瘦的檳榔樹裝扮著石斑鳩村的天空，飛鳥成群，而綠色的香蕉樹把村屋給籠罩住了。春風吹過大地。

林段的屋子寂靜。徹夜的看顧給了每人稍微的倦意。圍在病榻前的家人和耆老都在等待著。

就在朝陽把光暉投射在室內每人的手腳和臉時，家人和耆老看到林段扭動身體，大大地呼叫起來，他說：

「你來！你來！」

家人和耆老趕快奔過去了。

林段的嘴皮顫抖，瞳孔放大，他的身子拚命地抖動著，說：

「要耕下去，要耕下去！」

說完，他的嘴皮不動了，眼睛張大，身子僵直起來。

「阿爸！」

「段佬！」

像決堤的河一般，周圍的人放聲大哭了。

就在這時，林家的門口來了一個風塵僕僕的青年了，他瞧了瞧久違的故居，把頭低下，走了進去。狂嚎的家人忽然一起轉過頭來了，他們突然靜止地瞧著那個青年。

「林木青……」

有人叫起來。

青年把手一舉，叫聲便停了。室內恢復死靜。

林木青走過去。他伸出手，握住了老人的臂膀，渾身發抖，他說：

「阿爸，你的兒子回來看你了呀！你的兒子回來了呀！他已原諒你了，而你能原諒這個不孝的兒子嗎？」老人閃動在陽光下的臉好像乍然地笑了一下，但立即消失了。

「阿爸，不孝的兒子的一切，都是你所賜予的呀！」

那青年像狗一樣在父親的身上，繼續飲泣，有如嬰聲。

但老人不動了，靜謐僵直地躺在那兒。

青年倒退幾步，忽然他的臉由蒼白變得紫青起來。他突然見到一幢破屋，一榻破床，一個死者已隨著永恆的土地之夢沉入最深的地獄了。那夢變成最可怕的，石斑鳩的惡夢，永遠在地獄裏呼叫。但那青年也同時瞧見了自己的空想和無用！

於是青年伸手，把父親不瞑目的眼給闔上了。

4

青年畫家林木青，死於一九七八年，春，病毒攫走他的生命。

在他生命最後的二年，從不提繪畫的事。他改做有益於國計民生的工藝生產，像他父親一樣瘋狂地工作。

他死的當時，文化界做一個告別式的懷想，說：

「林木青的成就乃由於本身的誠實和質樸所致。他充滿了故鄉的愛、希望和信心，永爲後人懷念；但對於他晚年不提繪畫之事則令人不解！」

創痕

1

在此地，民間的宗教信仰中，若以廟宇的數量而論，王爺廟怕是佔第一位的吧。若以家居的神祇而論，與大家最親切的一定是觀音菩薩。至於以香火鼎盛而論，則媽祖是衆神之冠了。據說曾有一位日本人西川滿把媽祖的香火帶到他們的國度去，他竟自稱教主呢。媽祖最大的勝地在北港。

北港，這個早期嘉南平原的開發重鎮之一，隔著一條北港溪和嘉義相鄰，因此它屬於雲林縣。它的街路錯雜，在急驟的經濟變遷中，慢慢有了現代城鎮的雛形，但農鄉的味道仍然瀰漫在每個角落裏，也許就是這種濃重的鄉息喚起了大家的思鄉情懷吧。每當三月，草木遍開在周圍的鄉村，各地的信徒都蜂擁到這裏來進香了，使整個鎮終日氤氳在沉水香和爆竹的煙霧中。

我和一群朋友來到這裏朝拜，適值大甲的進香團來了，整個北港好像要掀騰起來，那些擎著香燭，滿臉虔誠，紅綠穿著的善男信女，徒步行走在街道上，他們的移動像海潮一般，使城鎮浮升上來，這股海潮嘩嘩地湧向媽祖廟，赫然竟有五萬人。

朋友們完全被驚呆了，在美麗的南島陽光下，在信徒的頭頂上，廟宇的飛簷和瓷雕閃動著金黃的光芒，像一座幻境中的天堂之城，它使人易於感受到，他回到神的懷抱了，我們的靈魂到達了一個永恆之鄉。那些吆喝聲，那些車鼓陣、牛犂陣，那些南管北管的樂音，呵，一點一滴，都是神的奇蹟。

當夜，我們下榻在一家古老的旅店裏。整好行李，走到囂鬧的夜市場，我們選定一個低矮的麵攤，看著熱鬧的街路面，喝起了一杯杯辣烈的老米酒。

我的七、八個朋友，或男或女，大半生長在城市，遊離於這塊土地之外，他們對於鄉野的風格，充滿了山海經式的趣味，因之探望此一落伍的家鄉，完全是時興所致。或許是鄉底的情愫使他們動情了，喝了幾杯酒後，他們的臉面褚紅了，激動地談論此一浩大的進香景況。

「眞是奇蹟！」李君把他的酒杯舉起來了，說：「爲這一勝景而乾杯！唔，你們是知道的，在北地，我們終日見到熙攘的人潮，他們流動在車站、影劇院、百貨行，但他們是什麼呢？是沒有臉的群衆，沒有信仰，沒有虔誠，沒有善良，他們麻木！唔，他們是雜渣！」

「對極了！我們還遲疑什麼呢？加到他們裏面去吧！和他們在一起！」陳雨人站起來了，他搖晃著酒意的身子，說：「老天！曾經在影片上看到麥加的朝聖，我看到那種人潮，還懷疑是攝影鏡頭的強調。現在我瞭解宗教力量的浩大了，像江洋的力量，不能抵禦的……」

興高采烈的朋友忘形了，他們把簡陋的桌椅敲得咔咔作響，大聲吆喝，周圍的人都轉過頭來瞧著。

「但是，」一個女士把手舉起來，把大家的話鎭住了，她說：「好！你們認爲這種進香的行動是了不起的，大家都要爲它瘋狂起來了，但我以爲，它的瑕疵，就像一切的原始宗教一樣。它的崇拜是熱烈的，但它的儀式是可厭的。你們看到那些乩童嗎？那些用刺球砍殺自己的背部，用竹籤刺穿自己的雙頰，在火堆上行走的乩童嗎？那些刺目的創傷，我一想起那可怕的創痕，東西便吃不下了。」

這個女士把話說完，便沒有人再大聲談話，他們冷靜下來了，用思索的態度來批駁一些事情了，他們完全被那些野蠻的創痕吸引住了，大家輪流來商榷著一些殘蠻人類的習性。

「照這樣看來，本土的宗教是可悲的。」李君改變他激昂的態度，換上一張悲情的臉，說：「它的殘蠻的習慣使它缺乏了更高的宗教內涵，而仍然停留在迷信的階段裏。特別是那些創痕，一條條都是不能解脫的鎖鍊。我甚至曾看過乩童用一支鐵器穿過他的舌頭呢！」

「喔！」大家聽了，吃了一驚。

於是他們又輪流地說起他們所能想像的驚人的創傷，最後女士竟至於掩起她們的耳朵了。

但是，在桌邊，只有一個來自南部朋友許君不曾說話。他是農鄉長大的人，蓄著滿臉的鬍子，但臉色白皙，他把臉埋在黑暗的角落裏，抽著濃郁的金馬菸，煙圈飄揚在他的周圍。

「唔，我們何不請許君來談談他對創痕的見聞呢？許君自幼便生長在鄉下，見過一些事，必定能超乎我們的想像。」陳雨人對著許君說。

大家都把頭望去。

「這……這……」許君支支唔唔地想推託，但看到大家的眼光後，把臉擺正過來，說：「我是沒有什麼見聞啦！不過剛才諸位在談起創痕的事，我覺得有趣，事實上這世界便是由創痕所積成的，我以爲那是理所當然的，也不覺它有什麼野蠻可怕的。從小我就有了這種觀念的。我這裏有個故事，是幼年時我所見的，各位想聽聽嗎？」

許君說完，又換了一支菸，仰起滿是鬍鬚的臉，說起他的故事了。

2

設若你到過屏東去，一定忘不了那些遍野亮麗的草花和斜斜瘦瘦的檳榔林吧。它總是那樣地讓人感到大自然跳動的脈搏，和衆多欣欣向榮的生命。記得我在十歲時，請各位注意吧，那是二十年前了，我十歲時，是個愉快的孩子，屏東草木的綺美佔領了我幼小的整個生命。有一天，我沿著村莊後面的一條小溪走，這條溪流灌溉著許多的土地，像一條明亮的絲帛，放置在濃綠的絨布上。溪流的兩旁種滿了斜斜交織的檳榔樹，一畦畦的香蕉遍佈在陽光照耀的野地上。我在檳榔林中撿拾著野菜，晨間的陽光透過了葉隙把露水照得閃閃發亮，最後我竟至於被那清脆的鳥啼和淙淙的流水吸引了，我坐在河邊的石頭上，窺視著自然的每種奇蹟。忽然，我被一陣悉悉索索的聲音所驚醒了，我抬起頭，看到溪流的前頭，有一個人朝這裏走來，他的身軀巨大，臉面黧黑而龜裂，戴著一頂獵扁帽，那頂帽子深深地覆壓在他的頭額，把耳朵也蓋住一半，只露出眼睛以下的五官，看起來像一個只有半截頭顱的人。這個怪人一路走著，一路摸著他的獵扁帽，深怕它忽然被風吹走似的，事實上，那或許可以說已成爲習慣的動作了，他的一支手始終沒有離開他的獵扁帽。他用閃動不定的眼神盯著我，放大腳步朝我坐著的地方走來，我感到害怕，正想離開，但他已用巨大的手掌抓住我的臂膀，用嘩嘩的聲音說：「小孩子，你知道許勇的家嗎？許勇你聽過吧？在你們村子裏，他的左腳趾只剩三個，拇指和食指沒有了，好像被什麼炸掉了。你知道嗎？知道嗎？」

我完全被恐懼所襲，但一聽到他說許勇，那是父親的名字呀！於是我鼓起勇氣，說：「對呀！先生，我父親就是許勇，他有七顆的腳趾，我們住在這裏呵！」

「哈！哈！哈！哈！……」那個人開懷地笑了，隨後皺了皺眉，換了溫和的口氣說：「就是了，就是了，許勇的孩子這麼大了，小孩，你要不要帶我去見你的父親呢？」

我懷著恐懼的心情，引導著這個怪人，朝著露在檳榔林外的村莊走去，等我驚惶甫定時，已經到達了我家低矮的木磚屋前，屋前的狗子看到這個人，汪汪地叫起來。

一會兒，我父親從榻榻米的臥房走出來，他站在門口，和這個怪人對峙了兩分鐘之久，彼此的臉由冷變成熱紅起來，忽然他們相互擁抱在一起，我父親大叫地說：

「呀！呀！呀！你是丁番嗎？呀！你竟然是丁番呀！」

說著，他們握緊對方的臂膀，嘩嘩地笑出眼淚了。

「來，你來！」父親叫著我說：「你到店鋪去賒一條新樂園的菸，和二十塊錢的檳榔，一打紅露，記帳。懂嗎？今天來了很多的伯伯叔叔啊。」

我轉身便要走去。

「慢著。」怪人忽然抬起手，說：「你來，再替叔叔買一打罐頭。」

他說著，去口袋裏拿出一個發毛古怪的皮夾來。

「罷了，我們賒帳慣了。」我父親攔住了他，用嚴厲的眼神看著我：「嗯，還不快去嗎？」

我被父親一斥，忘了再看那個怪人，便朝村店奔去。

十分鐘後，我抱著一大堆的東西，喘吁吁地跑到後院來，母親又升起了那爐的炭火，把頭埋在炊煙中，細細地拔著一隻老母鷄的毛。是宴客呢，母親說那些伯伯、叔叔都是父親的好友，曾是在南洋一起同生共死的戰友。

「什麼是南洋呢？」我問著母親。

「南洋嗎？」母親低著犬儒般媳婦的臉，說：「是很遙遠的地方吧，寶寶長大了就會曉得。」

宴會開始了。客人都趺坐在榻榻米上，我依然站在父親的旁邊，侍候客人。

「不會替客人倒酒嗎？」父親把酒遞給我，說：「把每個酒杯倒滿。」

一會兒，六七個客人便喝掉了半打以上的紅露。他們的酒興大發了。

「唔，這是什麼樣的天年啊！」父親將杯子擎高到頭頂上了，他一向鬍鬚的臉都顫抖了起來，說：「闊別十幾個年頭了，我們竟能相見。丁番，我們要說什麼呢？我們要說什麼呢？」

「哈！哈！哈！」丁番那個怪人趺坐在靠窗的位置，由於背著亮綠的庭院，他的臉龐更陰暗了，他放聲地笑著說：「談談婆羅洲吧。唔，婆羅洲，我們不是在那裏採集石油嗎？那裏不是有土人、沼澤、叢林嗎？……」

「是呀！我們是日本海軍一〇一燃料科打拿根支廠，打拿根，啊，那個令人懷念的島呀！」一個瘦小身子，像乾柴般的叔叔雀躍地搖首晃腦說：「多好呢！那裏的景致，多麼富有海島味。只是後來，我們逃亡了……。」

他們七嘴八舌地謅談起一九四三年，太平洋的戰事。那些歡樂與悲慘的遭遇，最後他們談到撤入深山的淒慘的絕望的日子，他們說在那個飢餓的奔命的生活裏，吃草、吃蟲、吃蜥蜴。

「唔，你們記得嗎？我們的那個上尉吃人肉的事嗎？」一個粗礪著雙手、頭髮削短、禿著額頭的叔叔用著醉酒的眼光瞧著大家，說：「他啃一支手臂，唔，他媽的，他們自己日本兵的手臂……」

「唉！罷！罷！」父親揮著手制止了那個短髮禿頂的叔叔說：「莫要說那種不忍瞧食的事吧。抽菸吧，抽根菸吧！」

父親把新樂園的菸遞過去。於是他們劃亮了火柴，絲吧絲吧地吸著，煙圈飄滿了小小的木造房子。

「我想起了一件事。」忽然丁番那個怪人抬起他戴扁帽的頭，對著每個人說：「在一九四五年八月，在那個山徑闊葉的熱帶林下，我們最後一次，遇到澳洲軍的事，你們還記得嗎？我們無目的地走著，澳洲軍開槍射殺我們，一排接一排的子彈射穿了密密的林木，重擊在樹幹上。在那刹那，大家彷彿都中彈了，我只看到陳君腳趾被炸去了三顆，我以爲都死了呀！你們記起那個悽慘的現場嗎？」

「唔，我想到了。」父親也把臉湊過去，疑惑地說：「我以爲大家都死了，在我發下帖子，邀請各位到這裏來的時候，我是寄下二十張帖子，我沒有想到還有這麼多人能再見面。事實上，我的腳趾受傷後，蟄伏在一棵樹旁，我親眼見到大家都被子彈戳穿了，澳洲軍來了，把你們抬走了。唔，簡烏，我看見你被子彈打中了左邊的身子、你怎能不死呢？」

父親對著那個瘦小身子，像乾柴般的叔叔說。

「我怎能不死？」乾柴般的叔叔一聽，顫動他的臉面，他把菸捺熄，捲起了左邊的手臂，說：「我的手臂中彈了，唔，你們不想看看嗎？就是這樣呀！就是這樣呀！」

那個叔叔把手臂舉高了，我便瞧見在下臂那裏，有大半的肉被削去了，像被蟲吃剩的一支樹幹，表面整個光禿了，一層臘皮薄薄地包住了骨頭，噁視而凶殘。座上的人不禁動容。

於是，他們紛紛地脫去了衣衫，指著他們身上的傷痕。那個禿著頭額的叔叔左邊的腹部直到胸膛上，刻劃了三道深而巨大的彈痕，一如被牛犂頭深植過的大地，那些被犂起的肉，翻過來了，便成一條條難看的紅鏈。

「唔，丁番呢？你難道沒有受傷嗎？」最後一個叔叔指著戴扁帽的怪人，說：「你身上竟能沒有傷痕。但我們確看見你倒在血泊中啊！」

「是呀！是呀！」其餘的人把疑惑的眼光用來瞧著丁番叔叔的身上。他那結實健壯的身子竟然完好地如一具鋼鐵。發著鬱鬱的光。

「哈……哈……哈……。」丁番叔叔怪誕地笑著了，他說：「我怎能無傷痕呢？怎能無傷痕呢？」

說完，他把帽子取掉了。於是我們看到他的上半截的頭顱整個被炸去了。像一只被切了一半的瓜果。

……

……

③

「這便是我所見過的創痕的故事。當然二十年後，這些叔叔伯伯怎麼樣了，我是不知道的。然而，我總以爲，他們的創痕給予了我一種莫名的銘印，它們是多麼令我厭惡和親切，多麼悲慘而溫暖啊！」

許君說完，便轉首去注視街面，宛若鄙視著朋友們孤高的談論。

隔日，我們離別了此一香火的勝地，轉向一個山地，那裏充滿了險巇與神秘。

在港鎮

1

清石灣是位在南台灣的一個小港口。它是一個古老的港鎮。不同時代的傳習，使此地留下了紅磚砌成的舊牆垣，寬僅三尺的狹窄青石路，以及東洋式的木造小舍。

一九七四，四月春日，我旅行到這個地方來了。南島碧藍的天空又深又遠，向著大海投下巨大的反影，那些岸上的綠棕櫚，闊葉的熱帶樹，使得清石港鎮變得優美而適然。但是在這個變動的世代裏，這個隱匿的港鎮也無能保持她古昔的景觀了。我在那蓋磚屋的街路上，看到了矗向晴空、閃動著銳利光芒的大理石建築，並看到年代久遠的廟宇前搭建的新式亭閣。那些穿戴時髦的年輕女子，長髮飄肩的奔躍男孩與粗礪手腳的父老，和華髮早生的門閥子弟一起雜沓在這個城鎮。

朋友招呼我到一個寬廣的河渠邊的茶樓上，我們可以見到了清明龍舟競賽的海人在努力地修葺他們的船筏，美麗的雕鏤和顏彩，使得河渠變得鮮艷而成熟起來。我們踏著愉快的步伐，走過叮噹作響的手飾小街，穿越毗連的古老市墟，流連在芳香四溢的珍餚店舖，最後走到一座荒廢但看來堅實的日式建築前。它坐落於一片檳榔樹下，巨大的香蕉樹叢環抱了它，有一條小河輕輕地流動在建築的四周。它看來幽深，我們在木造的門柵邊停一會，竟看到黃藤花和鳥蘿幾乎把毗連的房舍吞噬了，只留幾個窗子來承接一些南島的陽光。幾隻貓在庭院裏靜靜地瞪視著門柵邊的這二個可疑的訪客，便忽然拉起了牠們曲弓的背，反身沒入了草叢中了。它看起來不像一個住宅了，卻像開滿草花的大窀墓。

「這棟房子看來奇怪，在這個港鎮裏，它不同於那些荒廢的舊宅院。您覺得呢？」我問起旁邊的朋友了。

「唔。您說對了。」朋友把菸從嘴唇上取下來，說著，又舉起手指著花草蔽住的屋簷下，說：「你仔細瞧瞧，那裏不是坐了兩個人嗎？」

「啊！」

我止不住叫起來了。原來在那草花形成的帳幕裏，在那幽靜的簷下——那兒以前是用來盥洗或披晾衣服的，有兩個人坐在那兒。一個是年輕美麗的女孩，她靜靜坐在輪椅上，並維持著始終前看的姿勢，另一個是老婦，她在綴捕著一件玄色的衣衫，頭髮微微花白，她的肩身寬闊，雙手特別地顯得巨大。每隔一段時間，那個縫著衣衫的老婦總要轉頭來注視著那個女孩子，並且替她輔正坐姿，然後又專心去工作。

「她們是一對母女。那女孩子是白癡，老婦人在縫織鞋底，在這棟屋子裏，他們已住了二年了，從不離開。我相信沒有任何的力量可以使他們母女分離了。那個母親是我們港鎮裏所津津樂道的女性，大家都叫她虎大嫂。你想知道什麼叫虎大嫂嗎？」

於是朋友談起這件故事。

2

虎大嫂的名字已經很少人曉得了，只知道她姓楊。是昔日清石楊家鐵舖的一個女兒。說起打鐵的行業，在清石灣裏還有它久遠的歷史，楊家世代相傳，由於鍛燒的技巧和製模的準確，使得楊家的鐵器揚名在附近的鄉縣。鍛燒的鐵器因楊家而成名，而鐵器也使楊家的子孫體魄強健。這個楊家的女兒出生時，除了有一種秀麗的風采外，竟然也有父兄一般健麗的身材。幼年時，她在港口邊照顧一些船隻，竟能獨力來做完兩個男子的工作，因為她有一雙關節特大的手掌。

港鎮沒落的李家老爹看到這個楊家的女兒是在二十五年前的一個春日，李老爹很喜歡這樣一個善於做活的女子，李家是從前淸石灣的巨戶，擁有幾艘漁船，他們的大網遍佈在淸石灣附近的海邊，衆多的漁民靠著爲李家工作而生活。但慢慢的李家因怠於理財而顯得有些頹敗了。戰後的經濟的凋敝也使淸石灣發生了變化。李家的次子——李儒這個人曾在戰前赴日求學，戰後歸來，在一個鎭公所裏謀職，靠祖蔭來過著閒日子。李家的老爺向他提起娶妻的事時，李儒表示反對了。可憐的這個年輕人，生性懦弱，他蒼白而意志不堅，在日本曾與一個女子戀愛，他惦懷過往，竟至決定不娶。

春日的雷乍響在天邊，港鎭的景致異常地鮮麗而潔亮起來，楊家的老爹和李家的老爹一齊到酒樓上去傾談，許是春日的風光總令人易於遐想起幸福的事兒吧，楊家的老爹把酒杯端起來，說：「我們在月底結成親家吧。你現在就回去辦些迎親的東西。」李老爹快樂地笑起來，兩人醉眼惺忪，把幾張桌子掀翻了。

李家忙碌起來，大肆備辦婚宴，淸石灣的人都風聞到這個消息。小孩子甚至都站到馬路上來嚷著：「李老爹要娶媳婦了，李老爹要娶媳婦了！」

李儒知道這個不佳的消息後，坐在家裏發愁，一會兒發愁變成焦慮。他背著手，走來走去，雙手都發汗了。他覺得要他成家簡直是太可怕了，他是還想和情人成爲眷屬的，最起碼他對大世界的自由戀愛是充滿嚮往的，他想要有一個美麗的戀情，唔，戀情才是一切；和心愛的人結婚才對呀！若是和自己不相愛的人廝守在一起，那才是發瘋的事。強迫自己去愛不喜歡的人是殘忍的。他焦慮地逃出了房間，到了鎮公所，又焦慮地逃到了港邊，他感到危險，最後他的理智完全被焦慮所吞沒了，他搖搖擺擺，失魂落魄地走到父親的面前，說些喃喃的話，末了跪下來，哀號地說：「求求你，父親。不要逼我吧，父親。」李老爹看看這個兒子，不禁怒火中燒，他告訴兒子，男兒就是要事業爲重，男大當婚是必然的事。李儒看著父親不答應，渾身都發抖了，最後他爲瘋狂所擊，站起來，竟能睜大他的眼睛，像一個壯士一樣，說：「好！你既然不能諒解我，我也有了打算。」於是在婚禮的前一個星期，李儒不見了，沒有人知道他去那裏，也許去北部了，或者去遠航了，或竟有人傳說他偷渡到日本去找情人了。

李老爹知道這件事時，暴跳如雷，他在媳婦和兒子的面前大聲斥責，還把李儒的房間的桌椅都砸壞了，最後還去櫃子裏尋出日本的軍刀，把他掛在大廳，準備在祖宗的面前來殺李儒。家人都跪在面前，勸告著父親要原諒李儒的不是。李老爹坐回到廳堂的椅子上，氣喘連連，終於說：「他跑了，便以爲婚事不成了。但他錯了，我們還是把媳婦娶過門來。」

於是李家照樣轟轟烈烈地準備來迎娶，但大家都在紛談著，以爲這種婚事實在可笑，會誤了楊家的女兒的，簡直是荒誕的兒戲，最後有人來笑這個李家了，他們以爲這種事是李家家門傾頹的象徵。自然楊家也責問這件事，楊老爹甚至幾次想停掉這件婚事。但，誰知，在結婚的當天，李儒竟而臉色蒼白的回來了。李老爹大怒地打了他，在他的身上踩著，但李儒縮著身子，像一條暴露在鳥喙下的蟲子，李老爹一面打一面罵：「你這個不中用的東西，你這個廢物！」

時間匆匆地過了二年，李儒雖然不喜歡楊家的這個女兒，但在父親的面前竟提不出反擊，與其說他愛他的太太，不如說他怕他老爹。不過他竟能心平氣和地在妻子的棉被裏睡覺，二年之中竟生了二個孩子。這年李老爹死了！

李家的人大力地來搶分著財產。所有的地契、房屋、漁船、拖網都分掉了。李儒得到一筆大錢財，還擁有了爲香蕉樹所圍繞的一棟日式的房子。淸石灣的人客氣地稱他「李儒先生」，他並在自己的大房前釘著牌子，寫著：「李寓」。

李儒成了悠閒的祖蔭下的布爾喬亞，現在沒有人來管他了，他的老爹在地獄裏看不到他了，於是李儒開始要來使自己成爲一個能決定自己生活的人。他把頭髮抹上油，穿著戰後剛流行的西裝，把香菸改成菸斗了。到鎭公所上班時，總跑到鎭長室去謅談，表白他對地方的事情充滿關心；鎭上的人把他當成一個躍動的丑角看，拉攏他；但他的談話沒有一句是切中時弊，鎮上的人都曉得他是咵咵之言、多餘懦弱的人，和阿貓阿狗沒有兩樣。他的湊熱鬧的個性整個爆發了，出入在酒家、茶室，和大家稱兄道弟，並談起自己輝煌的往事。他開始把自己當「名士」看待，大談他知道的日本、臺灣、外交、政治……有些是憑報紙臆測的，有些是杜撰的，但絕大部份都說錯了，因爲他懦弱和蒼白的本性把世界誤解了。他唉聲嘆氣，捶胸頓足，以爲自己懷才不遇，被時代埋沒，他總盡量把自己誇大成滿懷大志、洞燭時代的人；但當他談到自己的愛情觀、人生觀、和家庭觀時，總是要不順暢，因爲朋友嘲笑他，他竟娶一個打鐵匠的女人，一個目不識丁的女人。

冬日來臨到港鎮了，瑟瑟的寒風掃過屋角，吹起呼呼的聲音。冷肅的空氣，使港鎮換一個容顏。人們偶爾迎風站立，臉便被凍得發疼。李儒在冬至的夜裏和朋友赴宴了，他喝得大醉，並且和人吵架，回到家來，看到妻子抱了兩個小孩踞守在屋子裏等他。李儒把自己的房子看成是宴會的延續，他放聲大叫說：

「你們是什麼呢，我又是什麼，你們都是小卒，我是飛龍，唔，飛龍在天，你們懂嗎？……」

李儒伸出一個小拇指來指著對方，又一個大的飛翔姿態，便躓倒在地上。他的妻子站起來，伸開寬闊的手來，把他扶起來。李儒揮揮手，拂一拂酒氣的臉，看清了他的妻子，忽然他的腦中浮現幾個影子出來：一個強烈的打鐵匠的姿影，一個目不識丁的女人的姿影，一個在日本的女子的容顏，一個嘲笑他的面孔，於是他忽然一躍，伸手朝著自己妻子的臉上使勁地打去，「啪」地一聲，清脆的響聲震動在夜空中。李儒的妻子跌到屋牆邊，而李儒也大吃一驚，這是他第一次打自己的妻子，唔，妻子竟是可以打的呀，他繼續大叫：

「都是妳誤了我，都是妳這女人誤了我！」

於是李儒跳上去，用力地在自己妻子的身上捶打著，而終至於睡著了！

從此，李儒學會了一樣事情了，而那便也是李儒妻子困苦的日子的開始。李儒虐待他的妻子了。

這個可憐的年輕婦人開始過著惶恐的日子了。她不曉得自己的丈夫爲什麼變成這樣。她日夜地煮食、洗衣、照顧丈夫的漁船業務，她在鎮上奔忙，看顧小孩，回到家還要撿拾被丈夫打碎的碗盤，她替丈夫打洗臉水，侍候丈夫在酗酒中睡去。最後她瞭解，那些鎮上的高級的人都認爲她是丈夫的一個笑柄，因此當他丈夫的客人一齊到這個家來，她便躲得遠遠地，生怕自己破壞了丈夫的聲名。七、八年過去了，這個婦人又連續地生了幾個小孩，她的臉龐憂鬱，變成一張類如贖孽的臉。她以爲自己倒不如死去吧，但當她看見自己的小孩時，又決定活下去了。

整個臺島的變化，好像使得港鎮的經濟變得更不樂觀了，愁慘的港鎮的人感受到一種貧困的壓力，李儒的一些小事業都沒有成就。他的懦弱、陰鬱日深一日了，以前他的妻子使他在鎮上的上層社會沒有顏面，現在他的小孩把他的日子拖窮了，他日日深陷在家庭和妻女的牢籠中了。他的酒喝得愈勤了。在一次的鎮上的節慶裏，他把自己喝得大醉，又要了許多的雜酒，把自己弄得全身發抖，好像得了跳舞症的人一般，奔回家中，他大叫幾聲，將五個小孩弄到庭院來，叫他們跪在庭院裏，七顛八倒地到後院去取一支棍子來，他無端地問一些問題，甚至是國際、政治新聞，小孩不會，便在他們身上打一下，最後把小女兒打昏了。李儒的太太爲恐懼所攫，她奔到房裏去，從床舖裏去搜一把東西出來，拿到庭院的月光下，指著丈夫放聲地叫著：

「是你逼我的，若你再動手，我便和你拚了！」

李儒一看，恢復了理智，因爲他看清，那婦人的手握了一把楊家鐵店打製的小刀。

李儒的妻子終於敢提出反擊了，因爲她竟發現，丈夫是可以對之反抗的，與其有個壞丈夫，不如沒有丈夫算了。她開始學著不依賴丈夫，並用自己粗礪多關節的手來抵抗丈夫無端的毆擊，她的反抗，使李儒稍稍生畏，因爲他的懦弱和蒼白有時是打不過自己的太太的。李儒又成爲笑柄了，那些阿貓阿狗的朋友說他娶了一個虎姑婆。

這個不負責任的丈夫想擺脫他的家庭了。他到處和別人談自由的解脫，逢到女人便和她談愛情，他覺得自己的青春曾被耽誤，不應該再耽誤第二度的青春，於是和一個鎮上的酒女逃亡了，離開清石灣躲到另一個地方去了。港鎮的人聽到這件事，驚訝地張大眼珠，他們想一件事，說：「李嫂和那群小孩要怎麼生活呢？」

那個可憐的婦人聽到這個消息，始而流淚，終而嗚咽，最後她憤怒了，竟能毅勇地站起來，她走到房裏去了，把所有美麗的衣服，結婚的紀念品，胭脂、粉盒、髮飾全包紮起來，她走到港邊，把那些東西擲到海中去，人們便看那婦人激越地抖動著她的身子，如石像般的臉映著日光閃閃發亮，她把巨大的雙手握緊了，捶打著那些巨大的石棕，一會兒她奔跑地回到她的娘家了。由於丈夫的音訊全無，為了撫養五個子女，她開始在白天幫人做活，夜晚和兄弟一起打鐵了。她把自己訓練成像男人一樣。

歲月匆匆地過了十幾年。這個婦人靠她的雙手，養活了五個小孩，能夠自立的孩子都在外面奔忙了，孩子的離去，使她的生活冷清了，她便完全搬回娘家，和最小的女兒廝守在一起。她的女兒十七歲了，是個美麗聰慧的姑娘。但這個母親完全扭曲了，她的臉龐黧黑，雙腳粗碩，肩背有力，她把雙手張開時，人們看到的是一個海人的形像，找不到所謂的溫柔美麗了，她把自己的青春全付給了自己的子女，港鎮的人暗中來叫她虎大嫂。

在二年前，這個虎大嫂接獲了一張信，赫然是丈夫寫來的。那信上的內容是這樣的：

吾妻如晤：

想一想，我還是寫了這封信給妳，我是多麼地想念妳呀，十幾年了，雖然事業有些基礎，但我日夜的悔恨，總希望能再與你們相聚。但我是多麼地徬徨啊，妳能讓小孩與我相聚嗎？我現在固然是有另一個家了，但妳若肯讓小孩再與我共聚，我這個當丈夫的人便是死了也甘心啊。在異鄉多麼痛苦，但後悔已來不及了。妳怎麼罵我、責備我都無所謂，我害苦了妳們，只期望能補償於萬一。請妳千萬答應這個要求才好。若見到孩子，真不知要如何哭著向他們悔罪啊。

夫李儒敬上

虎大嫂看了，起初低頭地沉吟著，最後她答應了這個薄倖的丈夫，讓她最小的女兒到父親的身邊了。那是繁華的北地。這個婦人遐想那個分離十年的丈夫能給他的女兒一點什麼。幾個月後，忽然港鎮卻傳出了一個消息。那便是李儒的女兒竟被他的年輕的同事拐騙了，那個年輕人是有婦之夫，她住進一個精神療養院了。

虎大嫂得到這個消息，在自己的娘家昏倒了。後來她竟然沉默地打了一個包袱，隻身到北部去了。她在丈夫的家和那個年輕人見了面。那個年輕人涕淚縱橫地跪著向那婦人請求諒解，李儒也囁嚅地向他的妻子解釋。他們談起都市的婚姻觀，以及自由開放的思潮，竭力來爲自己辯解，後來竟說起放蕩的問題了。這個婦人始終不說一句話。她靜靜地坐在那裏，後來冷肅地站起來，像一塊堅毅的石像，她盯著那兩個男人，手掌的指節嗶嗶啵啵地發出響聲了。

不久虎大嫂把病癡的女兒帶回來了，住回日式的舊屋子，悉心照顧這個可憐不幸的么女，好像被埋在世界的一個角落一樣，但就在虎大嫂回來幾天後，北部報導一則凶殺案，據說一個年輕人在路上被殺，他的頭被活活地扭斷了，好比一雙大的鉗子，把他的面孔扭到後面去了，他的身邊留下男用的一雙鞋子，由於找不到那個強壯力大的男性兇手，警方便把他當成意外事件處理了。

3

朋友說完。屋簷下的老婦把縫著的衣服放下，站起身來，又去輔正那女孩的坐姿。我不禁感到敬畏，止不住地再三點頭了。這才是港鎮眞正的母親啊！這才是母親啊！

白鷺鎮的回憶

1

在我年事尚輕的時候，曾一度罹患疾病，說是「罹患」也未免有些牽強的，那應該說是宿疾了，而無疑的，那病跟隨我已近十數年。但一如一般的鄉下子弟，他們的宿疾往往都是由於貧困來形成的，就比如說：一個小孩罹患了疝症，這是小病吧，但礙於窘困，竟無能力去就醫，於是這疾病便長久地伴隨他成長了。小的肺疾與臟病大約也和這個相似的，我也曾看見一些蒲柳早衰的鄉下青年突然地夭折了，在他們一度美麗過的、正直過的靈魂裏，他一定也想抵抗或革除這些病吧，而終歸無法回春，這是多麼地悲哀啊。因之，我有時也努力地尋求機緣，在廉價的醫院裏求治。一九七〇年，我在白鷺鎮的一個小規模的病院就醫，那是基督教會為了憐憫鄉人，在農鄉的市集裏興建的救贖機構。那時是夏天，我在病窗裏瞧到連綿整個天地的綠色稻浪，以及使我們的脆弱心魂裏溢滿血淚的簇滿小鎭的鳳凰花，和顫動在陽光下的許多的草木；無疑的，這是我生命裏一個最美好的回憶，使我的生涯有了善良、美麗以及朝向健康的愉悅。我常在日後的歲月裏去搜尋那段記憶，發現了一種淡淡的哀愁，像一層輕輕的青蒼的薄紗披覆在鮮艷的風景裏，我的思緒往往隨著那層淡淡的細紗飄盪著，最後便記起了在醫院裏的一段回憶了。

2

白鷺鎭是由幾千頃的農村所構成的市集，這裏是衆多的鄉人雜沓的地方，在日本人離開後，這裏遺下了許多東洋風的建物以及我們傳統下的習俗。一九七〇年前，鄉村的困苦迫使一些人向著這個市集來了。在白鷺鎭的周圍伊始有一些手工業的工廠了。它們或者是農品加工，或者是雕些木器，往都市去換取些微薄的利潤，那些歷經數十年困苦的人家竟而有部份變成中產者了，他們的口袋裏裝一些鎳幣了，但腦袋裏卻閃動著爲窮困所追逐的陰影。他們的手裏握著支票，但不敢撕去，他們學習談吐敦厚，但心底冷澀。

在一個響滿蟬聲的黃昏，暮靄在白鷺鎭搖曳著，一輛小貨車奔跳地從街路面來了，那老爺的車身活像一頭負載過重的老驢子，他不停地嘎吱嘎吱地叫著，末了爆發一聲長長的煞車聲，便停在醫院了。一對夫妻從車子奔下來，手裏抱著一個初生的嬰孩，那妻子像是惶恐的狗子，衝到門口去按鈴。

他們是李陌夫婦，頂滴蘆筍加工廠的老闆。他的那個次子剛生五天的嬰兒有了麻煩了，他患了小兒先天性的腸潰。

醫院立刻把這對夫婦延請去談話。

「醫生，求求你治他吧，求求你。」李陌的妻子抱著小孩的手顫抖，額頭流汗，她太慌張了，把診療椅打翻了。

「這小孩嗎？」醫生瞧了小孩一陣，又看診斷表，說：「爲什麼這麼嚴重了才送到醫院呢？」

「醫生，我以爲他受驚了，讓他吃了香灰。但沒用，才找來醫院。」

「他不嚴重吧。」李陌在醫生身邊問著，雙手放在卡其褲袋裏，削銳的臉面微笑，落出一口黑髒的牙齒，說：「一定是感冒了，要打針嗎？」

醫生把診斷表闔上了，站起來，扣上白色的醫生服，說：「他要開刀，再慢了便沒救了。」說完就要走出去。

「好呀，好呀！」那個慌亂的母親，把小孩舉起來，好像要遞給醫生了，說：「現在就動手術嗎？」

醫生點一點頭，說：「你要辦手續，繳三萬元。」

「三萬元！」李陌夫婦一聽大吃一驚。他們搶過去要扯醫生，但醫生已走出去了。

診療室寂靜一回，末了爆發一陣大的爭吵。那個母親就要到繳費處去，但丈夫猶豫。他把身子擋在門口，說：「不行，等一等。那麼多錢，不是開玩笑的！」李陌的妻子等不及，她想掙脫丈夫的阻擋，奮力地想從丈夫的臂膀下鑽出去，但由於抱著孩子而力不從心。後來，他們便雙雙拉扯地坐在醫生的診療椅上，他們把嬰孩放在桌上，像是一對愚蠢的談判家，彼此對峙。李陌把他的生滿繭的手伸開來，揮一揮，用著哀憫的眼光瞧著妻子，說：「阿銀，三萬塊呀！這是一筆多麼龐大的數目。唔，妳說，三年前，我們的生活是怎樣的，吃鹽巴和稀飯的日子，那時，伸長脖子來叫喚，天地都不回應。喏，現在，我們豈可隨便就把它花掉了呢？」

妻子一聽，想一會，終於發起顫，但這次不是擔心小孩的病，而是想起三年前困苦的日子，於是她恢復了冷靜，定定地瞧著那個初生只五天的小孩。究竟他是值不得三萬元的，那時他們想賣小孩，一萬元都沒人要啊！是呀，他剛出生就花去了三萬元，那麼將來呢？她想著，漸漸用明澈的眼光來注視丈夫了。但一會她又被一種似天性母愛的情緒所俘虜了。她的臉又掉汗了，忽然她叫起來說：「要救他呀！要救他呀！」

李陌看看這個意志不堅的母親，便用比她更大的叫喊聲斥著：「妳怎麼這樣任性呢？我是妳丈夫啊！我要來決定那些錢該怎麼用。」說完，他把診療室的桌子的茶杯掃到地上去，「啪」地一聲，發出巨響。可憐的妻子被丈夫驚呆了，又恢復理智。李陌一看計策成功，於是改用溫和的口氣，說：

「阿銀啊，或許醫生在欺騙我們吧。這小孩說不定只是小病。我們就暫時住院，不要開刀，說不定，一陣子他便痊癒了呀！」

可憐的這個妻子一聽到丈夫的話，竟然順從了，於是她把孩子抱到病房去。李陌便藉口工廠事多，離開了。

盛夏的夜，涼涼的風灌進了窗戶來，吹得懸掛在架上的葡萄糖罐搖擺不停。李陌的妻子看看白色燈光下的小孩的容顏是沉靜的，又看看醫生已爲不幸的嬰兒打了一罐維持劑，又聽見規律的蟲鳴在四周響起來，她的心安定了，便輕輕地拭起小孩的額頭的汗。但夜漸漸深沉，醫院寂靜得可以聽到自己的心跳聲，許多的呻吟聲傳進來了，最後變得十分地響亮，那些哀絕的、困苦的呼叫聲劃破空間，傳到這個婦人的耳裏，她忽然也聽到小孩微弱但困頓的呼吸聲了，於是她慌亂地便又瞧見小孩膨脹起來的肚腹，那裏像有一支喞筒不斷地把一只氣球灌大了。她又被驚惶所擊，叫起來，衝到護士室去求救，但護士勸她讓小孩動手術。這個母親又陷入狂亂中，她於是邁動了雙腳，竟然像長跑選手一樣，奔過了黑夜的鄉道，回到丈夫的加工廠來。但那個丈夫知道妻子要來做什麼，便盡量地不談小孩的事，後來竟駕著貨車去載貨了。這個婦人慌亂地手足無措，她跑到婆婆的身邊去，兩人用著緊張的聲音來洽談方法。最後老婆子提出一個解決的方法。他們竟漏夜地趕到村莊的一間院子裏，去找一個密醫。這個密醫專治一些疑難雜症，他開了一張藥單，並拔了許多的草藥，漏夜地熬煉一些湯。這兩個婦人便像走私的人一樣，把這些藥帶到醫院裏去，偷偷地灌進嬰孩的口中，前後竟然有一個星期之久，這個婦人在病床邊，期望小孩能奇蹟般地痊癒，但那些草藥一灌進小孩的體內，便從潰的傷口流到腸外去了，那肚子竟一日一日地更形脹大了。

夏日的風景更形嬈媚，一簇簇的鳳凰花籠罩了白鷺鎮的街道，也把醫院覆蓋住了，一天的早晨，有人打開了病室，便看到婦人因疲乏而睡倒在地板上，至於那小孩已經死了許多時候了。

③

今年，我像憑弔我年輕時的生命一樣，又來到了白鷺鎮，這裏的風光依舊，我因自己健康的靈魂和體魄的影響，瞿然有神地走動在這個漂亮的天地。白鷺鎮已因工廠的增多而顯露它的朝氣，但當我又行過那所醫院時，如何竟令我想起那個婦人顫抖的音容了。

蘇苞

蘇苞是芳斗鄉的人。談起這個人大家都認識，他是芳斗鄉裏的一個雜工匠，年輕的時候在木器店當夥計，不久又學水泥，最後轉回到自己的村子裏去編竹簾，兼做小本的木材商。因爲他的手藝雜亂，所以不能成爲名師，但他懂得許多膚淺的知識，可以有求必應，因此他最大的買賣是修護各機關的建屋，如果鎮公所或學校的窗戶缺個玻璃，或掉了一塊磚瓦，廁所不通，少了水龍頭，便叫蘇苞來，偶爾蓋房子也找他。蘇苞爽快大方，做事從不拖拉。唔，你看，今天你打個訊兒給他，明天你去巡視，蘇苞已找人把你的要求做妥了。各公家機關的宴會總少不了他，喝酒時他的酒杯總是滿滿的，如果酒菜吃完，興猶未盡，蘇苞便呼喊他爽快的聲音：「再來幾道酒菜，我請客。」所以和他交往的朋友都說：「唔，蘇苞是個夠意思的朋友。」

但是，在早年，蘇苞卻從來不賺錢。那時農鄉的經濟窘迫，做各種的活兒都得不到好的利潤，蘇苞雖然比別人善於營生，但他的交際廣闊，許多利潤都在請宴中吃光了。他的妻子是典型的工人，做著編竹簾的工作，一天到晚，用扁擔挑著許多的竹器去賣，她勤儉持家，生了四個子女從此便不生育。儘管他的妻子像牛馬般地替他煮飯、洗衣、養兒、育女，但蘇苞卻不喜歡他的妻子。這個妻子的年紀和蘇苞相同，目不識丁，有著農家女特大的手腳，一張扁平、像被歲月所磨平的臉，那嘴唇因從不點唇膏，竟有點龜裂。但她的衣服素潔，並保持溫和柔順的美德。她勞動不息，總和鄰居的人談家常話，當大家談起蘇苞時運不濟，這個女人總要偷偷地拭淚。儘管這樣，蘇苞還是覺得家庭缺少了什麼。那棟竹子搭就的茅蘆，那些孩子的眼光，那些不變的家庭擺置，總是像妻子不變的臉一樣，既引人厭煩又叫人想起窮困，他沒法擺脫。曾有一次，他下決心，想在外面養個女人，但他接觸的人都是社會高尚的人，怕他們認爲他寡情薄恩，又怕家庭的小孩受到傷害，於是便打消念頭。但他的憎惡妻子的心日甚一日，總把一切不如意的事歸罪到妻子的身上去，他盡量和朋友在外面喝酒，把自己弄得爛醉如泥，然後回到家來，抹著酒氣的臉，把腳擱到床沿來，叫著：「打一盆水來吧，打一盆水來！」他的妻子總是以爲他因事業不如意而頹唐，於是驚慌地去打水，每每要把盆子弄倒，或者弄得渾身濕透，於是他又把衣服脫掉，說：「太熱了！太熱了！」他的妻子便三腳兩步地去店裏取冰塊。不久，他又想一個來對付家庭刻板生活的方法，他不說話了，每天回來，倒頭大睡，有時晚飯後便倒在竹床上，天未亮就離開了，一有空就垂著頭，用手勢來和家人談話。家裏的人看著父親憂愁困苦的臉都害怕了，於是全家都感染一種恐懼症，刻板的氣氛稍稍改變。但他的妻子更驚慌了，她以為是丈夫的事業遭到危機和困難，雖然丈夫不開口，但她可以想像得到，於是她盡量減少家庭的開支，在上學的小孩的午餐的便當裏夾一些菜起來，留待晚餐，她暗中把自己的衣服典當給別人，整天只穿一套玄色的大衣服，頭髮也少去燙捲，甚至省下了洗髮的次數。於是她完全變成一個不重外表的婦人了。人們看到她成天地忙著工作，持家，在路上拿著扁擔走，竟像一個丐婆了。

有一個冬天，蘇苞突然失踪了，他整整有一個月沒有回家了。家裏的金錢用光了，小孩繳不出學費，米甑裏粒米都沒有。那個妻子簡直要發瘋了，一則害怕丈夫出事，一則家庭的生活沒有著落，於是她決定去尋找丈夫。她吩咐鄰居照顧那幾個上學的小孩，用一支扁擔挑著袋子，轉身便要出去。鄰居看她的衣服單薄，勸她多穿衣服，這個婦人奔到衣櫃去，才發現她的衣服都已賣光了，她便把布袋剪幾個洞，穿在黑色的大衣裏頭，看起來像穿了棉襖。這個婦人不敢搭車，盡量用兩隻腳走路，由這個村尋到那個村，又由那個鄉找到另一個鄉，夜裏宿在路上，冷風刮破了她的手腳，勞累使她手腳顫抖。最後，一個蘇苞的朋友告訴她有關蘇苞的行踪。這個婦人雖然餓得走不動，但她卻能鼓足自己殘餘的力量，在一個小村莊的一棟宿舍裏找到了丈夫。原來蘇苞和許多高尚的人在這裏賭博，因爲蘇苞覺得家裏乏味，便學了這樣的樂子。那個婦人大喜過望，想說話，但因力窮，竟倒在地上，昏了過去，扁擔和袋子摔了好遠。蘇苞跳起來，對著那些朋友哀絕地說：「伊竟是我的妻子啊。你們瞧，哪個人的妻子是這樣的啊！」

慢慢的，農鄉的經濟有些變化了。那是整個加工業帶來急速繁榮。蘇苞的生意跟著好起來了，機關學校都來訂貨，木材的供應增加，這個鄉鎮的小商人賺一些錢了，不久竟可以購一些較好的衣食。他也準備去買洗衣機、電唱機和家庭用品，他也購了一輛嶄新的摩托車，並和別人興造販厝。由於經濟情況的好轉，蘇苞的人生觀比較明朗，對家庭和妻子的態度稍稍改變。他的妻子常跟他到工地去巡視，蘇苞的妻子替他照料工人。有一天，他們又坐了摩托車出去，蘇苞的車子輾到一顆大石頭，車輛跳動起來，便撞到路旁的大樹。蘇苞的手腳稍微擦傷，他轉身去扶起妻子，卻看到那可憐的婦人垂著頭，臉面流血，死了。

蘇苞瞿然地震驚起來了，他抱著妻子的遺體，雙眼空茫了，他想到自己是多麼地對不起妻子啊，她的一生都沒有享樂過，像一個活在黑獄裏的人，爲家庭和孩子把她的生命都付出來了，那些小孩若曉得自己的母親死了將會怎樣啊，那些孩子就要成了孤兒了，那個家也沒人來照顧了。他又想到是他不小心使妻子死了，他是兇手呀！一個弒妻的兇手！末了又想到他以前怎樣地來對待妻子，讓妻子生活在不安中，於是他又一陣地感到恐懼、悔恨、無措，最後把臉埋在妻子的遺體上，縱聲地大哭起來。

頭旬便在他的破陋的家舉行了，他第一次把自己的家整頓起來，把那些不整的、雜亂的草木以及不雅的竹籬都拆去，他叫水泥和清潔工人把家庭修葺一下，做著哀戚的喪禮了。他把妻子的遺物用一個大的箱子裝好，整理好床舖，爲妻子保持了生前的音容，他領著自己的小孩子天天祭拜。鄰人都說：「唉！那個婦人若曉得她丈夫的悲傷，死也應該含笑了。」

時光不停溜逝，蘇苞再也不輕易地離開家了，那些缺了娘的小孩乏人照顧，生活的一切教育和秩序完全依賴這個喪妻的丈夫。但他竟能武裝起精神，在酒宴上喝酒時，常在適當的時候打住了，轉身便跑回家去；和別人洽談生意時，也要分點精神來考慮如何使孩子生活富足。他好像一隻蝸牛背負了一個屋子在做事。鄰居都感動起來了，要幫他請個下女，但蘇苞拒絕了，他說一個家庭是容不得別人來干預的。朋友們不忍心，他們想了一個辦法，在酒家裏物色一個品貌和年齡都和蘇苞相當的女人，幫他成親，蘇苞想拒絕，但最後拗不過，於是便跟那個酒女結婚。

蘇苞現在常常帶著續弦的太太出入在朋友的家，由於這個妻子交際甚好，會打主意，又善體夫心，把家裏的氣氛弄得融洽愉快，蘇苞好像意外地到天堂上去了，竟然生意亨通，財源滾進，現在他常常和朋友談起以前艱苦的日子，又談到家庭，說：「奇怪，以前大妻子還在時，好像什麼都不順當，現在和這個太太結婚，什麼都順利了。唔，妻子是多重要啊，如果我以前曉得，便離婚去另娶老婆了！」說著，蘇苞往往和朋友大笑起來。

棲鷹山城行腳

1

棲鷹鎭是南部山貨的小集散地。這裏的地形是屬於狹窄的海濱平原與山地交接的小丘陵，被闢爲一級級的梯田，往往由河谷一直修高直到山頂。低平的地方種著水稻和香蕉，高的地方便種了瓊麻或任熱帶林木蔓延生長，因此它終年爲闊葉的常綠植物所覆蓋，變成一個充滿樹蔭的美麗小鎭。爾來，這裏發現了溫泉和瀑布，旅人的行腳大量來到這處。

我懷著愉悅來到這個山城是在一個春日，林木在春雨中一齊地繁茂起來。在那山巓上，樹林的透空處，白色的雲霧飄浪在深遠的藍空，並盤旋著野鷹的影子，我想，棲鷹鎭的名稱便是這樣來的吧。

朋友謝明住在這裏。謝君是個蕉商，我在一次果菜貿易裏和他相識。這是一個頭腦精明的傢伙，滿腦子的鬼點念頭。他可以由一張紙便聯想到去做試卷的推銷業；由一隻小豬便勾劃出豬仔的買賣；或由一盤水果裏便盤算著怎麼去做果菜運銷。這個人充滿行動力，唔，完全是個躍動的漢子，做事情從來乾脆。我喜歡這個人並不由於生意的關係，而是因爲他的那種奇怪的創造力，或者是說，我愛看他變出來的鬼把戲罷了。

我拜訪他是在黃昏的時候。小鎮的煙囪飄起了縷縷的炊煙，山鳥吱吱喳喳地飛躍在鎮市的上空。我在夕暉下的熱帶檳榔林尋到他的住所。這是小鎮偏僻的一角，離開了吵雜的街路面，有點像避世的宅院似的。他的房子簡陋，是由磚瓦蓋住的小平房，卻連綿有幾十間的鐵皮棚架，用來貯藏貨物。四面圍了矮牆，我看到那輛小貨車停放在牆外，蓋滿了灰塵。我還沒走到門邊，矮牆內的謝君已看到我了。他哈哈地大笑了，跑來開門。他看來好像變了，以前的他是一個粗魯的草地商，身上總穿一件花色的大襯衫，嚼檳榔，登一雙萬里鞋。但這會，你看，他竟穿起了素潔的衣服了，還戴眼鏡，一副研究的模樣。啊，哈哈，他又有新發明了。果然，當我一腳踩進他的院子裏，他便說：「我不幹小商人。我現在養蘭了！蘭花你懂吧。那盆懸掛的開滿了紅、白花朵的叫蝴蝶蘭，唔，黃花躍動著蜂兒的那叢叫台灣野生蘭，唔，還有吊著的那暗紅花朵的是嘉德麗亞蘭，那是新美娘蘭，那是君子蘭啊……還有，還有說不完的。完全是大學問，完全是大學問。」

他頻頻地指著棚架下，生長得異樣繁多的連綿的草花，我被驚住了，說：

「他媽的，你種那麼多的蘭花，是要用來醃製成酸菜嗎？這能吃幾月呢？」

「哈哈哈。」謝君大笑不止了，說：「這是既有趣又冒險的行業呀！」

晚間，我們跑到熱鬧的市集來。謝君頻頻地又說及他最近的創見，他揮舞著雙手，指著街路面，說：「這是個山地和平原的交會處，最近我常到山地去，發現了許多的事可做。唔，把東西運到山村去，會賺錢的，特別是菸酒，我打算去營建一個店舖。你要參加嗎？唔，你看，那裏有個皮膚褐紅的漢子，賣皮貨，我已合夥和他在山地設一個收集站了……」

他興奮地叫著，拉著我坐到路邊攤上，但一會兒，他的話，又繞回到蘭花了，他說：

「蘭花，蘭花，唔，好朋友呀！現在是蘭花的天下了。你知道嗎？這裏頭蘊藏著多少的訣竅呀！」

「我不懂。嘿！」我傻頭傻腦了，說：「有什麼了不得的，又不能吃。」

「哈哈哈！你這煮鶴的傢伙，蘭花不是用來吃的。」

「我當然知道它不是用來吃的，但我不曉得它有什麼用？」

「你是笨蛋。你沒見到我在室內的一盆開出五色的蝴蝶蘭嗎？它最近能開出斑點黑色的花了，一盆值四十萬元。」

「嚇！」我嚇一跳，忘了喝酒，結巴起來，說：「那……那怎麼可能呢？」

「它是稀有的。目前的蘭花界只有這一盆，恐怕世上也只有這一盆了。」

「你是偷來的嗎？你是偷來的嗎？」我大叫起來。

「不！」謝君得意地說：「是我造出來的。我把它變種了！我現在專搞變種的玩藝了！」

「啊呀！聰明的傢伙，你是一只鬼，的確是一只鬼。」

「是呀！」謝君搖著身子大笑，險些把攤子弄垮，說：「當今的世界，只有鬼才能生存呀！」

「談一談你變這種手法的動機好嗎？」我興味起來，說：「他媽的，你怎能想出不循規蹈矩地養蘭，卻伺機使蘭花變種的鬼念頭。你的靈感那來的呢？」

「這個嗎？」謝君的手攤在桌上咔咔地敲著，忽然快樂地跳起來，說：「我先不說什麼。我帶你去看一件比蘭花變種更新鮮的事。快！現在大概是最熱鬧的時刻了。我們去看把戲，晚一點，那人便收攤了。」

於是謝君拉著我飛奔過許多的店舖，來到了街路的市集上。

這裏果然不凡，晚間，棲鷹鎮上的人都到這裏來遊逛了，電影院、攤販都集中在這裏，更有一個廣場，供一些江湖的人物打拳賣藥。謝君指著最擁擠的一個位置，說：

「那裏頭有一種東西，太有趣了，每星期的今天，便在這裏頭出現，我們何不去看看。」

我們鑽進人堆，才看到一個打拳的陣團設在那裏，販賣各種藥物。一個瘦黑而稍佝僂的中年人站在場中，他的腰間綁著一條紅布條，眼神異常地晶瑩而惡視，右掌大約浸了某種藥物，全然地黯黑了。這個中年人，無疑的是個武師。他的口中不停吆喝著，而場上卻有一個小孩比劃著手腳，那小孩的身子不滿一尺，大約只有五歲罷了。但手臂卻異常粗大，像圓木接上去似的，雙腳卻呈O字型，全然地彎曲，他竟能舉一支巨大的石柱，再用喉嚨頂住一根尖利的鐵棒，然後一吆喝，往前衝去，把那根鐵棒折彎了。觀眾大叫起來，擊起一連串的掌聲，那小孩把石柱放下來，向人打恭作揖，跳著退到場邊去。這時我才看清，那小孩的臉面扭曲，鼻孔粗大而朝天，眼皮蓋住了小小的眼睛，頰額上佈滿創傷。五官完全混亂了，像被打爛又揑湊出來，我驚訝不止，說：

「這到底是人還是猴子呢？」

「當然是人。」謝君說：「是那個武師的孩子。是這個父親把他變成那樣的。武師叫林銘，是棲鷹鎮的人，開一家叫鷹記武術館，大家叫他林鷹。你要知道這個人把他的小孩變成那種形狀的故事嗎？」

於是謝君談起這件事了。

2

林鷹是古昔棲鷹鎭裏勤習堂的弟子，舊時的一個唐山師傅曾隱退到勤習堂來教拳腳。那時山城的民風強悍，主要的是由於漢番的對立所致，一般的百姓被迫學習武藝，地方的械鬥也使人不得不組自衛鄉團來防禦。這個唐山師傅懂些刀陣之法，地方上的人對他禮遇有加。若干年後，這地方流傳著許多的唐山師傅的奇聞，慢慢使勤習堂有了威名。但是光復後，新式的教育革除了地方的舊風尙，械鬥的消失也使人們不再崇尙武術，人們學習武術不過是爲了有趣或懷古念舊而已。林鷹是勤習堂的最後一代弟子。奇怪的是，在這武術沒落的時候，林鷹卻頗有天資，他竟能洞察奧秘，成爲行家，宛如頹敗的巨宅上開出一朶的奇葩。

然而，在這時代，即若你是荆軻吧，也沒有秦王之類的可刺目標，林鷹沒有用武之地。他要吃飯，於是便流落到外地，幫藥商打拳賣藥，奔波在十里紅塵的市廛裏。

林鷹憂鬱，缺乏自信，他帶著自己的妻子小孩在各地討生活。他不相信自己有什麼本領。他常憂鬱地對觀衆說：「混口飯吃吧，混口飯吃吧！」若有人找麻煩，他也求饒祈和。

他也只敢賣些藥廠的成藥，不敢來推銷自己，偶爾教導一些人用氣功來治病。因爲利潤微薄，度日不易，在練習劈磚的手刀時，常不小心地把手砍傷，他便用藥來浸泡著手，那右手全部黯黑了，大概是這個緣故吧。有一天，他去到了北地，在街道賣藥，神情沮喪，沒有注意到這裏是一個空手道場的地盤。等到有人告訴他時，太慢了。道場的那個師傅來問罪，旁邊跟些阿貓阿狗。林鷹全不懂黑社會的規矩，他磕頭陪罪，但那個冒失鬼不答應，要他表演。林鷹渾身發抖。那個冒失鬼把二十塊磚疊在一起，要試林鷹。林鷹知道大禍要來，把妻子叫到旁邊，吩咐她先回旅店去。林鷹被他們所逼，又看到觀衆回來看熱鬧。忽然他決定要做犧牲了，他把黑色的手掌提高，奮力地往磚擊去，竟把二十塊的磚擊成粉碎，由於用力過猛，還把擺置的桌椅給震斷了，觀衆和林鷹自己都嚇呆了，但道場的那個冒失鬼以爲林鷹耍詐，竟要來和他比武，林鷹的心一慌，便用一記鐵沙掌把那個冒失鬼擊倒在地上，口流鮮血，阿貓阿狗都圍上來，林鷹以爲完蛋了，他抓起一把木刀，奮力抵抗，竟能擊傷兩個，用手刀砍倒一個傻瓜。正當快被那群狗黨打扁的時候，突然警哨響了。阿貓阿狗便逃了，原來他的妻子報了警察，第二天，一個地方小報登這則小事，這件事便傳出來，大家認爲林鷹能力戰北部的惡黨，便把他看成英雄，尤以南部所在的鄉縣爲然。

他的推銷工作順利了，因爲他有些名氣，並和許多的小武術館來往。他感到自己也許有些眞本領，於是照著來劈磚，往往獲得喝采，後來膽量大了，便表演雜藝，例如耍鍊子，舞刀花，弄雙節棍，觀衆看花了眼，都認爲這個人有兩把刷子。林鷹便放手推銷自己的跌打損傷的膏藥，同時把自己的藥粉弄成盒裝，買了一部小貨車，稱自己是「鷹記內功散」的老闆，並在盒上打了「祖傳秘方，效力驚人」的生意話。一些青年人到他的家去拜謁，於是林鷹帶著他們巡迴到各地去表演。

一九七〇年以後，隨著時代的變遷，鄉間的娛樂休閒方式產生了巨大的變異，那即是電視機的來臨，電視天線立即覆蓋了整個台灣島的農鄉和市鎭，人們在螢光幕上竟能看到他們夢寐裏也見不到的影像。歌仔戲、布袋戲、連續劇、歌藝、唱玩脫離了民間的舞臺，來到了螢幕機前，進入了家家的客廳了，甚至雜耍、武藝也變成日日常見的玩藝，人們除了在電視機前，再也不能發現世界有新生。好了，林鷹倒楣的日子來了，沒有人再以爲他的劈磚和雜耍是新奇的了，因爲電視的武俠劇和電影的俠義片，把那裏頭的奧妙暴露光了，他在各地表演，竟招不到觀衆，他把擴音器拚命地扭開，人們躲在家裏不肯出來，甚至有人控告他擾亂安寧。林鷹慘了，他的弟子都走了，他又跌回往日的深淵。現在他以爲徹底地被淘汰，古董的東西總有一天該被擺到博物館去的。沒有人要看他的玩藝了，唔，改行吧，做其他正經的行業才是長久之計呀！他心灰意冷，看著沒有人購買的內功散，完了，一切都如過目的雲煙了！

一年前的春日，媽祖的大生日在鄰近一個大鎮裏舉行，廟會十分熱鬧，吸引各地的人趕去觀光。林鷹打起勇氣，召集散去的弟子們，想在廟會裏做一告別的儀式。他把十八般的武器都搬出來了，吩咐弟子們打起勇氣。他親自來安排節目，在人潮動盪的廟邊排起陣勢。把藥品的廣告收起來，把鷹記武術館的牌匾弄到空中去，倒不像賣藥的，卻有些像進香團。不明所以的遊客竟圍到他的場上來。林鷹不敢提賣藥的事。他通報了自己的渾號，並告訴觀眾說他就要洗手不幹了，只是來做一場告別儀式，報答大家對他的愛護。由於說詞哀傷，大家都感到可憐。他把手一拍，於是鷹記武術館的弟子們便吆喝起來，擂起的鼓敲響在廟場。由於節目不錯，不提賣藥，進香的人都住腳窺看。一會節目完了，大家還圍著，林鷹感到不自在，他找不到話，想賣藥，但心想：去他的，賣什麼？我是決定洗手不幹了。但不賣藥，大家又想圍著看。他於是忽然感到憂愁，想到再表演一個節目，便抓起麥克風，說：

「各位，敝團是告別來的，蒙各位愛護，愧不敢當。現在還有一個節目，表演完了，各位就走，我們也走。」

他放下麥克風。本又想劈磚，但一想：不好，大家看膩了。唉！乾脆表演一個秘術吧，反正他是不幹了。他想到要弄「脫胎換骨」。他叫著說：

「你們曉得嗎？我們的手是可以繞到背後去的。像一條繩子一樣地打結。站著時腳也是可以放到頭上來的。你們相信嗎？這叫脫胎換骨。但不痛，一般人都做得到，我只要摸一摸你的身體就行了！」

衆人一聽，噤了，不敢。林鷹要他的弟子下場，但那些弟子曉得武術是怪異的，弄不好，是要殘廢的，也不願意。林鷹無法，想弄自己，但怕失手，會這種武術的只他一個。後來沒辦法，便把自己四歲的小孩叫到前面，把他提到桌上來，那小孩因害怕，神情木然。林鷹不能相信自己，但還是提起勇氣，在小孩的上臂捏一下，立即那條臂脫臼了，像斷了一樣地垂下來，他又把手伸到小孩的膝蓋去，那腳像折斷了一樣癱瘓了，他把小孩平放下來，把手腳疊好，竟然像缺了手和斷了腿的人，變成一塊肉。看的人大駭，拚命地拍手。林鷹又把小孩提起來，摸索地想把骨頭接合好。但因第一次試驗，弄了很久，小孩的臉慘白起來，觀衆的臉都冒汗。後來骨子接上了，衆人掌聲雷動了。林鷹的衣服都濕透了，他憂鬱而哀傷地把東西收好，就要離去，但忽然人叢中奔一個穿制服的人出來，由於動作太快，差點把桌子撞倒，林鷹以爲他是警察，要來取締，正要抗辯，那人說：

「唔，請問您大名。您和小孩願爲我們拍片嗎？」

原來這人是電影公司的人，他在物色一個缺手缺腳的小孩，要去演殘廢的角色。

不久，那小孩竟成了電影童星，後來又要他演小俠。林鷹一看機會來了，便整天盯著小孩來練功夫。於今那小孩只有五歲，竟會了刺喉術和鼻孔呑劍，整天在重荷下過日子，現在像殘廢般地肢體扭曲了，但林鷹卻賺了大把鈔票。他更瞭解觀衆的心靈，變本加厲地把小孩弄得更畸型了。

③

謝君把故事說完。我們又看到那個父親去車裏抱一個二歲的小孩出來，他摸摸那小孩的脖子，吆喝一聲把小孩的臉孔轉到後面去了。

我們離開那人叢。謝君拍拍我的臂膀說：「不要那樣愁眉苦臉吧，我養變種蘭的原因，便是接受他的啓示啊！現在我正準備用放射性光線來破壞蘭花的基因呢！」

豬仔

1

由於徹夜的奔馳，當野狼一〇〇來到了南島的一個鄉間時，機油已經耗盡了，發熱的引擎慢慢無力了，後面的行李變得沉甸。於是我在一個加油站停了車，並做休息。這是初春的早晨，美麗的草花覆蓋住整個原野，陽光灑落在大地，風兒一吹過，翻起一波波的綠浪，使得這裏變成綺美而亮麗的世界了。回頭一看，在路牌上有幾個字：「蘆塘鄉」。啊哈，蘆塘鄉，一個熟悉的名字，我立即想到一個住在這裏的朋友，於是便發動車子。朋友許春德在北部時與我認識，那時他年輕、熱情，生命裏滿懷正直和愛心，靠著撰寫新聞報導來討生活。他愛談些時興的政治和社會幽默的小故事。幾年後，他以生活的無根，離開了浮浪的文化界，回到了鄉下，聽說蓋了一家養鷄場，並批發些飼料來營生。

我在村莊的一個磚瓦屋角停下來。庭院的兩側搭高了瓦棚，圍了鐵絲網，養了鷄。我在門口按鈴，兩隻凶猛的狗汪汪地叫起來。一個肥胖、浮腫著臉龐的人由屋子走出來。他穿著寬鬆的卡其服，登一雙平底的白布鞋，看上去有些病容，他拿一支沾滿飼料的木棒，每走一步，木棒就朝地上碰出咔地一聲，便震落了一撮飼料。我們彼此看了一分鐘，對方才大叫起來：「呀！呀！呀！你是木紅君啊。你是他媽的柯木紅嗎？」我也驚叫不止了，說：「啊，你是老驢子許春德嗎？哈哈，你怎麼啦，發福了，愈發像驢馬了！」我們擁抱在一起，彼此開對方的玩笑，竟至於笑出眼淚了。

我們立即跑到蘆塘鄉的一個市集來喝酒。這裏是南島最漂亮的地方，可以看到觀光區的整座公園，遠方動盪著藍色的海洋。我問起了朋友的近事，他輕輕地談說近日事業的顚躓，又是飼料的昂貴，又是肉類市場的不穩，又是政策上有意的打擊，酒越喝越多，他的頭也越垂越低。最後他說：「唔，總沒有順利的時候，虧了很多的錢啊，太太都要託別人養了！」「他媽的！」我拍著半醉的他的肩背，說：「你是怕我向你借錢嗎？唔，朋友是這樣的嗎？」

我們又開彼此的玩笑，哈哈地笑著，差一點兒把酒桌掀翻了。

「我還是想念北地時期的我。」許春德抽起菸了，他說：「有理想，有心情，不把世界當一回事，唔，最重要的是，有正義，正義！哈哈，我在說天方夜譚嗎？」

「不！不！不像天方夜譚，倒像負債鬼的賴債話。」

我們一起走到亞熱帶的公園來。陽光照遍了萬物，漫地的樹影搖曳不已。這裏被興築了一個紀念館，新穎的流線型建築矗向空中，裏頭擺置了許多古蹟古物。我們走在寬闊的廊道上，皮鞋在大理石的廊道上敲起咔嗟咔嗟的聲響。許春德的談興又來了，說起幾年前浮浪在文化圈的情形，他不停地說：「呀！呀！呀！那裏充滿了逸趣和新鮮。我若能夠的話，還想回去混混。現在我卻是俗人了，你，柯木紅，還在那裏，你才是令人羨慕的，呀！幸運的朋友啊！」

「你在安慰我吧。」我感到憂鬱，說：「現在的世界還有文化嗎？」

我們繞著紀念館兜圈子。像往日繞著室內來回地踱步一樣，忽然公園的門口駛進了一輛遊覽車。它也繞著紀念館走一圈，便停在門口。播音器傳出下車休息的叫喊聲。於是便像鴨子一樣，穿戴著整齊、高貴的服飾的一群人呱呱地走到地面上來。他們的儀態和風采十分地迷人，立即吸引了許多人的眼光。他們來到紀念館草坡上，不停地指談著，並瞻仰一些先賢的物蹟。紀念館的人立刻跑出來，列隊歡迎。

「慢著。」許君忽然拉住了我，說：「那些人我認識。」

「哦。」我吃一驚。

「他們是省議員，一定是遊覽來的，是考察團，幾年前我就認識他們。」

「唔，這倒有趣。」我說：「你說說他們吧。」

於是許君的談興高漲了，他不停地指著每個議員先生，把著幾年前的勁兒一起拿出來，說個不停了：

「你瞧，那是費海人議員，在紀錄上，他是開會出席數最多的人，每場必到。他以一口金牙齒聞名，是北地聯茂企業的代言人。

「那位，在噴水池邊照自己影子的人，是李禮先生，他的打扮入時，是議員中最英俊瀟洒的一位，一向以贊成省府的意見聞名，從不提反對意見。

「還有，變葉樹下的李娥女士，她是競選的能手，曾在政見發表會上與人當天立誓，並因爲被誣貪污，節食十天來抗議，於今她體重是七十五公斤了。

「那個，臉面稜線分明、矮壯的議員是反對派的領袖，叫林應天，曾削減了省府的一次預算達十億圓，他曾一拳敲碎議桌的玻璃桌面，並大罵財政廳長，你不能想像他雙手沾血，厲聲指責的威壯場面，大家都稱他鐵血議員。」

許君正說著，一個滿面謙和、高大、像一個守正不阿的中年議員朝著每個所能見到的人打躬作揖，並和紀念館長款款而談。許君望見這人，立刻態度激越，他說：

「那個人叫吳向忠，一個被大家所注目的人。你瞧，他的風範完全與人不同，像個充滿希望、旺達的人，大家私底下都叫他豬仔議員。」

「不要開玩笑吧。」我打斷了他的話，說：「這個人好看極了，怎麼會有這樣的稱呼呢？」

「是的，他的毛病就是太好看，你要聽聽什麼叫豬仔議員嗎？」

於是朋友說起這個故事。

2

在那個民主政治尚待萌芽的時期，由於臺島曾爲東洋的殖民者統治達五十年，那種久經壓抑的、陰暗的、無力的意識深植人心，直到一九七〇年末葉，這種情境仍然未能革除。它種在一些舊時代的政客和官僚的體內，像黑色的種子，長出一株株幽暗的蓬草，把美麗的來程給遮蔽了。

吳家是舊時地主，在轉向加工業的風潮中，轉到中部都市做著貨運和織廠的生意，竟能財源廣進，事業旺通。由於接觸面大，慢慢培養出一種既定的名位。吳向忠是第二代子弟，他在那時以財富競選而當上了省議員。

這個年事尚輕的富家子弟，有一身高大的體格，但養尊處優，生性懦弱，缺乏堅強的意志與明辨力。在商校畢業後，不能持生，便出入在影劇場和遊樂場，和一些優遊的富家子弟鬥氣鬥力。他惹麻煩，但靠著家庭的背景，總能無恙。但當上了議員後，他的性格便無從隱藏了，那些議場的問題、民生的疾苦不是他所能理解，特別是政治界的關係更加苦了他。每當他看到一些統計資料和龐大的社會問題，便感到頭痛。他在年幼時看到家庭對官方的依賴，總覺得發號施令的人對自家是有益的，便感到官方的偉大。當他在議場上看到若干人對省府提出嚴厲的批駁時，便震驚不已了。他常喃喃地說：「省政是可以批評的嗎？省主席是我的伯父輩的人啊，他是可以批駁的嗎？」於是爲了解除自己的惶惑，他常在衆人的面前說：「政情是不能批評的！政情是不能駁斥的。」最後他把自己的職權誤會了，以爲自己是當官的，是來管理百姓的。

大家都曉得這個人不學無術，對他便嘲笑有加。省府的人覺得他不是對手，不把他看在眼裏，每次重要的會議，他都提不出建議，報上不登他的名字，他竟像是來上學的孩子一樣，出入在全省最高的民意機構上。

不久，全省在經濟上須要做大的調整，由於長年的保護工業，竟把農業犧牲了，那些農政上的弊端、農人的愁苦，已經成了大家注目的焦點，變成一種不爭的事實。一些對省政嚴加督察的議員，便用著血紅的眼睛來盯住政府的不公決策，但因爲省政老朽不堪，且受到種種限制，竟至只能提些治標的方法，求好心切的反省府決策的議員便怒火中燒。他們在議桌上往往咆哮不止，暴躁的人採用摔杯子的方式來引起注意，溫和的人用不合作的態度來抗議。但這些爲民喉舌的議員勢孤力單，往往爲人攻擊。官員甚至以爲他們專生是非，於是運用傳播，大肆壓制。但全省的人都被這些反對者的言論感動了，人民曉得那些人在爲他們說話，因此那些壓制和誹謗卻反而助長他們的聲勢，每當彈壓的消息傳來，人民便張開嘴巴來，說：「幹伊老母咧！天公害好人，沒眼睛！」

吳向忠愈來愈苦惱，因爲，不管你是反對或贊成，總能在輿論界佔一席之地。但他在反對和贊成的兩個陣營上，一點也沾不上邊，他的父親很生氣，叫他到面前來，破口大罵：「你這個吳仔忠啊！你是石頭來出世的嗎？你的那身肉都白長了嗎？你是不會揚名的蠢蟲嗎？」

吳向忠被罵，氣極了，但他卑怯，不能提出異議，只能把怨氣埋在胸中。

但他也曉得，自己的無所建樹，乃是缺乏強硬的立場所致，缺乏強硬的立場是自己的懦弱所致。但他有什麼辦法，性格是天定的。他左思右想，也不禁呼喊起來：「你這個吳向忠啊！你這個窩囊廢呀！」

質詢省政的大日子到了。這天，議事的人嚴陣以待，周圍的環境立刻被整頓得乾乾淨淨，位在風光明媚的島中部的此一機構立即嚴肅起來。由於長久的提案總不能解決，反對派的人都不耐煩了。他們要用更嚴厲的建議來敦請省府改革。而各地敏感的新聞記者都趕來採訪，一時轟轟烈烈，成了一個熱鬧的場面，竟有些像是開酒會的樣子。

鐘響了，於是省府的人員列席在議堂上，接受議員的質詢。那些議員立刻分成兩派，對省府百依百順的人都仰靠在椅子上，抽菸喝茶，甚至打瞌睡；反對的少數都握緊拳頭，看熱鬧的新聞記者把筆掏出來，省府的人員感到又有大事要發生，吳向忠坐在偏僻的角落，垂頭喪氣。

依照往例，那些不願意惹麻煩的議員把央人抄來的議題放在桌上，一個個像懶蟲般地把毫無創意的話唸一遍。例如騎車戴不戴安全帽啦，女老師穿不穿迷你裙啦，餐廳唱不唱歌啦……之類的無謂的話，並伺機向省府的人說客套話。末了，議席上站一個黃臉的婆子起來，大家叫著：「哇！青番婆發言了！哇！她要說話了。」黃臉的婆子是反對派的中堅，她是個不打折扣的民選議員，人們選她是因爲她從不因循苟且，她無以回報人民，必須多提問題。這女人脾氣不好，時常叫嚷，同情省政的人都罵她青番婆。她一站起來，大家便感到氣氛不對勁，她把茶杯端起來，喝了一口，忽然指著財政單位，大聲地說起那個糊塗的官吏，亂做預算，冗員不裁，濫用民脂民膏，最後竟一起罵了幾個廳長，她說：「你們都是王八蛋，現在的四百萬農民，有五分之四都是窮戶，你們知道嗎？」一個官員要抗辯，那個婆子立即摔了杯子，說：「你也是王八，瞎了眼的王八。」

全場立即大亂。吳向忠大驚失色，一方面惑於那婆子所說的事實，一方面又覺得批評和叫罵是不對的。他本來是面容憂鬱，神情懶散，但忽然竟站起來，用囁嚅的聲音說：「官員是可以罵的嗎？妳怎麼能說別人王八蛋，況且妳怎能說農民有四百萬呢？現在是工業時代，大家出門都是轎車，農民怎會有四百萬呢？」

吳向忠說完，全場的人都大笑不止，因爲吳向忠竟不能明瞭目前的就業人口數目。「喂！吳議員。」那婆子立刻把臉轉來，說：「你是睡覺了嗎？難道你剛才沒聽到官員們自己承認農民四百萬。至於你說官員是不能批評的，你不吃百姓的稻米嗎？你是吃仙丹長大的嗎？」

那婆子說完，全場大動，大家都笑得前仰後合了。

吳向忠感到羞愧萬分，立即離場。

他感到怯弱和無力，便駕車回到家裏，因精神潰散，險些撞上路旁的電線桿。他埋著頭，忿忿地走到室內來，把鞋子一脫，便倒在床上，抽一根菸，雙眼便盯著天花板，那些豪貴的壁飾使他生氣，又看看自己當選時和議員們的合照，唔，自己一逕是那麼萎縮，一點都沒有官樣。因爲躺平了身子，生理的放鬆助長了悔恨的侵襲，他於是又站起來，忽然便舞動拳腳，對牆壁猛擊著。拳頭的疼痛傳到他的腦神經，使他昏眩，竟暴發一種蠻勇，想催毀整個世界。猛然他的眼光看到壁上掛著的一樣東西——拳擊手套，於是他竟有了一種極端的想法。他想到自己在早年廝混時的拳擊術，又想到飛車術，唔，乾脆去大鬧一下吧！不錯，把那種讓自己感到難過的地方打垮吧。反正自己不當議員也就算了，不當議員也是好的呀！於是他到床下去搜東西。

一會兒，有人看到他從家裏跑出來，背了一個大的帆布袋。

議會仍在進行，並因省府不能提出解答，質詢愈發嚴厲。吳向忠又走到會議室門前來，但看到神聖的門檻，又感到怯弱，但他武裝殘餘而尙未崩潰的力量。心想：「去他的，現在的議壇，還有什麼是非呢？」於是他大步地走到裏面去。

會議室裏人心浮動，當他們看到吳向忠背了帆布袋進來，都用奇怪的眼光瞧著他。這時的議會徹底地相互指控起來了。贊成派的人不滿反對派的言詞，竟也敲桌子來打罵，雙方拿著杯子亂擲，吳向忠怒沖沖地走到雙方的中間來，大家因感於他來勢洶猛，驚奇片刻。吳向忠把帆布袋摜倒在桌上，跳著從袋口拿出了兩頂安全帽，又拿一支棍子來，往帽子大力地敲下去，大叫：

「你們是什麼東西呢？這議場是吵架的地方嗎？好！大家都要戴安全帽了，像這樣……」

吳向忠說著，用棍子猛擊安全帽，有幾次失手，擊中了桌面，把桌子擊破了一個缺口，大家都嘩然地震動起來，反對派的人立即站起來要制止。

「他媽的，你們滾開！」吳向忠像喝了酒一樣，他用棍子指著一個反對派的人說：「你們這些胡言的東西。好，你們說農人五分之四是窮戶嗎？又罵人王八蛋。你們心懷不軌。他媽的，省政是可以批評的嗎？你們若有種的話，就上來，我教訓教訓你們！」

他把棍子丟掉，把上衣脫掉，從袋子裏拿出兩付拳擊套，丟一套給反對派的人。把自己武裝好，立即變成拳擊師，他揮拳又叫：

「你們誰敢出來，現在決鬥。快！我左拳讓你們吧！」

反對派的人一看吳向忠體格碩壯，沒有人理他。吳向忠跳到椅上，爆出一連串吼叫。觀眾立即不滿，在裏外喊了：「幹！敗類！敗類！」

吳向忠一聽有人罵他，便追過去。牆內的人便跑到外面去。吳向忠完全瘋了，他先打翻了幾張椅子，又擊碎了一扇窗。

「豬仔！伊是豬仔議員！」觀眾不滿地大叫了起來。

議會在午後停了，吳向忠拖著疲乏的身子，把他的車子駛回了自己的家。他覺得一切都完了，前程已經毀了，他不夠格當議員了，一切都完了！他打開車門，垂頭喪氣地走下車。但忽然幾輛車停了，幾個人凶猛地衝到他的前頭來。吳向忠一嚇，以爲是搶徒。但那些人包圍了他，並把錄音器拿到他的嘴邊來，說：

「太精彩了！太精彩了！吳先生，你能談談今天的感想嗎？呀呀！你是否有改革議壇的高見呢？」他目瞪口呆，一會兒，他曉得了，那些是新聞記者。

第二天清晨，吳向忠醒來，照例把報紙打開。忽然他眼睛一亮，那上頭赫然刊出了一篇他戴拳套的大相片，附一個標題，叫：「革新的一擊！」那報紙上詳細地記載他的事件。竟有人稱他是「亂世的黃鐘」，還把他自己也忘記的身世詳細地記述一遍。有個代表省府的發言人撰文來稱贊他的智勇，許多的人都來訪問他。吳向忠興奮得全身都發抖了，他大笑起來，說：「哈哈哈，我成功了！我成功了！」現在的吳向忠已成了省府的好友了，佔議會大多數的守舊派都親近了他，據說有人要推舉他當議長了。

但是，在那次的報紙上也登出了一般人的叫罵聲。由於「豬仔」的名詞簡明恰切，大家便乾脆不呼他的名字，而以豬仔議員來稱他了。

這便是豬仔議員的由來。

③

許君說完，那個豬仔議員已走進陳列館了。我們的前頭，有位禿頭的議員正和每個人握手，他曲躬著身子，每走一步，便嘿嘿地做出笑聲，像在嗅著什麼東西的動物。許君指著那個議員：

「那位仁兄叫政治狗，你想知道什麼叫政治狗嗎？」

一九七八、十二月京鎮

吳泉是京鎮的話梅角色，大家都喜歡開他玩笑。他生得矮小，有一張小人物的臉，五官揑在一起，走路踮腳尖，他的標記是鼻頭有個痣。雖然這樣，他可不是那種畏葸的角色。你可以街頭巷尾去打聽，他的絕活可多，他有一個好身段的老婆，和他生了五個子女，如膠似漆，若有人開玩笑地說：「唔，老吳，你今天沒精打采，昨晚一定從妻子的肚皮上滾下來吧！」他便怒不可遏，說：「伊娘咧！才不呢！我和你打賭，二個鐘頭都還臉不紅，氣不喘。」他愛誇口說自己那方面的本領，但人總有他的自我的宿命感，談到自己對人生的看法，他嘿嘿地乾笑，露個忸怩的態度，說：「我是一條蟲。」

但不管他在別人或自己的眼中如何，有一件事可以客觀來評量他，吳泉是京鎮的木材商兼販厝的大股東。

這人貧賤出身，父親是京鎮附近農鄉的耕農。吳泉少時便流蕩到京鎮，剛開始做木工，又兼油漆工，後又學裝潢，他工作認眞，雖個子小體力有限，但他賣命地幹活，竟然變成商家，在各地購木材。現在流行興造販厝，他也瘋進去了，這要歸功於他那雙細小而淸醒的眼睛和善於計算的手，若你今兒個正想著一塊三夾板，明兒走在路上，吳泉便叫住了你。他是一只鬼，能洞穿你的需要和你的想法。他在生意上永不失敗，沒有人能由他的手中拿去一塊錢。大家說：「幹伊老爸，這人是錢鼠來出世。」

但吳泉有一個敵人，那是京鎭的鎭公所秘書，丁銀。

丁銀長得胖高，四十多歲的肚子要凸出來了，這人的臉色紅潤、圓大，梳著油頭，穿西裝，是京鎭的商家出身。這人徹底是政治家、外交家，兼商人。早年他從神學院畢業，立即變成京鎭教會的牧師，而後廣結上層，即刻參加選戰變成現任鄉長的秘書，他也有一家木材廠，又包辦營造業。他在京城是不倒翁，躍動份子，又是有錢的人。這人永不孤立，他愛在酒宴大聲說話，和中下層的人混雜在一塊，遇到上層的人，比如政治家、宗教家、文化家，他便堅守是上帝的選民的立場，把臉擺正，叫他們「弟兄」。這人使京鎭的許多人都不得不與他交易，但吳泉使他擔憂，因為吳泉和中下層的人打成一片，和他打對臺。

在一九七八年，十一月，丁銀差一點吃過一次虧：

這是長期城市的風潮衝擊到京鎭的奇怪的現象。自一九七二年以來，由於執政者有意地加速了加工業的成長，人口大量擁向城市，造成了都市人口的過度膨脹，國民住宅不敷應用之餘，許多的人開始投資於房屋的興建和買賣，他們鼓勵中上層的有錢人投資購買，在各種販厝上給加上「羅馬大廈」「翡翠宮」「黃金城」……的美名，以之來吸引一般客戶，並在報紙和電視上大加宣傳。他們耍噱頭，優待方法層出不窮，甚至引用了歐美的新式設計圖。由於競爭厲害，後來購買房屋的風氣立即湧到了屬於農縣的京鎮來，吳泉和丁銀兩個人立即包辦了這鎮裏的房屋買賣。吳泉和一些人組織了「富貴企業」的小公司。丁銀則經手接辦縣城的「聯盟」投資公司的事務。吳泉蓋了傳統風味濃厚的販厝，並命名為「富貴萬年城」。丁銀叫自己的販厝為「倫敦大城」。然而，京鎮的人喜愛吳泉的傳統建築，對丁銀的新式建築表示冷淡。消息傳到丁銀的耳中，他感到緊張。

十一月初，丁銀的敗勢明顯，「聯盟」的股東簡直吃不下飯了，於是十五日召開了第一次的會議，股東們拚命抽菸，臉都要給燻黃了。於是一個經理站起來，說：

「他媽的，我們完了。究竟我們敗在那裏呢?究竟我們那裏不對勁呢?」

「這個嘛!」設計人員說：「失敗的原因多呢!比如我們的名字不好，伊娘，什麼倫敦不倫敦，京鎮的人懂個鬼；其次是使用迴旋梯，樑柱太少，房子太空曠，外觀時髦。京鎮是為子孫和家人買的，他們住不慣這種房子!」

「呀！呀！呀！那怎麼辦？」經理的手指在桌上跳動起來，險些把杯子給打翻，說：「賣不出去就慘了，更重要的是聯盟丟面子。」

他們諮談著，莫衷一是。「慢著！」忽然一個人站起來，他說：「我們會失敗的原因，固然如設計的先生所說的，但最大的原因是有了富貴萬年城與我們做競爭。據我瞭解，富貴企業是京鎮的小財主組成的，資本不太大。那幾個人我約略認識。」

大家回過頭去看，原來是丁銀。經理立即叫起來說：「丁銀，你說得對。好！你是本地人，知道得清楚，如果你提出辦法，我們便照著做。」

「用錢把富貴萬年城全買下！」丁銀說。

「呀！」大家一聽，都愣住了。

「有問題！」股東馬上站起來，說：「我擔心對方索價太貴，恐怕沒法子得手。」

「我去試試！」丁銀梟桀地笑起來，說：「嘿嘿！各位弟兄不用心煩，我願意試試！嘿嘿！」

於是股東會議立即議決如何去購買富貴萬年城的方法，重任落在丁銀的身上。

丁銀立即武裝起自己，在十六日早晨，吃過了早餐，偕同京鎮合作金庫分部的主任走到大街，他打算逐次地說服那些小財主，特別是吳泉，若答應了，其他的小股東就好辦事。他們神色詭譎，但自信滿滿，路上的人都與這兩個傢伙打招呼，不知道的人都豎起大姆指，說：「這兩人精神眞健旺。」但知道的人都說：「這兩人又要去幹壞事了。」

一會兒，他們閃過了幾條馬路，來到鎮郊的一幢工廠來，木材橫直堆積，上面寫著：「泉源木材工廠」。唔，這便是吳泉的產業。他努力不懈，工廠都是經過他實際奮鬥得來的。一大早，他便起床了，像一條蟲一樣，把自己縮在夾克裏，他指揮著拖車，把大木板拖到踞木廠去。丁銀一看到那些木材，便喃喃地說：

「他媽的，用不到幾年，我便不是他的對手了。」

這兩人嘿嘿笑著，迎著吳泉而來。吳泉正指東劃西，一看到兩人，吃一驚，但他用細小清醒的眼睛來瞧這二人，用生意人的笑，說：

「哈哈，兩位大駕光臨，請坐！」

五分鐘後，他們坐在工廠的會客室。

「呀！吳泉，你近來鴻圖大展了，愈來愈發財了。」丁銀裝個欽佩的眼神說。

「那裏，那裏，你說木材廠嗎？」吳泉在桌上拿菸說：「抽菸吧！抽菸。唉呀，其實都是小產業，像剛出生的小蟲。」

「不只是木材廠。」丁銀蹺起二郎腿，抽著菸，說：「房子也一樣。你的富貴萬年城眞是佳評如潮。」

吳泉一聽房子的事，臉色緊張一下，但他馬上恢復和平的臉色說：

「哦，其實你們倫什麼的大城也不錯。怎麼？你爲房子的事來的嗎？」

「就是！」丁銀一瞧被對方猜中，便說：「我買你那一股怎樣？你的股份賣給我。」

「呀！你要買我的股份！」吳泉語氣吃驚，但鎮定自若地說：「不要開玩笑，是眞的嗎？」

於是這兩人一來一往，本來丁銀用高於房價二〇%來購買，後又說三〇%。但吳泉可不是阿斗，他是要顧及將來富貴公司的前途的，他早就對丁銀懷戒心，曉得他詭詐。但他也爲利益所誘，所以一面抵抗他，一面覺得可惜。終於他還是決定保持原則，說：

「不行。我是大股，不能壞了先例。我的朋友要見怪。」

丁銀的幫手，合作金庫的主任一聽，生氣地說：

「傻瓜。你眞不知足。這麼好的條件你都不答應？」

「不答應。」吳泉說：「如果答應你們，才是傻瓜。」

於是丁銀覺得沒希望，便走了。

丁銀慌亂起來了，哇！他媽的，吳泉眞是會計算嘛。這京鎭彷彿他是常勝的。「一定要打敗他！一定要打敗他！」他在心中呼號著。

隨後丁銀又叫了名流，如鎭長、靑商會主席、鎭代表……等等去說服他。但一點都發生不了功用。吳泉眞像是一顆石頭。是的，鬼來了都改變不了他。

但是一個月後，突然中美斷交的消息來了。

這眞是震動全島的大事件，一下子舉國的人都把神經給綳緊，由於誰也預料不到時局的發展，竟紛紛來猜測可能的動向。上層的人紛然發動「救國、團結」的口號，政府並不斷用電視和廣播來評論這件事，軍警進入緊張狀態，這種風潮使人見不到事實，於今事過境遷，我們可以感到那時的部份宣傳是該訂正，至少是不恰當的。例如一些恐懼份子散播越南淪亡的論調，並暗示將會走越南的舊轍，竟而有些人擅自發表告同胞書，例如「××血書」又是「××宣言」，這誇大的宣傳，強化了上層份子的逃亡意識，卻帶給小民的極大恐懼。流言襲擊到京鎭，像無端地聽到一記爆炸聲。

流言首先進入了京鎭高階層份子的腦袋裏。你瞧，那些頭髮抹油的份子坐立不安了。唔，鎭長首先取消了鎭公所職員的酒會，校長要求學生愛國捐獻，農會的職員忘了吐檳榔，銀行的會計把錢算錯了……。完全都是笑話。特別是我們的丁銀，你道是他老兄現在如何了，他跑到教會現任牧師的家去了，和京鎮的所有名人一起去打聽消息。緊急會談在十六日的晚上開鑼。

客運公司的董事長用著痺顫的手指東劃西，說：

「我去他媽的，卡特，我去他媽的，卡特，這人吃花生不吐殼的。他是一個販子，我揍伊！」

郵政局長扶了鼻樑的眼鏡，把袖子捲高，大罵：

「美國不是朋友，唔，出賣了我們。啊，完了！我們被出賣了！」

他們把現任教會的牧師的家弄得大亂。他們徵詢牧師，這牧師也慌得忘了上帝姓什麼，說：

「幹！管他什麼，能溜就溜。」

大家相互問答。最後有人說：

「我們請上任的牧師，這一任的秘書丁銀發表一些意見。」

於是許多人都轉過頭來。

「我嘛……我嘛……」丁銀愈想愈怕，他踱起步，說：「我恐怕也不知道，但我想我走不了的，產業都在這裏呀！」

「哇!丁銀也不懂，那完了!」大家說。

「但是我不相信這麼嚴重的!」丁銀閃動梟桀的眼光，說:「我不相信的……」會議無疾而終。丁銀在晚上又跑回家。他因身心衝突，差點癱瘓，他躺在沙發上胡思亂想，先想到「聯盟」企業，又想到木材廠，而後想到要買吳泉的股份的事。最後不禁渾身發抖，渾身發抖給他絕望，但絕望給他困獸的勇氣，這種勇氣使他整個兒的思緒靈活起來。

「對!」他喃喃自語起來說:「不幹嘛就算了，賭嘛就大一點。」

這傢伙忽然一躍，竟然又朝外面去了。他找到了老朋友民衆服務站長的家去了。

陽光在十七日照遍了冬日的京鎮。

這天，吳泉在家歇息。他先把工廠的產業算了一遍，又估計富貴萬年城可以賺多少錢。但他頭腦裏好像被放進什麼東西似的，一會兒他想起了昨晚的電視，又想起在街上聽到許多激動的話。吳泉對政治全然不懂，當時他罵一句:「幹!如喪考妣!」但現在他的腦裏怎麼都揮不去那影像。怪事，他把算盤再擺正，又算起來，把那些聽聞給忘掉，但這時門口匆匆跑進兩個人，吳泉以爲強盜，抬頭，才看見是丁銀和民衆服務站長。

「呀!你們來了，哈，坐坐。」吳泉趕快笑臉相迎。

「打擾你啦!瞧你一天到晚都算產業，辛苦啊，辛苦啊。」丁銀閃動梟桀的眼神說。

「是呀！你們有什麼事嗎？我看你八成又是爲買富貴萬年城的事來的。」吳泉張開細瞇但清醒的眼光對著他們。

「不是，不是！」丁銀做一個放鬆的笑，說：「不爲那事，而是打聽想不想去國外！」

「國外？」吳泉一聽吃一驚，不解其意，說：「什麼國外？去國外幹嘛！」

「呀！你簡直是傻瓜。你不知道中美斷交了。很多人都想走了，都預備要捲舖蓋了。」丁銀小聲地說：「昨天你看到電視了嗎？那就是不好的預兆。這裏住不下了呀！」

「眞的？」吳泉被弄糊塗了。

「你問問站長？」丁銀說。

「眞的嗎？」吳泉不相信地說：「這裏住不下嗎？」

「當然眞的！」站長把嘴湊到他耳邊說：「要先準備走路呀！否則來不及了！」

「對！」丁銀說：「我也想走，但慢一點。你若也想走，應及早準備。今兒我不和你談富貴萬年城的事，而是你的整個兒產業，若你想賣給我，我願意全買下！」

「呀！眞的。」吳泉張開細細的牙齒說：「你們在唬我！」

「我們不會騙你。」站長說：「你不懂政治，我們是好心來告訴你。」

二個傢伙一說完，一看初步計劃完成，不等吳泉再問什麼，便走了。

吳泉摸著頭，想起問題了。他不能明白，但他心裏焦急。他不能打算盤了，心裏說：

「呀！我可不會上當，這樣就想唬我。」

一會兒，他走到街路來散步，和大夥兒打招呼。他看到的每人都不笑了，面色慘然。奇怪！他把手放在口袋，踮著腳尖走起來。但不能自如。他是不懂政治的，但如果像站長說得一樣，這裏住不下，那就糟了！

二十日，風潮愈大。那是因爲中美兩方的不穩定的說詞所引起的，城市裏的交通要地都貼了海報，人民的風言風語無孔不入。京鎮的人心惶惑起來。

這天，吳泉從工廠回到家裏，忽然他的小孩背著書包回來，他的手裏拿一張紙，要吳泉在上面簽名。吳泉一看，是「××血書」。

「哇！他媽的，你這張紙那裏來的？」吳泉大聲問小孩。

「學校發的，老師說要家長簽章，表示閱讀，我們還要寫報告！」

吳泉細細看一次。這是一個傢伙寫的一個故事，大意是說越南亡民流浪海上的事，述說吃人肉的悲慘遭遇，他那不常閱讀的神經被那些話震驚了。他不能自主，但還是不信，他又去翻報紙，那報紙的標題令他不安。

「學校的教員有沒有說什麼？」吳泉說。

〈一九七八、十二月京鎮〉

「有！」小孩得意地說：「學校的老師說如果吃人肉他是不吃的！」

「哇！他媽的，嚴重。」吳泉差點昏瞶了。

現在他正視這問題了。那種神秘的、恐懼的感覺困惑住這位知識不高、來自下層的小財主。他不能十分明瞭眞相，但知道危險，這種危險使他動搖。終於他離不開電視和報紙。但那電視和報紙使他愈看愈恐怖，愈看愈覺得危險。他漸漸不能自拔。

卅日以後，輿論不可免地高漲起來。許多持有綠卡的人都先後走了，一切的經濟忽然大變，股票狂跌，交易停頓，東西暴跌，民間開始搶購起黃金。潮流也來到了京鎮了。於是有一家電器行首先拍賣他的東西，但人們沒有興趣，竟少有人買。縣議員藉口要愛國捐獻，把他的房子廉價出售，有些地皮竟然暴跌一倍。

這天，吳泉在他的家裏坐著，忽然便跑來三個人，他們氣急敗壞。那幾個人完全是小民，他們一見吳泉，立即說：

「吳泉，我們木材不買了，退貨，懂嗎？」

「什麼？」吳泉說：「爲什麼呢？」

「他媽的，你難道不知道現在蓋房子有什麼用？」當中一個人說：「將來還不是中共的！」

「慢慢來，退貨也不用那麼快，你們已買下來了，而且我也把木材裁好了，後悔來不及了！」

「我們的訂金不要了！」

那幾人離去了，由於局勢沮喪，當中一個小民一直嘆氣，不到一個小時，嘆了五十幾口氣。

吳泉目瞪口呆地送走那些人，又忽然衝進了幾個人，他們臉都發汗了。

「我們不買富貴萬年城了，現在買不對時候，我們要求退錢。」

他們圍著吳泉又叫又跳。

「慢慢來，我們會處理的，但要開一次股東會議。」吳泉說。

於是富貴萬年城的股東在京鎮的餐廳召開會議了。這是一九七九年一月二日的事情。小財主都來了。這些京鎮附近的有錢人都灰黯著臉了。

「呀！呀！」總籌備的京鎮淡水魚運銷商許坤霖站起來說：「很多客戶中途退出了。你猜他們怎麼說？」

「怎麼說？」

「有人說時機不妙，趕快大吃大喝一頓就去死掉，他們不要房子了！」許坤霖說。

「呔！」飼料經銷商林長久也說：「莫要說一般人的觀點這樣，我幾天以來，就是這樣想。」

他們像鴨子呱呱地大叫。因爲緊張，又叫又跳，差點把餐桌給掀翻了。

「喂，吳泉，你怎麼說，你是最大的股東呀！」有人問。

「我不知道。」吳泉也滿頭大汗，他說：「但我總是吃虧的，我大約完蛋了！」

「與其後完蛋，不如早完蛋。」一個股東竟然說：「我要把我這一股賣掉，誰給我八○%的股錢，我這一股便讓給了他！」

「慢著！」許坤霖一看要內亂，趕快制止，說：「不許讓股。」

「我們要拿回股錢！」又有人喊起來。

「不許胡鬧！」

會議終而沒有結果。吳泉走出來，他第一次感到時局是那樣的危殆，好像產業一下都完了！唔，糟了！糟了！他內心呼號，腳步不穩。

過了二天，報紙的股市異樣地登出了暴跌的情形，黃金價格片刻上漲幾成，由於搶購厲害，當局立即重申禁止黃金買賣的事。但有人卻提出一個觀點，開放觀光，當局暫不敢答應，但卻是必然的措施。吳泉的一些朋友部份都想溜走。

這天，吳泉坐在他的辦公室，他的惶懼無以名狀。他想到應該如一般人一樣，去大吃大喝一頓再完蛋。但他不知道怎麼吃喝，不禁大叫：

「我是一條蟲！我是一條蟲！」

不過惶惑卻叫他的眼睛尖利。呀！可不是，財產是死的，黃金是活的呀！再說也不一定啦！時局也不一定那樣啦！他懷著賭博人常有的奇妙感覺，坐立不安。

一會兒，有兩人又衝進來了。一個是丁銀，一個是站長。吳泉一看這兩個人，大叫「你們又來了！陰魂不散！」

他想到不妙，本能地想逃走，但太慢。

「哈哈！」丁銀做著笑臉說：「吳泉，好哇！好哇！你看起來氣色好極了！」

「不好！」吳泉憂慮當頭，不能鎮定，他說：「我完了！」

「還沒有完蛋。」丁銀說：「讓我來完蛋好了！唔！我們是兄弟，讓我下地獄吧！把產業賣給我。」

「這個，這個……」吳泉想說什麼但說不出來。

「傻瓜。」站長用委婉的語氣說：「全城不想賣產地的只有你一人，現在黃金是寶貴了，想逃走的人，要提早準備呀！」

〈一九七八、十二月京鎮〉

「這個……」吳泉口吃地退到牆壁上，他想抵抗，但卻忍不住地說：「這樣……要我賣所有的產業不可能，但若要先賣一些倒可試試。唔，如果你願意，我先把富貴萬年城的股份賣給你，只要原股八〇%即可。」

「呀！眞的？」丁銀也吃一驚了，他好像賭錢的人，說：「好！」

於是吳泉賣了富貴萬年城，他本來感到後悔，但一拿到錢，買了黃金，心又安了，於是他又邁著腳去找丁銀，第二次賣了所有的木材，第三次把機器賣掉。

一個月後，時局沒變，又一個月後，熱潮冷淡，三個月後，又恢復常態。一切的政治、經濟狀況都復元了，又有人來搶購房地產。丁銀發財了，人們看到丁銀走在街上，張著梟桀的眼光，偶爾大喊：

「他媽的！我竟然成功了！我竟然成功了！」

吳泉呢？我們的吳泉破產了。他靜靜地守在家裏。有一天，家人聽見他喊：「我是一條蟲！我是一條蟲！」終於在廳堂大哭不止。家人過去看他，他兩眼空茫，哭泣而竟沒有眼淚，但眼眶都是血！

一九七八、十二月礫鎮

這是偶然聽來的一則笑話：

一九七八年，年底，全國舉行中央級的民意代表增額選舉，由於美麗島經過了二十幾年政治和經濟的變遷，特別是教育，改變了一般人的知識水平，新一代的子弟成長了，他們挾著滿腔的理想，想改變現實狀況，老邁的民意代表顯然已經不合時局的需要。因此當這批青年份子以中產階級的立場提出革新的口號，全國立即大動。但當局則認爲增額選舉不過是湊足代表的席次，那些資深的、歷經三十年仍未改選的代表還佔絕大多數，縱使讓這新生的一代全數當選，也改不了現況。因此當局用著放心的態度，任由他們放手去做。當局提出公平的原則，甚至評議以往選戰的壞風氣，不過黨爲了不過份丟面子，也在每個選區推舉聲望高的人員，和黨外的批評者做一種旗鼓相當的對抗。中產階級的人樹起了旗幟了，大張討伐數十年的政治積弊，保守的候選人便落伍了，呈現敗勢，尤其是一些農工的縣市，人們都張開他們的眼睛了，他們盤算要把選票投給自己的代言人。

這股風潮傳到海濱縣城的礫鎮來了，立即發生大的迴響。

礫鎮是農縣的中心之一，歷年，這個鎮即是選舉的爭奪之地。這裏的人口衆多，爲各地人士的聚合之地。在早年，它曾爲本鎮的地方勢力所把持，但於今，那些門閥已經沒落了，中產者興起。青年商會在這裏立即有了一定的影響力，他們是街路面的商人，生產事業的中堅，高等的知識階級，和服公職的人員。

縣城裏的沈文毅和陳順亮來到礫鎮了。這兩人是立法委員的競選者，沈文毅是大學碩士，青商會人士，執政黨員，四十歲。陳順亮是地方才俊，四十二歲，青年黨員。礫鎮立即分成兩派。

由於沈文毅是青商會員，他立即召集了這個中產者的組織。計劃被擬定了，指令被宣達了，礫鎮的這些有力者立刻成爲沈文毅的競選委員，他們在各個家庭，或自己的工廠員工中，散播有利於沈文毅的言論，並把這個人視爲自己的代言人。但時間拖長，競選的局面慢慢地演變，驟然地到了十二月，戰局發生了激變，由於沈文毅的保守和他的上流階級的意識，中下層的廣大群衆對他沒有了興趣。在各地，他的競選政見沒人聽得懂，甚至他在政見中宣達政府的命令，以爲自己是官員，全然把民意代表的任務和職責給弄混了。於是青年黨的陳順亮乘機攻擊，他呼出了為農友和小民謀利的口號，大肆來評斷不公的施政，他的口號立刻震響在整個縣內。

於是沈文毅的部份人員相繼反叛了！

私辦政見會在各地開鑼，十二月一日，沈文毅召開了一次浩大的政見發表總籌備會，地點在縣城的臺灣大飯店，他的競選委員一起聚過來。許多的車子，包括流線型的轎車、金龜車和各種貨車在下午六點鐘前都停在飯店的門前。穿著西裝的上流打扮的人都走進了飯店。

準七點，縣城的街道霓虹轉動，展開了一個嬈媚的、熱鬧的天地。

飯店的三層樓的角落，豪貴的酒席開動了。沈文毅坐在一張酒桌上。幾張桌子排開來，他的身邊坐著財務總管林三坤，縣城人，青商會員，合作金庫主任。宣傳總企劃蕭康，礫鎮人，碾米工廠老闆，躍動份子。這兩個是他的左右手，地方名人兼小丑，特別是那蕭康，面色紅潤，五短身材，眼睛閃著梟桀的光芒。呵呵笑的這些競選委員大吃大談起來。沈文毅面色焦慮，但他端著笑容來敬酒。

「我要敬各位一杯啦！」沈文毅站起來把酒端高，說：「今天的籌備會是頂重要的一碼事，非要縝密不可。我的競選是絕對有把握的，最起碼也和那陳順亮旗鼓相當。不過最近我發現一件不好的事，便是下層的人對我們太冷淡了，你看怎麼辦？」

沈文毅說完，不安地搓著手，好像丟了一千萬元似的。這當兒，那些競選委員都沉默了。呀！他媽的，沈文毅還不是阿斗嘛！他竟也看到這件事實。

「我以爲啊，」忽然座上站起一個穿西裝的人來，他是縣城電力公司的主任，他說：「我們得趕快印漂亮的傳單，在年末印月曆，一家送一份，也許能討好很多人。」

「不好！」教育局的課長也站起來，說：「應該加強拜訪各界的名流。」

他們謅談起來，莫衷一是。

但宣傳總企劃的蕭康默默盯著沈文毅。

「唔！我想蕭康兄一定有意見。」沈文毅露著屈躬的態度說。

「我嗎？」蕭康站起來，閃著不定的眼神，他忽然好像很自棄地說：「你們說那麼多話沒用啦。現在最重要的是改變政見，模仿陳順亮，(1)批評政界；(2)歌頌下層，這樣就有救了！」

沈文毅一聽要批評政界，大吃一驚，他說：

「那怎麼行，他媽的，像陳順亮嗎？唔，那是造反啦！」

「那你輸定了。」蕭康叫起來說：「你既然輸了，我不想幹你的宣傳企劃！」

大家一聽，心底不安，便有一個委員站起來，說：

「喂，蕭康，不要那樣說吧，你想反叛嗎？」

「呀！他媽的！」蕭康一聽，生氣了，他大怒，站起來說：「反叛就反叛，有什麼了不起。老實說，我早就有那種打算了，推舉失敗的人競選，倒不如我自己出馬競選。」

宴會席立即喧騰，大家不想要蕭康走，但有人忍不住說：

「你走就走，稀罕什麼？」

「呀！你們逼我走嗎？好，沈文毅，你讓我走嗎？你說，只要你說一句，我就走！」

沈文毅想拉他，但蕭康已走出去了。真的忿怒地走出去。

蕭康立即搭著車子，回到礫鎮，在他的家宅跳了下來。他走到了院子，看看那裏的堆積的米糧，又走到震耳欲聾的米廠來，員工都向他打招呼，但蕭康心裏忿怒，不理他們。唔，他算是傻瓜啦，早就不應幫那個笨蛋競選了，你瞧，那笨拙的言詞，自視爲上層人物的阿斗，爲什麼與他攜手合作，嗯，若不是因爲他是黨的代表，有官方的關係，他才不想幫！現在退出來了，固然太慢，但也是智舉。但他一想沒側身在選戰裏，又覺得不安。

這個蕭康，實在是礫鎮的阿貓阿狗，他是躍動份子，愛插手湊熱鬧。此刻他頓時感到空虛了，他大聲地呼呼叫了幾聲，便奔到室內去，家人以爲他得了什麼病。

忽然，鈴響起來了，蕭康就跳起來，接了電話。蕭康一聽，是一個不熟悉的聲音，但語詞懇切，說：

「呀！呀！你是蕭康君嗎？」

「不錯！」蕭大吼，以為是沈文毅那班人。

「蕭康兄，我是陳順亮總部的人。」

「你是……」蕭君一聽是陳順亮那幫人，心頭狂跳，想放下聽筒，但來不及。

「若蕭先生不介意，我們可以和你談談嗎？」那邊的人說。

「你說！唔，到底是什麼事？」蕭康以為那些人不懷好意，強做鎮定，甚至乾笑兩聲。

「你不是退出了沈文毅的競選事了嗎？」那邊的人說。

「呀！他媽的，你怎會曉得！」

「我們什麼都知道。隨時有人提供情報啦。」那裏的人說。

「是呀！」蕭康嘿嘿笑幾聲，說：「有什麼指教，這下你少了敵人了！」

「不要這樣說。」對方的人語詞懇切，說：「如果蕭先生有空，陳順亮想和你談談。你願意來一趟嗎？」

「去找陳順亮嗎？唔，他媽的，陳順亮來找我還差不多！」蕭康大怒，把聽筒擲下去。

他把身體平放在沙發上了，把腳抬到椅子上，望著琳瑯的客廳窮發呆。因為怒氣當頭，又想到沈文毅和陳順亮，不禁渾身發抖。他又坐起來，在庭院踱步，不禁大喊：

「我蕭某啊，我蕭某啊。」

半點鐘過了，他停下腳步，在庭院的一包米袋坐下來，掏出菸，正想點火。忽然一輛車在院子裏繞了一圈，便停下。蕭康以爲是生意來了，把臉偏到一邊，但那門一開，跳出幾個人。一個穿夾克、平底鞋的人走在前頭，他的身子有些佝僂，但臉面寬闊而開朗，那人用明亮的聲音說：

「久違啦，蕭君。」

蕭康把臉轉過來，吃驚地張開細細的眼，說：

「原來是陳順亮，唔，你們是幹什麼的？你們想怎麼樣？」

陳順亮一個箭步，拉起他的手，一直搖個不停。五分鐘後，他們坐在客廳裏。陳順亮竟然邀他做競選總顧問，蕭康要推辭，陳順亮的人馬上說：

「呀！傻瓜，這次沈文毅必敗啊。如果陳順亮勝了，絕不會給你吃虧，再說你難道願意幫那個笨傢伙做失敗的競選嗎？」

蕭康一想，不能決定，但他說：

「呀！呀！這事兒我現在做不了決定。但我不能替你樹什麼功績。唔，明天我才接受。

我這人就是這樣，我是夠意思的人。」

於是陳順亮回去了。

蕭康梟桀的眼轉動了，唔，他媽的，要幹就幹到底，既然殺豬了，爲什麼不賣豬肉。他興奮了一陣子，轉身跳到礦米廠來，對著裏面的員工大喊：

「喂，今天停工了，大家不要幹了。」

員工感到奇怪，但不肯把工作歇了，用著狐疑的眼光看著他。一個叫萬發的工人對他說：「喂，蕭康，停工了是不是扣我們的工資？」

「不會！」蕭康用一個賊笑，說：「停工幹其他的工作。現在你們到木材行去購買美耐板。你，萬發，去請國中美術的教員來。大家合力來鋸木板，三公尺長，二公尺寬，懂嗎？要三十塊！」

大家聽了，愣住，但一會兒，那些工人劈啪地跑出去。到了夜晚，一切準備妥當，蕭康在庭院點了通明的燈火，他親臨督導，指著許教員說：

「畫呀！寫呀！」

十二月二日，早晨，陽光像一把金劍，刷地劃破了黑暗的大地，一大早，蕭康就召集好了員工，他指著畫好的牌子，說：

「搬上車去，大家一齊坐上去！」

於是蕭康駕了車，和十幾個人搬了美耐板子跑到市場邊來。市場的人漸漸多起來，當他們看見這幫奇怪的人來臨，都露出詫異的眼光。蕭康一跳，便站在市場的十字路，大喊說：「王駝，你負責我左手邊的道路，李窟，你右邊，老馬你前面，丁醉，你後面，把那些美耐板的牌子釘起來，愈快愈好。」

那幾個人遲疑一下，王駝縮著脖子說：

「會遭到警察取締的，我不敢！」

「他媽的！」蕭康罵他，說：「你膽子像老鼠，警察來了我負責，釘好了我請一頓飯吃。」

大家一聽請客，便抱起美耐板，在市場的周圍劈哩啪啦地釘起來，一會兒，那牌子一塊塊樹立路邊了，寫著：「支持陳順亮，眞正的小民心聲！眞正的爲民喉舌！」那板子上頭，畫一幅巨大的陳順亮的人像。

蕭康跳到人潮洶湧的市場裏去，站在魚販的攤子上，大叫：

「支持陳順亮，支持一位偉大的立法委員！」

市場的人一看，都驚呆了。蕭康變成英雄。

〈一九七八、十二月礫鎮〉

這天晚上，蕭康立即成為陳順亮的上賓，正式成為他們的幕僚，大家都欽佩這人確有兩把刷子。蕭康放了膽了，藉著陳順亮得到下層人物的擁護口號，他大喊：

「打倒沈文毅！打倒舊勢力！洗刷壞風氣！」

有時他也喊：

「全面改選立法委員！」

有一次竟然豁出去喊：

「修改憲法！伊娘！修改憲法！」

他甚至在一般的百姓的面前流淚，許多的下層的人竟以為蕭康是一級貧戶出身，他竟被視為動搖國本的份子。

十六日這天到了，忽然電視報導，中美斷交！

全國又喧騰起來了。

這是一個重大的消息，足夠讓經濟和政治發生大的波動。全國的軍警立即進入戒備狀態，由於尚未能估計美國的動向，當局必先穩定全國的人心，宛若一艘船面臨一道不可知的伏流，只感到可怕，卻不能預料後果。好了！當局立即宣佈中止最易引發波動的選舉。消息以異常複雜的傳播管道到達不同的人的耳朶，這些人又各憑己見，到處造謠，後來竟風聞當局要取締那些選戰時散播動搖國本言論的人。

這天，蕭康正在礫鎮旁邊的一個鄉村做助選。陳順亮的政見臺被搭起來了，許多鄰近的村莊都來聆聽，蕭某重施故計，大大地來抨擊當局，衆人不停拍手，正當他氣勢如虹的時候，一個助選員匆匆從臺下跑上來，對蕭康說：

「他媽的，蕭康你還在瞎扯什麼，快！不要說了。」

蕭康一看那個人，以爲是對方的奸細，大聲怒斥著：

「你想鬧事嗎？你是沈文毅派來臥底的嗎？」

「不是呀！陳順亮告訴我，現在你不要再發表政見了。當局宣佈中美斷交了呀！」

「什麼？什麼斷交？斷交幹什麼？」蕭康一時間愣住了。

「中美斷交。美國不與我們來往了。選舉取消。陳順亮要你快回總部。」

「呀！他媽的！」蕭康這回聽清楚了，他吃一驚，險些癱瘓，但他勉強自己再叫幾句，最後，收拾好東西，一刻也不誤地逕奔陳順亮總部。

十分鐘後，他到達陳順亮總部，呀！怎麼不一樣了？許多標語都拆掉了。這下可不得了，陳順亮的競選廳堂人潮雖多，但每人都鬧著。有人看到蕭康便喊：

「你這人怎麼啦？現在才趕到。大事臨頭了，你一點也不緊張！」

「唔，天塌了嗎？」蕭康額頭流汗，說：「唉！抱歉，抱歉。」

「我們的情況不妙了！快！陳順亮要召開會議了。」

「那麼緊張嗎？」蕭康說。

「呀！呀！呀！你不曉得，聽說當局要採取手段了，我們危險了。」

「眞的？」蕭康吃一驚，心頭一震，說：「他媽的，完了！」

於是陳順亮的會議立刻召開，蕭康坐在上賓的位置。他們決心要用車子繞行鄉縣一周，宣傳團結、救國的口號，以求自保。但蕭康遲疑了，他的腳有些酸軟。車要出發了，陳順亮的人員說：「坐上去！蕭康！快！去呀！」

「慢著。唔，慢慢來！」蕭康張開他的細眼，閃一陣梟桀不定的眼神，說：「如果你們不會責怪的話，我想暫時不參加這次宣傳。我想，我想……」

「你不去就算了！」陳順亮的人員說：「現在陳順亮的安危比較重要，你好好照顧自己才對！」

這批人立即坐了宣傳車，上頭樹一塊布，寫著：「團結！自救！」迎風招搖。

蕭康立即奔出了陳順亮的總部，飛奔回家了。他跳下車，渾身發抖，低著頭走過碾米廠。他的工人一見他的神色有異，說：

「蕭康，今天順利嗎？又拉了多少選票！」

蕭康沒答話，邁到客廳，但坐立不安。他一想大禍或許就要來了！呀！眞悔恨說了那麼多煽誘的話。他又想到歷年來的黨禍，於是把他的頭扭住，好像恨不得打自己一巴掌，唔，一定要來洗刷自己！一定要澄清自己，他不能停了，趕快飛奔到寢室，打了電話給沈文毅說：

「我立刻去找你！我立刻去找你！」

他不等對方回答，立刻駕了車，用倍於平常的速度，飛馳到縣城來了。

沈文毅的總部此刻人群亂竄，這下子這批人得意了，他們本來是註定必敗的，但這次竟意外地終止選戰，情況對他顯然是有益的，沈文毅正站到街頭來，把一面國旗豎起來了，並升一張海報上去，表白自己忠黨愛國，並號召全縣城的人安定、團結，宛若他變成了政府的代言人了。正當這些人用擴音器大嚷的時候，卻瞧見蕭康來了，有人立刻大叫：

「喂，叛徒回來了！」

大家立刻把臉望過來，盯著這位前任宣傳總企劃，好像看見一隻偷鷄的鼠狼一樣，想立刻打死他。

「你怎麼又來了呢？你怎麼又來了呢？」沈文毅用奇怪的眼神瞧著他。

「呀！呀！呀！沈文毅，我現在回來了。」蕭康端著笑容，哈著腰，說：「我說要來見你的嘛！」

「你這人到底是吃了什麼藥？你不是幫陳順亮嗎？怎麼？現在不幫了？」當中的委員說。

「呀！那不過是洩憤時的一種行爲吧。你們想，若不是你們激我走，我會走嗎？雖然我的確在洩憤，但我的心還向著沈文毅的呀！」蕭康大聲地說。

「眞的嗎？」沈文毅說。

「當然眞的？」蕭康用梟桀的聲音喊著：「他媽的，當然眞的，難道你們非要我把心掏出來嗎？」

於是蕭康和沈文毅又握手了。

這天黃昏。沈文毅的宣傳車出發了，在八點鐘，車子行到礫鎭的市場來。宵夜的攤子擺出來了，大家正在交易，忽然宣傳車停了。大家看到一個人由車子跳出來，他在那裏拿著麥克風，大大吼叫，他說：

「打倒那些站在小民立場的煽動者！現在是團結的時候！不要分裂！伊娘！不要分裂！」

大夥一看，是蕭康，他叫一陣，便跳到每一張他所樹立的美耐板招牌邊，伸手指著它說：

「這些都是胡言亂語！妖魔邪道，我揍伊！我揍伊！」

他伸開腳來，劈哩啪啦地把那些牌子全部踢倒了！

「幹伊娘！我們要維持現狀，我們要維持現狀！」

蕭康大大地喊開了！

〈一九七八、十二月碟鎮〉

回來

1

志樂村是位於寂靜的南島的一條山路邊，大約有三百戶的人家，是山地人和平地人交易的集散地。因此若說她是個小鎮也許更要恰切些吧。她有幾條古樸的街道和幾幢日本仿歐洲堡壘形的房舍。村的四周，沿著公路和山園，種滿香蕉和桐樹，在所有植物的繁花抽枝的時候，小村鎮便籠罩在一片巨大闊葉的蔭影下。

然則，在這樣寧靜的天地裏，人口卻日益地減少了，許多人都離開了這一度生養過他們的搖籃地，而轉向異象的陌生的新生活的世界去了。

也因此，當這個小村鎮出現了穿戴耀眼、流線衣飾的人，他們都要躲在村店的茅簷下，小小的緊閉的窗櫺邊，或者茂密的蕉葉下，嘎嘎地談論著他們的猜測；抑或他們也要模仿著這些異鄉人的高貴的典雅的姿態。

這天，黃昏，所有的炊煙一齊自村鎮的煙囪飄飛而起，淡淡的暮色便停留在村外的山腰上，許多的鴿子便給放出來，寂寂地繞著村廓飛。忽然街路上便來了這樣的二個人，男的已過中年，穿著西裝，有一付潔白而健碩的身軀，女的正當中年，穿著黑綢的修長的旗袍，戴著墨鏡，著了高跟鞋，美麗臉龐下的頸子掛著白色珍珠的項圈。其實，這二人已經不止在這裏徘徊一天了，他們早一兩天就到了，但不曾與村裏的人談過話，他們只在村路上眺望，偶爾在村店的板凳坐坐，除此之外，他們便完全歇在小村鎮唯一榻榻米式的小旅舍了。

志樂村的人都不認識他們，爲此，他們便陷在一片莫名底細的好奇中，這種好奇心反過來鼓動了村人，因之，紛談便四起了，但歸結，他們仍然沒有窺得這二個人一絲一毫的眞相。只有一次，當一個有著一臉痲疹、大著肚子，看起來像無依的乞子的小孩在地上玩耍時，女人曾感喟地說：「唉！可憐的孩子。」而後便塞給他一張一百元的紙幣，村鎮底人自然都嘩噪起來。

而今，黃昏，他們的舉止愈加怪特了，那個高雅的婦人總是躊躇而鎖眉，終而要牽引著男人的手，兩頰滾下了熱淚。

他們整個黃昏中便這樣的站著，直到鴿子全部飛回它們的窩巢，暮色將他們的身影全都隱沒了。

2

唰的，陽光明亮耀眼地照在這通往後山的小衖時，劈哩啪啦的，鞭炮便炸開在一家低矮的房舍前，許多的囍帛都拿出來掛在黑舊的牆垣上。日式的、木造的、熏黑的房屋裏坐著賀喜的朋友。

志樂村的人都曉得，孫青木要娶媳婦了。在這樣一個低矮的貧陋的環境裏，憑著他孤立、單一的男子，而還能在這個耀眼的光榮下替兒子娶妻，實在不是易事，志樂村的人大都很佩服他，更且他的兒子是個受過城裏大學教育的青年。

人們曾傳言，孫青木曾在日據時期受過初農教育，在大戰的末期，他和島上多數的矜矜學子一樣，受了日本皇民化的鼓動，背起了他的行囊，去到海南島，沿著榆林和石碌，修築一條條的鐵道，役人的血淚遍灑在孤苦、奮戰的荒島。而後，他回來，娶妻生子，再接納整個臺島四十年代烽煙後的苦難。

爾時，他的妻子是一個富裕人家而充滿活力的女子，她的慧黠和活躍，逐日使得困苦的他感到焦躁和汗顏，她爲他生下了二男一女，而後在困境中離開了志樂村，據小村鎮的瞭解，他的妻子便死在一個充滿歡鬧的繁華的遙遠的異鄉了。

今日，孫青木第一次笑動他黧黑皺紋的臉，和他同輩而歸屬於舊時代的人都聚在屋子裏，有些是同學，有些是在外認識的朋友。他們盤著腿，聽著懷舊的歌謠，或者敘舊，或者談著婚禮的細節，或者寫著賀婚用的剛健的字。

便在這時，喜氣的門外便走來一個人，他在紙糊的門扇邊窺探著，最後叫起來了：

「青木君，青木君，你看誰來找你了！誰來找你了！」

孫青木抬起他正敬荵的臉，瞧著出現在門扇的人，許久，他忽然也叫起來了：

「呵呵，你是千夫啊！你是千夫！」

「呵呵呵，青木，眞高興，能瞧見你眞高興。」來訪的人很快樂地笑了。

孫青木雀躍起來，他說：「脫下鞋吧。我們要聊天，我們要聊聊這些年，我們在自己的故鄉做了多少的事。」

青木的朋友都抬起頭，他們便瞧見一個頭髮已經斑白，但健朗黑膚色的人。音樂在簫調中帶著一種憂鬱、遙遠、懷想的韻味，使人激越的心變得平靜，終至於善良而舒暢起來。

「他是我朋友，二十年前的。」青木爲他諸多友好介紹著：「他是千夫，楊千夫。」

「哦哦。」

他的朋友都笑著頷首來注視著來訪的人。

「我接到喜帖就決定要來了。」來訪的人說：「我就要看看，我們拚出來的生命，回故鄉的生命，現在是怎樣了，我們的兒子是怎樣了。」

朋友聽了都笑了。

「他是千夫。」青木端坐在茶几邊，仔細地打量著他的朋友：「他是我海南島時的征友，你看他還是很碩壯啊！」

「啊！」千夫搖搖手，他說：「老去了！老去了！二十年不見，青木一定吃了苦頭了。」

「嗯。」青木笑起來了：「但是，現在我的兒子竟要婚娶了。」

「說到結婚，」千夫朗朗地笑著：「我跟我那些到城裏謀生的小孩說，人要奮鬥，結婚也要奮鬥，像我的海南島時期一樣。如若他們找不到對象，不能自己婚嫁，就不要來見我。」

「嗯。」青木點著頭：「我瞭解你的脾氣。」

「我眞的這樣說。」千夫拍著茶几，用著低調的聲音說：「你猜他們怎麼了？每次回來他們都帶著冒充的太太，那個小么竟跑到山地裏去找個美麗的山地女子了。」

聽的人都嘩嘩笑動了。

「我與你不一樣，千夫。」青木溫和而肅穆地說：「我那些小孩要我照顧，本來就該告訴你的，但二十年來，我一直沒有勇氣，說不上口啊！是有關棲霞的事。」

「哦，哦。」千夫思索起來，他忽然說：「對，是嫂子，我嫂子很漂亮啊！二十年前，我們都年輕，她長得活躍、美麗。」

「她出走了。」青木寞然而溫馴地說：「在十五年前。」

「哦，哦。」千夫嚇一跳，竟至於說不上一句話。

「爾時，小村鎮的人紛紛遷往城裏去，我們的耕作始終沒有展望。她始終過著操勞而落寞的日子，我深深的愧歉著她。而後有一天，她竟喝酒了。」

「嗯，嫂子一向很活躍。」千夫點著頭。

「她指著我，說我是一個兇手，謀殺著青春、才情的兇手啊！」

「哦哦。」青木蹙起他的眉頭。

聽的人都把茶停了。

「我便說，要原諒我。要原諒著她這一個只能平靜來求生存的丈夫。」

「嗯。」

「我是確實來告訴她，我要她原諒啊！」青木說：「但是，她說，她要離去，跟著和她母方認識的一個人離去。」

「呵。青木，眞有你的。」千夫怪怨起來：「她的觀念是不確的啊。」

「開始她在都市裏幫人煮飯，每月固定要寄錢回來。」青木說：「兩年後我失去她的消息。」

「你就不會找她嗎？」

「我登報，但沒有用，長遠的一段日子，她的踪跡愈發渺茫，直到現在。」

「呵呵。」千夫爲著友人的不幸而唏噓起來。

「抽菸吧，抽菸吧。」青木把菸盒子打開說：「抽菸吧。」

所有的朋友都點著頭，劃開洋火，點上菸，輕輕的煙圈便在木造熏黑的房間飄揚了。

「聽說她死了。」一個村子裏的友好終於說：「志樂村的人都曉得的。」

「死了？」青木的臉在煙漫中憂愁著：「十五年來，我也一直以爲她死了，然而，她沒死。」

「喔。」大家都驚異起來。

「前不久我終於接到她的信，她已經是一個高尚富商的妻子了。」

3

近午的志樂村，特別是在這樣的每個星期三，山地人和平地的人都要來到古老的街路，這是廟會的時日，他們要交易著貨物。光亮的艷陽晒在綠綠的香蕉樹和桐樹，藉著蔭影，他們囂鬧地擺起許多的攤子。

像這樣的情形下，志樂村的飯館和旅舍應該是熱烈的吧，但事實上不然，他們只是隨聚隨散的一批生意人吧。早晨來的，晚上收攤便走了。生意永遠是即興性的，只有在香蕉季，這裏才眞的繁忙，當整個山園都熟透在一種蕉香裏時，辛勤的人都走出了家，佝著身子，挑著一擔的綠蕉由山上細步地下來，卡車和貨車都停留在市集。

然而，這個廟會還是熱鬧而充滿吆喝的。

衆多的山地人和平地人都逡巡著。

混血的小孩有著漂亮的臉蛋。

在這時，志樂村的人又看到那二位高貴的城裏人走在村路上，他們被廟會的熱烈感動了。高雅的穿黑綢的女人開始有一點點的笑容了，但她哀愁的額臉也突地在緊緊挽著的男子的臂膀中猛地縮緊起來。

今天，容或是她忘了一些顧忌吧，她和那個男士終於走到村店的茅簷來，站在店主的面前，她說：

「廟會了，眞熱鬧。」

在茅簷下的志樂村人都仰高他們的臉，靜息地來聽著高尚女人的這句話。

「哦，妳也知道是廟會啊。」店主呵呵地笑起來了：「你們是外地人？」

「嗯。」女人便點點頭，她穿戴在豐碩身上的衣服黑亮地發著光，志樂村的人都想從她的臉蛋瞧出一點秘密，然則她戴著墨鏡，顏面低垂。

「坐啊，坐啊。」店主殷勤地挪過兩張高腳的竹凳來。

「不用啦。」女人不好意思的說：「我只要請問一個住家呢。」

「誰？」

「一個娶媳婦的孫家吧。」她說著，看看身邊的男人。

「哦，有啊，有啊，他始終便住在村裏。」店主很高興地說：「明日正娶呢，明日正娶。」

4

早晨，山風習習地揚過漫漫的蕉葉，山霧在陽光中慢慢淡去。計程車正要去婚娶，紅褵結滿在車窗，炸開鞭炮後便緩緩地駛出了谷地。

小小低矮的榻榻米建築裏，這刻眞眞正正熱鬧了。客人都聚到內室談論著，屋後，挪出來的院落煮著菜，煙飄進屋裏，帶來一種喜躍而鮮生的味道。

孫青木因著愉快而穿戴起新裁的西裝，他把一枝日據時期在海南島充任機關士的紀念物戴在胸口，套著他昔日結婚的戒指，他要讓一切的追憶和想念於今日變化歡愉的酒和淚，千夫和朋友都圍在他身邊，他們爲著青木的榮耀而把領子和紅襟花弄得筆挺了。

正午時，車的行列緩緩地回到小衖了，炮竹的聲音陡地加大了。

「新娘和新郎來了呀！他們迎娶回來了呀！」外頭的人都叫著。

青木站起他老去而仍梗硬的身子從紙糊的門扇口走下來。次男和么女挽著他，所有朋友在後頭。外面站定披禮服的新人。

「他們漂亮呢，眞眞正正的漂亮呢！」一個隔家的阿婆沙啞地嚷著：「像青木從海外歸來，迎娶棲霞的景象啊。」

青木走著，望著衆人，欣愉的笑。他們都笑著啊。

但便在他走向兒子和新娘的前面去時，他瞧見了旁邊的鵠立的一對中年高貴的夫妻。青木便站定了。所有的人都靜息了，那對中年夫妻便走過來。

「你是青木。」那女人說著，語音顫抖。

「是的。」青木也走過去：「妳是棲霞。」

「我回來了。」她說。

「哦，哦，我找妳找苦了。」青木說：「妳還好嗎？」

「呵，呵。」女人終於止不住哭泣，她說：「青木啊青木。」

「嗯，別哭吧，棲霞，請妳別哭。」青木走上來，摘去她的墨鏡，握著她抖顫的手，說：「我接到妳的信，就知道妳會回來，讓我來看看妳，十五年來繁囂的生活把妳給折磨成怎樣了？」

「青木，青木，我永遠對不起你們父子。」女人拭著淚：「要如何才能減輕我的罪啊。」

「別這樣說。」青木說：「孩子都長大了。」

「我對不起你們啊。」女人又一次地悲慟起來：「實則我離開後便自責著自己，我一直想回到家來，然則，那已然是無可挽回的局勢啊。我一直地打滾，於今，我有了一種自己的天地，然則，我沒有再生育任何的子女啊。」

「棲霞。」青木說：「妳是不得已的。」

女人中年後仍漂亮的臉閃著淚。她說：「你們再如何苛責我、罵我，我都不怪怨啊。」

「嗯，棲霞，妳安心去吧，和妳丈夫去吧，日後，妳若思念妳的子女，可以來過繼，我還有二個漂亮的子女呢！去看看他們吧。」

所有的人都笑著了。

「你是王泰，棲霞的丈夫，我在信中知道你。」青木走過來，他說：「棲霞是個要人照料的女子啊。」

「別這樣說，青木。」中年富裕的男子說：「請別這樣說。」

「我請你喝酒。」

「好。」

「竹葉青。」

「好。」

說著，青木拉著千夫和棲霞的丈夫以及所有的朋友走去了。

婚嫁

1

你到過副熱帶的雨花鎮嗎？它座落在通往大都會的一個峽谷裏，任著青青的山巒和蜿蜒的溪谷包圍著它，以前東方的統治者曾住在這裏，在他們特殊的風化和小鎮的傳習交融下，這裏便留下了衆多的榻榻米小建築、小小的青石路和薄瓦覆蓋的紅磚屋，每當慷慨的陽光照在山脊上，你若站來溪谷邊觀望，風一吹過，漫山的花木都顫動著，古鎮便彷彿是陷在青綠襯紙中的小積木。

這個古鎮是以雕刻著名，昔日曾是家庭飾物和裝潢的名產地，間或在山腰種植著一些蔬菜，當都市缺了應時的菜類時，也正是鎮裏忙碌的時節，因之它就像所有的農鄉一樣，浮沈在農業和工業交雜的大渦流之中。

春雷一響，古鎮便在涓涓的溪流聲裏，恢復它活躍的生命。

便在這天，小雨飄落在漫山的花木上，飄在各處像落在一種溫柔的夢境，使古鎮氤氳在一種淡淡的煙霧裏。鎮裏的唯一教堂正值忙碌的時刻，教會的尖塔、鐘閣、龍柏園圃都籠罩在煙雨裏，掛著顫抖的露珠。所有的人都紛談起林姓家族的大女兒又回到鎮上的消息，林姓昔日是古鎮的大家族，在迭次的土地變革中，他們的親族便沒落了，林芙蓉這個大女兒便嫁給鎮裏的一個窮人家，一起遷往都市，在都會裏討生活了。

曩昔，林芙蓉是鎮上美麗的女子，有著林家傳統的幽雅和能言。但是一如所有的貧窮人家的女子一樣，當她們的高貴的、闊綽的風姿超乎了她的家庭的財富，她的表現就會在別人的眼裏變成一種矯飾、做作。於是富家的子弟便不敢來喜歡她、愛她、娶她，只把她當成可望而不願去觸及的女子了。這可使這幼年便培養了驕傲自是的女子有些難言的憤怨了。自小所培養的閨秀意念這時便完全破碎。剛開始她由於自責便只怪起自己的命，末了她的負荷超過了自持，她便反過身來怨恨自己這個無用的家，更進而遷怒了整個古鎮所有的人，這個怨怒又反過來使她徹底地自暴自棄了。在一個美麗的季節裏，或許是明媚的春光鼓動了人類的愛心吧，有些還算有錢的子弟竟託人來說媒，林家自然十分地高興，但林芙蓉在愁怨的心境下竟而十分生氣了。她說：即使陪了整個鎮裏的財富過來，我也絕不會嫁給他們！在自棄中，她選中了一位貧窮而平凡的人家，沒有嫁妝、沒有產業、沒有婚儀，嫁了他。隨著當時的風潮，遷居到城裏去了。在離開時，她責怨地說：

「沒有成功的一天，我當然是不會回來的。」

爾時，家族的人都惶然著，但後來，在輾轉中，她們加入了教會，在教友的攀引下，她漸漸有了產業，據說在都市裏賣著上流階層的藝品，在這古鎮上的眼中眞是一種高雅的大產業了。

因之，今日的林芙蓉的回鄉便震動了古鎮，她又使鎮上的人重新想起她昔日的幽雅和闊綽的教養，更因著洋教的聲名而使人有著一種神聖的感覺了。果然她告訴了家族一個不可能的想像，她的女兒和一個東洋的青年今日回鎮來結婚了。

當她戴著紅呢帽、穿著綠絨衣告訴還埋首做著木工傢俱、滿手粗繭的弟媳們說，那個東洋的青年叫田中時，家人都被她流利的日語所震懾住了。

哦，田中，是的，塔卡那！他們說。

像一陣輕柔的風，管風琴的樂音奏起了一首獻詩——完全的愛。新娘、新郎站在聖壇下，燦爛的燭光中，壇上兩邊的身穿藍衣裳的唱詩班都從座位站起來，他們把臉埋在聖譜中，用著昂揚的聲音，唱著：

完全的生命呵，懇求爲他們保證
溫柔的愛，永不移的信

參禮的人都坐著，垂著眼皮，用著靈魂靠近他們心中的上帝，他們的歌終止在「恩愛的生命永恆」的一句神聖詩句裏。

司琴叫做Kay Rodger的中國小姐便喊著：

「證——婚——」

所有的掌聲嘩然昇起。

主禮的道益進外國牧師和翻譯的楊吉本執事站在金色燭光的講壇上。

「勉——詞——」司琴Kay Rodger的中國小姐又喊。

「起初，創造的時候。」道益進外國牧師說。

「起初，創造的時候。」楊吉本執事用東洋語說。

「上帝造人是造男造女。」

「上帝造人是造男造女。」

「並把一個人安置在伊甸園。」

「……安置在伊甸園。」

「而後耶和華上帝說，那人獨居不好，我要爲他造一個配偶幫助他。」

「……一個配偶幫助他。」

「耶和華上帝使他沈睡，他就睡了。」

「……他就睡了。」

「於是取下他的一條肋骨造成一個女人。」

「……一個女人。」

「那人說：這是我骨中的骨，肉中的肉。」

「……肉中的肉。」

「因此人要離開父母，與妻子連合。」

「……與妻子連合。」

所有的人都拍手了，因著牧師美妙的說詞而陶醉了。

由教堂裏可以望見雨下在一棵棵的耶誕紅上，青綠而充滿新鮮。

「問——答——」Kay Rodger的中國小姐又喊。

「愛是不嫉妒、愛是不自誇、不張狂、不作害羞的事，不求自己益處，不輕易發怒，不計算人的惡，不喜歡不義，只喜歡眞理，凡事包容、凡事相信、凡是盼望、凡事忍耐，愛是永不止息，如今常存的有信、有望、有愛這三樣，其中最大的是愛。」道益進牧師說：「所以我以主的名義要來問你們兩位，田中先生和富美小姐。」

年輕的新郎、新娘都把頭抬起來。

「你承認今天的婚禮是上帝的旨意嗎？」

他們點點頭。

「你願意無論何時何地愛他嗎？」

他們點點頭。

「你願意接受他的家人和你的家人嗎？」

他們點點頭。

……

「獻——詩——」

唱詩班的人一齊又從座位站起來。唱著：

願主賜福保護你

願主榮光照遍你

願主賜恩典於你

阿門

「阿門！」所有的人一齊在胸口劃個十字。

「禮——成——」

所有的人一齊站起來拍手，他們的襟花紅又大。

兩個外國小孩拉著新娘的婚紗，捧著花，自閃爍燭光的聖潔教堂中走出，教會的富於尊崇的人都聚攏過來歡呼了。

「芙蓉姊妹，芙蓉姊妹。」一個外籍的教會女士奔上來，她說：「富美眞漂亮，他們眞漂亮。」

「Yes, She is just a beauty.」一位中國的教會年輕牧師高興地叫起來。

「唉！唉！」林芙蓉用著高貴的傷心的淚眼瞧著大家，她憂鬱地說：「她終於和外國人結婚了，她結婚了！」

「他是好青年，眞正的好青年。」外籍的女士說！

「赫本姊妹，」林芙蓉說：「你們永不會瞭解我的苦心，這眞是主所賜，感謝主，祂賜我們平安和榮耀。」

擁簇的人都快樂地笑起來。

於是林芙蓉拉著自己的親戚和教會人士走向春天鮮嫩著草木的庭院去了。

從教堂裏回到古鎮，正是屆臨著中午，雨水止歇了，天空的雲層逐漸裂開而淡去，一脈潺潺的陽光撫照大地，把古鎮鐵紅的磚牆、青綠的石路整個照映得鮮明起來，婚禮後的新人行在列子的前頭，證婚的牧師領著所有人走在後頭，美麗筆挺的衣衫使古樸的景物生出一種光彩來，許多的住家都站在門口來觀看，自從古鎮的子弟遷徙到城裏去後，古鎮就未曾再出現過這種新穎而熱烈的婚嫁了。

小孩因爲看到外國人的風貌而拍手起來。

林芙蓉噙著熱淚，她想，一切的奮鬥終而沒有白費，二十年前，她說過：「沒有成功的一天，我當然是不會回來的。」這是何等殘酷的一種賭咒啊！而她終於成功，你看這古鎮還是老舊的模樣，人們仍是粗黑著手腳啊！而她林芙蓉已經回來！

她想著，止不住輕輕地哭泣，她說：「感謝我的主呵，感謝我的主。」

鎮街的人都驚嘆地指談著。

林芙蓉一踏進門前，鞭炮便一齊炸開在古舊的門楣，她一眼瞧見了一位被攙扶著的年老的女人。

「啊！妳是芙蓉，妳是芙蓉。」年老的女人叫起來，她聲音低啞地說：「我還能見到妳啊。我怕病重了呢！」

「呵，娘嗎？唉。娘。」

林芙蓉叫了一聲，便搶過去，拉著母親的手。

所有的人都停止了，靜默著微笑來看著她們。

「芙蓉啊芙蓉，娘想苦了妳。」年老的女人搖著全然都已白去的頭髮，一支拐杖在寬大而破蝕的門檻上顫抖地敲著。

「娘，今天是妳孫女結婚的日子，我忙著不能探顧妳。」林芙蓉擦著眼眶，她說：「我來介紹，這是田中親家，他們是日本人呢，還有Kay Rodger小姐，道益進牧師，他們是我的教友，親愛的姊妹弟兄呢！」

「嗯嗯。」年老的女人點點頭，用著微微詫異的眼光來照看著。

「林夫人康泰著哪！」Kay Rodger小姐叫了起來。

「託上帝的福。」林芙蓉說。

「啊。仁慈的上帝。」

大家都說。

寬闊的廳堂佈置好了，所有的神案都移去。眾多的客人便坐下來，他們圍坐在一個高大的蛋糕周圍，紅紅的燭光燃亮了昏暗而沈鬱的空間，所有的人唱起了「主與你同在」的這首聖歌。接著是親切的精彩舞會。

林芙蓉便拉著母親和自己的胞姊妹，走到母親的室內來。這是一種古舊大戶人家的房間，有著雕花的一張大紅檜床，一個巨大的粧鏡，油漆斑剝的大橱櫃。

她們坐在母親的身旁，從這可以瞧見外頭的庭院，在春日的陽光下，素菊花和蓮蕉紅開得燦爛而膠著在一起。

「唉！芙蓉，母親一向愧欠著你啊。」年老的女人說著。

「娘，還談這些嗎？」林芙蓉中年後的臉更富於高貴人家的幽雅，她說：「我早已不怪誰了，現在的我已在主的恩慈下而有了事業啊。」

「唉，就是說。我們家都羨慕妳去城市。」年老的女人嗆咳起來了，說：「但妳不該辜負妳的父親。」

「哦，哦。」林芙蓉沈思起來了：「哦，爹。」

「是的。」么妹趕過來，捶著母親的背，她說：「爹去逝時，就只有妳沒返家啊。」

「哦。」林芙蓉終於被提醒而驚訝了一下，然而，卻由於這驚訝而觸動了她的憂鬱了，她說：「妳們不瞭解。」

「不瞭解，嗯。」年老的女人皺眉了，說：「不瞭解，嗯。」

「唉，我說過，不成功不回家。」

「妳說過的，這我懂。」年老的女人寬容地點頭了。

「大姊總是這麼說，但什麼是成功呢？嗯？」么妹替母親和大姊倒著茶。

「哦，妳們始終不明白的。」林芙蓉說：「自我離鄉，便一直惦記著要有一次光耀的回鄉，我要所有的鄉人都來注意我。」

「噢。」姊妹都驚訝地看著她。

「妳們要記著，當所有的人都注意妳，羨慕妳，便成功了，它要來證明妳不是他們所忽視的人。於今我女兒終於嫁了。」

「嗯。富美終於嫁了，託主的恩典，她嫁了外國人啊！」

林芙蓉快樂地說。舞會正值熱烈，廳堂的歡笑震動了古舊的宅院和春的靜謐。

3

傍晚，斜斜的陽光照在向西的坡地上，使古鎮埋在一片金黃的光焰中，濕漉的整片谷地在山木的蔭影裏甜蜜的靜息，溪流和種植的山坡此刻是蓊鬱繁茂，蘆葦並排地抽長了綠青的長葉，陌田上都長滿蔬菜，在泥濘的大地上散步著多隻的牛羊，偶爾的驚擾，許多的白鷺便在風中飛翔而起。

林芙蓉和頸上掛著相機的丈夫走在田間的小路上，從外國教友的服裝裁改而成的綠絨衣服在夕照中閃著貴重的光，她不戴紅呢帽了，只用紗巾披裹著梳起的頭髮，山風濕濡地吹拂在她的臉頰上，涼爽而適切，她一再瞧著沾滿泥濘的高腳鞋跟，一種熟悉的久不接觸的鄉情使她輕輕地驚訝而喜悅起來。

她和著潔挺著西裝的丈夫走到一座築起的河橋上，在這裏可以看到整個古鎮沈落在夕陽中的風貌，沿著山坡層疊起來的屋宇靜列著，公路從遙遠的山那邊的都會奔馳過來，閃入了鎮市，一座長長的隧道穿過了另一邊的山脈。她看著這個不變的景致，使她懷想起苦難的二十年，不禁輕輕地把心情推向淒愴的境地中，這淒愴使她感到人情變化的空虛，而後她便用著事業、兒女的成就和歸向上帝的愉悅來添補它，終而她便陶醉在聖潔的充實中了。

許多耕種的人都來到橋面洗濯泥土的雙足，一些年輕人自然是不認識她的，但被她白皙細嫩的皮膚，盛年時豐腴的身材，蘊含高貴情操的丰姿所吸引。許多包裹著臉面的女人都摘掉了笠子，訝然來注視她。

可便在這時，她瞧見了一個黧黑臉龐、駕著拼裝三輪車的人在橋面停下來了。這人穿著寬鬆的襯衫，踏著一雙布鞋，臉面已然有著步入老年的皺紋了。

「你是譚地，哦，譚地。」林芙蓉還能脫口叫了出來。

「哦，哦。」駕著三輪車的人吃一驚，終於認出了這對夫婦中的女人了：「啊，原來是林芙蓉。」

譚地是舊時代的朋友，還是林芙蓉說過親的青年之一呢！你看他現在都老了。

「眞高興，遇到你。」女人說著，幽雅地笑著，紗巾在風中飄盪。

「是啊，是啊。」過了中年的農人便站定，用黑褐的手到夾克裏去挑著一包扁扁的菸，點著火，便說：「還好嗎？芙蓉。」

「好啊，好啊。我今天嫁女兒呢！」女人說：「你沒來吧。」

「嗯，很忙，聽說過的，對方是日籍青年呢，我沒空。」中年的農人露出鄉下人固有的自卑的歉意，望著高貴的夫妻露牙笑著說。

夕陽要翻過山的稜線了，陰影一起聚攏過來，濕濕的山風起了整個谷地的葉子，使人落在沁涼的天地中。

「你還種田？」女人說。

「是啊，生活逼得緊呢。」中年的農人笑一笑，他的黧黑的臉龐流露著對女人高貴的崇敬，他說：「芙蓉去城市裏，一定看到大世界了，今天回來多休息吧。」

「嗯，我一直想回來看你們。」女人用幽雅而體恤的神情來照看著橋墩所有的人，她說：「看一看舊友啦，家鄉啦。」

「芙蓉現在很不同呢。」中年的農人說。

「是啊。」女人因著對方的話微微高興地吃驚了，但她只憂鬱地嘆息地說：「譚地，鄉鎮畢竟是不能再住下去的了。」

「嗯，我相信的，芙蓉。」譚地卑歉地把菸絲抽得嗶嘰嗶嘰響。

「你們都不曾想到那繁華的天地和上帝所賜你的一切榮耀和財富。」女人因著聖潔的憐憫而微微地忿怒起來：「你們害苦了自己！」

「嗯，嗯。」

所有的人都點著頭，來領受她恩慈的好意了。

夕陽落了，青蒼的山嵐氾濫起來。

春天隱藏的沁涼氣息在山風中擴散開來。

結婚的幾天後，在古鎮北邊的一個大港口邊，去日的風浪止息了，穩定而生意的波濤翻越在遼闊的外海，碼頭的花木如期地開放，陽光一撫照在這裏，高聳的燈塔、明亮的建屋、船舶的旗幟一起使港灣活潑鮮生。

許多船都碰碰地揚著銀白的水波逐漸靠向岸來。

有一個婦人領著她的丈夫、女兒和矮胖的東洋人站在船邊了，海浪輕輕拍擊著浮動的碼頭，像黏吻的戀人。偶爾即將出航的貨輪嗚嗚地響動它的笛聲，像極了一種滿懷著憂鬱的歡笑的樂章。

「唉，田中先生，要別離了呢。」中年的女人說著，珍珠的項圈在她頸上閃亮。

「謝謝你們的招待喲。」田中夫婦含笑來行著九十度的鞠躬禮。

「我把女兒交給你了。」中年的女人用著憂鬱的神情說，而後走過來，拉著女兒的手：

「嗯，到北國去，可要善待自己的公婆，過來讓爸媽看妳最後的一眼。」

「媽。」年輕的女孩子止不住眼淚地望著她母親。

「別哭吧，富美，別哭。」中年的女人說：「要像媽一樣的勇敢。」

「媽，」年輕的女孩拭著淚，顫抖著：「媽，我怕呀！」

「唉，唉，怕什麼，結婚有什麼好怕，結婚就是要如此地離開，對吧，嗯？」

「媽，妳永遠不瞭解啊。」女孩子止不住地哭泣得全身抖動了。

「唉，妳現在是外國人的妻子，榮耀呢！」

「媽。」女孩子擦乾淚，她的眼眶因擦拭而差不多要紅腫起來，她說：「我還不懂田中，就是他們的話我也還不會啊，媽，我們眞的榮耀嗎？」

「是啊！當然的。」中年女人幽雅而溫慈地捧著女兒的臉，爲她拂去了垂落的額髮，她說：「妳當然是榮耀，妳嫁給了外國人，去到一個富足的國度。」

「但是，」年輕的女孩開始哭泣了，她說：「媽，我怕呀！」

「唉唉，說什麼呢，你們是教友，這是上帝的撮合，慈愛的父不會給我們困頓呢！」

「但是，媽。」女孩子抖嗦地說：「我有著被迫、被賣的感覺啊！」

船嗚嗚地響動了，所有的人一齊揮開了他們的手。

「再會喲，再會喲。」田中家人微笑地喊。

「再見了。」中年的女人流滿了熱淚，她呼喊地說：「願你們幸福吧，哦哦。」

他們的呼聲終止在一片遼闊的海面上，而後中年女人拉著丈夫走出了春花盛開的碼頭公園。

秋陽

1

在副熱帶的這個島上，要能看見櫻花是不容易的。然而，櫻花畢竟曾在這個地方不相稱的開放過，她的芳名竟然就這樣淡淡的留在土地上。

K君和一個研究近代文學史的朋友來到了櫻社，時值秋天。雖然這是海拔一千公尺的櫻花勝地，但要提早在秋天裏開放也是不可能。他們只在叢叢的櫻花樹下，低徊著步子，不斷推敲著腦子裏的人情事故。

研究近代史的朋友是K君大學的摯友，只爲著各自的人生，一畢業便不再來往。最近他在報上偶而見到K君的譯作，無論怎麼說，那是關係著他的論文，於是便約了K君，來到這裏。

像就要蛻變成蝶的蟲子，櫻花以它冷肅的姿容翩翩的凋零一葉一葉的葉子，並且在那青青的樹枝上，彷彿可以聞到櫻花破皮而出的香味。K君靜靜的凝視著環山的這片勝地，櫻樹葉子掉在他的頭上，復又落地。他記憶起剛譯出的一篇「首陽園雜記」，那是日據時期楊逵先生所寫的一篇文章，大約是用來記載被迫害而歸農時的心情吧。K君不是譯作底人，只是對文學有一種過多的期望，或甚至說是病態的執拗罷了。研究者的朋友正是爲著K君所譯的楊逵先生的雜記而來。

「我也見過楊先生。」研究的朋友在櫻樹下趺踞下來了，他露出了研究者的那一種洞察的眼神說：「先不管別人的說法，但我在研讀他的作品和比較當時的社會運動時，覺得楊逵先生是厲害的人呢！」

「哦，厲害？」K君也對面趺坐下來，他說：「我不知道你的意思是什麼？」

「我的意思不含批評。」研究的朋友說著，去口袋裏搜一包香菸，點了火，說：「那樣的環境裏，在日本法西斯主義統治下，他是社會運動者，至少，他要戰鬥，心無論如何也是要硬的，我說的厲害是指他的人生態度，況且他的文章是犀利而不容情的，我看他的爲人多少含帶著這種味道。」

K君聽了，只淡淡的一笑，他隨即說了一些楊逵先生的逸事。

2

在此地生長過的老一輩作家中，大都已不在人間了，像是虛無主義者的張深切先生，民族主義者的吳濁流先生都已過世了。大概爲留著來教育下一代吧，蒼天很仁慈的還留下了楊逵先生。他是標準的社會主義者，彷彿是時代的潮流所致，他不像今天的空想者，他沒有教條和自憐，一開始，他便奔走在行動的大道上。大概是行動者吧，他的文學看來十分雷同於高爾基和日本人的小林多喜二了。然而，他竟不是一種極端的人，在那行動和主義的底層，他堅持人底善良本性，這使他有了一種有趣的想法，他竟相信，即使是敵人，也會因著瞭解而變成朋友的。他喜歡談二件往事。

入田春言是日本的細作，看起來是中年的警員，到底爲什麼來到南島，也是費疑猜之事。他在楊逵的社會運動受到阻礙而蟄居於「首陽園」時就跟上了他。密探跟在楊逵的身邊，本不是什麼稀奇的事，就是偶而踢了石子跌在地上，扶他起來的人也是密探。入田春言每隔一段日子就來聊天，東拉西扯，也只是在搜集著資料罷了。楊逵先生像守護著首陽花園一樣，耐心的陪著他。日久，入田春言竟慢慢有了改變，竟能看出楊逵內在的人格，那與其說是好感，倒不如說是佩服更要恰當，他深深感到自己的邪惡及日本的無望，當時竟能拿出五十塊錢去救濟負債累累而幾乎斷炊的楊逵家庭。反省的力量叫入田春言整個心底都撼動了，他先於一切的日本人，洞察到日本悲劇之不可避免。出乎楊逵意料的是，始是密探，終而背著背叛日本帝國罪名的警察，竟鬱然地在他自己的宿宅裏仰藥自盡了，他留給楊逵的信只告訴一些後事，楊逵竟沒法阻止入田的決心，他每談及此事，總是悲哀的說：

「入田君，入田君……」便不能再說什麼了。

在三十年前，楊逵先生同樣遇到了另一個人。

當時的島嶼在一位不當的行政長官的領導下，有著不應該會發生的暴亂。成千的人被捕，而流傳著恐怖的消息。楊逵先生也進了審訊處，沒有吃沒有喝，過度的審問把他弄得疲憊癱瘓，楊逵不能多說什麼，在那時期，只須一句話就會累及無辜，他堅定自己潰散的意志，像死者一樣，疲斃的倒在審訊結束的夜空下，他並不瞭解他爲什麼還能做得那麼好。他休息在一個牆角時，一個人匆匆走過他身邊，那人看來是一個官員，他停了一下，低聲說：

「你像甘地，很佩服。」

楊逵並不瞭解那個人的身份，但他總說：

「那個人是唯一的好人。」

……

③

K君緩緩的說著，全沒想到秋天的陽光把整個山區灌滿，櫻樹嘩然搖動，那金色的陽光在兩個趺坐者之間泛躍。K君試著吐出一口煙圈，說：

「好的文學家無不心地柔軟。」

Pioneering in Formosa

歷險福爾摩沙

台灣經典寶庫5

W. A. Pickering
(必麒麟) 原著

陳逸君 譯述 | 劉還月 導讀

19世紀最著名的「台灣通」
野蠻、危險又生氣勃勃的福爾摩沙

ecollections of Adventures among Mandarins,
reckers, & Head-hunting Savages

福爾摩沙及其住民
Formosa and Its Inhabitants
福爾摩沙及其住民
19世紀美國博物學家的台灣調查筆記
Joseph Beal Steere史蒂瑞 原著 | 林弘宣 譯 | 李壬癸 校註

國家圖書館出版品預行編目（CIP）資料

蓬萊誌異 / 宋澤萊作 . -- 初版 . -- 臺北市 : 前衛，2013.12
400 面 ; 14.8×21 公分
大地驚雷：宋澤萊小說集（深情典藏紀念版）
ISBN 978-957-801-728-3（平裝）

863.57 102023740

大地驚雷：宋澤萊小說集 II（深情典藏紀念版）

蓬萊誌異

作者 宋澤萊
責任編輯 鄭清鴻
美術編輯 蘇品銓
出版者 前衛出版社
10468 台北市中山區農安街 153 號 4F 之 3
Tel: 02-25865708 Fax: 02-25863758
郵撥帳號 05625551
e-mail: a4791@ms15.hinet.net
http://www.avanguard.com.tw
出版總監 林文欽
法律顧問 南國春秋法律事務所林峰正律師
總經銷 紅螞蟻圖書有限公司
台北市內湖舊宗路二段 121 巷 28、32 號 4 樓
Tel: 02-27953656 Fax: 02-27954100
出版日期 2013 年 12 月初版一刷

定價 新台幣 400 元

Printed in Taiwan ISBN 978-957-801-728-3

大地驚雷——宋澤萊小說集

第 17 屆國家文藝獎 · 深情典藏紀念版

《蓬萊誌異》

如今寫文章應該不是寫寫就算了吧，我們殖民地父老有著許多的委屈、痛苦要訴說，那些心裡的話由於嘴巴的被堵而無法傳遞到每人的耳中，一個作家正應該一字不差地將那些話記載出來。——《蓬萊誌異 · 原序》

大地驚雷——宋澤萊小說集

第 17 屆國家文藝獎‧深情典藏紀念版

隨書附贈各冊專屬典藏明信片、書籤組

書籤

明信片

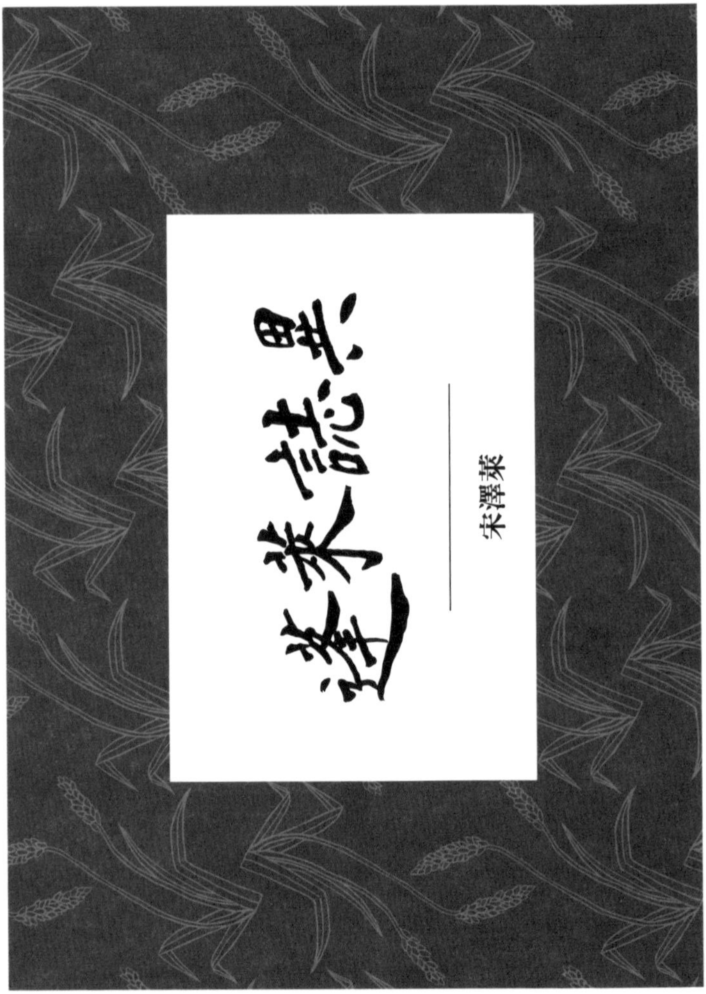

蓬萊誌異

宋澤萊